聊齋志異

原著／蒲松齡
編撰／曾珮琦
繪圖／尤淑瑜

好讀出版

一窺《聊齋》的宗廟之美，百官之富

文／盧源淡

《聊齋志異》是值得一看再看的好書。

這部小說光在清朝就有近百種抄本、刻本、注本、評本、繪圖本，截至目前，相關詮釋與討論的文字數以億計，根據它的內容所改編的影劇與戲曲也有上百齣，而這部中文短篇小說集到現在已有將近三十種外語譯本，世界五大洲都可發現它的蹤跡。這不是好書，什麼才是好書？

我很高興此生能與這本書結下不解之緣。

小時候，我和《聊齋志異》的首度接觸，是在兒童月刊《學友》。這本雜誌會不定期刊載童話版的志怪小說，當時只覺得道人種桃、古鏡照鬼的情節很好看，根本不知道、也不會想知道這些故事是怎麼來的。另外，《良友》之類的雜誌也會穿插短篇的《聊齋》連環圖，至今還依稀記得〈偷桃〉、〈妖術〉、〈佟客〉的精彩畫面。初中時，看過樂蒂和趙雷演的《倩女幽魂》，無意間從海報認識「聊齋」這個詞彙，後來聽老師講述，這才明白以前看過的那些鬼狐仙妖，都是從這本小說孕育出來的。

五十多年前的《皇冠》雜誌偶爾也有白話《聊齋》故事，印象較深的有〈胡四娘〉、〈局詐〉等等，都改寫得非常精彩，這也激起我閱讀原文的念想。就讀大學時，曾向圖書館借到一本附有注釋的《聊齋》，不過那本書品質粗糙，不但排版草率，聊備一格的注釋對讀者也毫無助益。後來雖在書店發現一些性質類似的「精選」本，但情況毫無二致。最後好不容易買到一套手稿本，卻讀得一頭霧水，即便手邊擺著一套《辭海》，仍舊跨不過那百仞宮牆。幸好，這一盆盆的冷水並沒有完全澆熄我對《聊齋志異》的滿腔熱火。

由於《聊齋志異》的手稿本斷簡殘編，因此幾十年前學者研讀的都以「青柯亭本」或「鑄雪齋本」爲主。呂湛恩與何垠的注解本雖在道光年間就有了，但不易取得。而一般讀者看的則大多是白話改寫的選本，通常都是寥寥二三十篇，實不容易滿足向慕者的需求。一九六二年，大陸學者張友鶴主編的《聊齋誌異會校會注會評本》問世，這對專業學者與業餘讀者來說，眞不啻爲一則天大的福音，有了這套工具書，研讀《聊齋志異》就相對輕鬆多了。後來，「康熙本」、「異史本」、「二十四卷本」，還有蒲松齡的相關文物陸續被發現，這些珍貴資料爲專家開闢不少探微索隱的幽徑，也造就一波波研討的浪潮。五十多年來，世界各地專家學者針對蒲松齡及《聊齋志異》所提出的論著和輯校的圖書，就像雨後春筍般出現，如：路大荒的《蒲松齡年譜》、盛偉的《蒲松齡全集》、馬瑞芳的《聊齋志異創作論》、于天池的《蒲松齡與聊齋志異脞說》、馬振方的《聊齋藝術論》、任篤行的《全校會注集評聊齋志異》、袁世碩與徐仲偉的《蒲松齡評傳》、朱一玄的《聊齋志異資料匯編》、朱其鎧的《全本新注聊齋誌異》等，數以千計。另外還有《蒲松齡研究》季刊和不定期舉辦的研討會，爲專家提供心得發表的平臺。「蒲學」遂一時蔚成風氣，足以與國際「紅學」相頡頏。

拜「蒲學」潮流之賜，我的夙願也得以逐步實現。兩岸開放交流後，我就經常利用暑假前往大陸，不是在圖書館蒐集資料，埋首抄錄，便是到書店選購「蒲學」相關文獻。我還三度造訪淄川蒲家莊和周村畢自嚴故居，向紀念館內的專業人士請益，並流連於柳泉、綽然堂，與「短篇小說之王」作穿越時空的交心偶語。我也曾趑趄濟南的大明湖畔，想像「寒月芙蕖」的奇觀；我也曾彳亍荷澤的牡丹花徑，領略「曹國夫人」的丰采。每次返臺，行囊、衣襟盡是濃郁的書香，這才體悟到梁任公所揭櫫的道理：「任何一門學問，只要深入的研究，必能引發出趣味來。」這是我畢生最引以爲樂的個人經驗，特地在此提出來與各位讀者分享。

在紙本文字日益式微的當前，好讀出版仍不惜耗費鉅資，禮聘學者點評、作注，出版一系列古典小說，促成多本曠世名著以最新穎的編排及更精緻的內涵增進大眾閱讀樂趣。這是經營者崇高的理念，更是使命感的展現，既獲取讀者的口碑，也贏得業界的敬重。而在決定出版《聊齋志異》全集時，好讀出版精挑的專家則是曾珮琦君。

曾珮琦君是位詠絮奇才，在學期間尤其屬意於中文，國學根柢扎實深厚。就讀研究所時，專攻老莊玄學，在王邦雄教授指導下，完成論文〈《老子》「正言若反」之解釋與重建〉，取得碩士學位。另外著有《圖解老莊思想》、《樂知學苑・莊子圖解》等書，字字珠璣，鞭辟入裡，備受學界推伏。近年來，曾君醉心《聊齋志異》姹紫嫣紅的幻域，含英咀華，芬芳在頰，乃決意長期從事注譯的編撰，將這部古典巨著推薦給青年學子，目前已發行《義狐紅顏》、《倩女幽魂》兩集單冊。我發現書中注釋引經據典，精確賅備，對理解原文必有極大裨益；白話翻譯則筆觸流利，既無直譯的生澀，亦無擴寫的模糊，文白對照，可獲得閱讀樂趣，並有助國文程度提升。此外，尤淑瑜君的插畫也能引領讀者進入故事情境，頗具錦上添花之效。我相信全書殺青後，必足以在出版界占一席之地。

馮鎮巒曾在〈讀聊齋雜說〉謂：「讀聊齋，不作文章看，但作故事看，便是呆漢。」馮鎮巒是清嘉慶年間的文學評論家，這句話說得眞夠犀利，同時也道出《聊齋志異》的特色。然而，從功利角度而言，但看故事實已值回書價，再涵泳辭藻便是物超所值了。總之，手執一卷，先淺出，再深入，則如倒吃甘蔗，樂即在其中矣。現在就請諸位在曾君的導覽下，跨進蒲松齡的異想世界，一窺《聊齋》的宗廟之美，百官之富。

盧源淡

淡江大學中文系畢業，桃園市私立育達高級中學退休教師，從事蒲學研究工作三十餘年。著有《詳注・精譯・細說聊齋志異》全八冊，一百七十餘萬言。

中國第一部彰顯女性地位的故事集

文／呂秋遠

在我年輕的那個世代，大學國文只有《古文觀止》可以學習；不過運氣很好，一年級下學期時，學校開放選修文學名著，我選擇了《聊齋志異》。不過，這並不是我的第一次接觸，早在小學就已經開始接觸白話文版本。

《聊齋志異》所使用的語言，並不是艱深的文言文。事實上，作者蒲松齡身處十七世紀的中國，使用的文字已經不是那麼艱澀，而且他所蒐集的故事素材，也是透過不同的訪談及自己所聽說的故事撰寫而成，因此不至於過度艱澀。

有學者以為，《聊齋志異》這部書，是一個落魄文人對於男性情愛幻想的烏托邦故事集。然而，如果把這部小說放在十七世紀的脈絡觀察，則可以看出當時保守的中國，有多少的女權情慾流動已經躁動萌芽。在《聊齋志異》中，女鬼、狐怪往往是善良的，而男性卻有許多負心人。女性在這部書中的愛情角色是主動積極、毫不畏縮的，如果與故事中的男主角相較，更可以看出其批判禮教迂腐與封閉之處，這點在書中隨處可見。蒲松齡筆下的俠女、鬼狐、民女，都具備勇氣且勇於挑戰世俗。在那個婚姻奉媒妁之言、父母之命的年代，他藉由這些鬼怪故事，塑造出「嬰寧」、「聶小倩」、「白秋練」、「鴉頭」、「細柳」等人，她們遇到變故時總是比男性更為冷靜與機智；而男性在他筆下，無能者多、負心者眾。因此，論這部書，說它是中國第一部彰顯女性地位的故事集也不為過。

因此，我們可以輕鬆的來閱讀《聊齋志異》，但是當我們讀這些精彩俠女復仇記，或狐仙助人記的同時，別忘了，蒲松齡隱藏在故事中，想要說、卻不容於當時的潛言語其實是——女性的千言萬語。

呂秋遠

宇達經貿法律事務所律師、東吳大學社工系兼任助理教授。雖為法律背景，然國學根柢深厚，近年經常在FB臉書以娓娓道來的敘事之筆分享經手案例與時事觀察，筆力之雄健、觀點之風格化，贏得了「臺灣最會說故事的律師」讚譽。

熱愛文字與分享，著有《噬罪人》《噬罪人II：試煉》二書，曾於書中提到「希望讀者在書中找到自己人性的歸屬，也可以理解天使與惡魔的試煉，都是不容易通過的。如果能因此讓自己更自在，則一切的經驗分享也就值得了」，巧妙的與蒲松齡在《聊齋志異二・倩女幽魂》〈蓮香〉一文中的精闢結論，若合符節——「唉！死者求生，生者又求死，天底下最難得的，難道不是人身嗎？只可惜，擁有人身者往往不懂珍惜，以至於活著不知廉恥，還不如一隻狐狸；死的時候悄無聲息，還不如一個鬼。」

讀鬼狐精怪故事 讀懂蒲松齡用心

文／曾珮琦

談到《聊齋志異》這部小說（共四百九十一篇故事），給人的印象大多是講述些鬼狐精怪故事，歷來更有不少故事被改編成影視作品（且風行不輟、改編不斷）——其中最膾炙人口的是〈聶小倩〉，講述書生與女鬼之間的戀愛故事；〈畫皮〉也被改編為電影，然原本故事僅講述女鬼變化成美女迷惑男子，裡面並無愛情成分。無論是人鬼戀，抑或鬼怪迷惑男子的故事，《聊齋志異》的作者蒲松齡，於屢次科舉失意後日益醉心蒐羅並撰寫鬼狐精怪、奇聞「異」事，其眞正用意不只是談狐說鬼，而想藉由這些故事諷刺當時官僚的腐敗、揭露科舉制度的弊病，反映出社會現實。

書裡收錄的各短篇故事，均為奇聞異事，情節有趣、奇妙且精彩，不僅滿足讀者一窺天底下新鮮事的好奇心，還寓有教化世人、懲惡揚善的意涵，這也是這部古典文言文小說能從清朝流傳至今逾三百年的原因。當我們隨著蒲松齡的筆鋒遊覽神鬼妖狐的世界時，或可一邊思考故事背後隱含的思想，這些思想，很可能才是作者眞正想透過故事傳達的。

不過，《聊齋志異》中除了宣揚教化、諷刺世俗的故事，確實不乏浪漫純眞的愛情故事，如〈小翠〉、〈青鳳〉、〈聶小倩〉等均歌頌了人狐戀，意寓眞摯的愛情本質並不爲人狐之間的界限所侷限，此等故事相當感人。

《聊齋志異》第一位知音——清初詩壇領袖王士禎

至於蒲松齡的寫作素材來自哪裡？他是將聽聞來的鄉野怪譚予以編撰、整理，亦有各地同好提供故事題材。他蒐羅故事的經過，傳說是在路邊設一個茶棚，免費提供茶水給過路旅客，條件是要講一個故事（但也有人認爲不太可能，因他一生一直爲生計奔忙，在別人家中設館教書，怎有空擺攤）。明末清初，蒲松齡的家鄉山東慘遭兵禍，當時屍橫遍野，於是流傳了許多鬼怪傳說，由此成了他寫作的題材。

《聊齋志異》這部小說在當時即聲名大噪，知名文人王士禎對此書更是大力推崇。王士禎（一六三四～一七一一），小名豫孫，字貽上，號阮亭，別號漁洋山人，人稱王漁洋，謚文簡。蒲松齡在四十八歲時結識了這位當時詩壇領袖，王士禎讀了《聊齋志異》後十分欣賞，爲之題了一首詩：「**姑妄言之姑聽之，豆棚瓜架雨如絲。料應厭作人間語，愛聽秋墳鬼唱時（詩）。**」不僅如此，王士禎也爲書中多篇故事做了評點，足見他對此書的喜愛，而其評點文字的藝術性之高，亦廣泛成爲後代文人研究分析的主題。蒲松齡對此甚感榮幸，認爲王士禎是眞懂他，亦做了詩回贈：「志異書成共笑之，布袍蕭索鬢如絲。十年頗得黃州意，冷雨寒燈夜話時。」還將王士禎所做的評點，抄錄收進書中。王士禎的評點融入了他個人對小說創作的理論與審美觀點，這點影響了後世《聊齋志異》的評點家，如馮鎭巒等人。王氏評點貢獻有三：一、評論小說的藝術描寫與生活寫實。二、評論小說中人物形象的刻畫（然，他的評點往往過於簡略，未切合重點）。三、總結與簡述《聊齋志異》裡頭的佳作，所使用的高超寫作手法與傑出藝術成就。例如，他將〈連瑣〉評爲「結而不盡，甚妙」，點出小說的敘事手法，亦表達出他的小說美學觀點。

在介紹《聊齋志異》這部小說前，先來談談作者蒲松齡的生平經歷。他是個懷才不遇的文人，參加鄉試屢次落榜，於是一邊教書，一邊將精力放在編寫奇聞怪譚故事上。讀這部書，可發現蒲松齡實際上將自己的人生經歷與思想寄託在其中——例如〈葉生〉，便是講述一個於科舉考試屢屢名落孫山的讀書人，而後遇到一個欣賞他才華的知府。後來他病重，知府正好在此時罷官準備還鄉，想等葉生一起回去。葉生後來雖病死，魂魄卻跟隨知府一起返鄉，並教導知府的兒子讀書，知府的兒子一舉中榜，這全是葉生的功勞。以此故事對照蒲松齡的經歷來看，可發現他屢經落榜挫折時，也曾受到江蘇寶應知縣孫蕙（字樹百）的青睞，邀他前往擔任文書幕僚，也就是俗稱的「師爺」，兩人不僅是長官與下屬關係，更是知己好友；也正是在此時，蒲松齡看盡了官場黑暗，對那些貪官汙吏、地方權貴深惡痛絕。

在〈成仙〉中，地方權貴與官府勾結，將成生的好友周生誣陷下獄，還隨便編派罪名，要置他於死地；於是成生後來看破世情，出家修道。蒲松齡本人並未如主人翁成生那樣出家修道，反倒將心中的憤懣不平，藉著他手上那支文人的筆宣洩出來。足見，《聊齋志異》不僅寫鬼狐精怪、奇聞異事，更抒發了蒲松齡懷才不遇的苦悶。難怪他在〈聊齋自誌〉中要說「三閭氏感而為騷」，意即將自己比喻成屈原——屈原被楚懷王放逐後，才作了《離騷》；同樣的，蒲松齡也因失意於考場，才編著了《聊齋志異》。

《聊齋志異》的勸世思想——佛教、儒家、道家及道教兼有之

蒲松齡除了將自己人生經歷融入這些奇聞怪譚中，還不忘傳遞儒釋道三教的懲惡揚善思想。如〈畫壁〉，故事主人翁是一名朱姓舉人，和朋友偶然經過一間寺廟，進去參觀，看到牆上壁畫有位美女，心中頓時起了淫念，隨後進入畫中世界展開一段奇妙旅程。朱舉人在壁畫幻境中，與裡面的美女相好，但擔心被那裡的金甲武士發現，最後躲了起來。朱舉人心中非常恐懼害怕，最後經寺廟中的老和尚敲壁提醒，才總算從壁畫世

界逃了出來，脫離險境。蒲松齡在故事末尾評論道：「**人有淫心，是生褻境；人有褻心，是生怖境。**」（人心中有淫思慾念，眼前所見就是如此；人有淫穢之心，故顯現恐怖景象。）

可見，是善是惡，皆來自人心一念，此種思想頗似佛教所謂的「一念三千」。「一念三千」是指，我們在日夜間所起的一念心，必屬十法界中之某一法界，與殺生等之瞋恚心相應的是地獄界，與貪欲相應的是餓鬼界。所以，顯現在我們眼前的是哪一個法界，源於我們心中起的是什麼樣的心念。〈畫壁〉一文，不僅蘊含了佛教哲理，苦口婆心勸戒世人莫做苟且之事，通篇還使用許多佛教詞彙，足見蒲松齡佛學涵養之深厚。

至於蒲松齡的政治理想，則是孔孟所提倡的仁政——他尊崇儒家的仁義禮智，講求道德實踐，因此《聊齋志異》書中時常可見懲惡揚善的思想。值得注意的是，孔孟所提倡的仁義禮智，並非外在教條，而要我們發自內心理性的自我要求。《孟子．告子上》提到：「**仁義禮智，非由外鑠我也，我固有之也，弗思耳矣。**」（仁義禮智，不是由外在的制約逼迫、強制自己必須這麼做，而是我發自內心想這麼做。）孟子還舉了個例子——只要是人見到一個小孩快掉進井裡，都會無條件的衝過去救他。這麼做不是想博得美名，也不是想巴結小孩的父母，純粹只是不忍小孩掉進井裡溺死罷了。

這個「不忍人之心」，每個人生下來即有，也就是孔子所說的「仁心」。而孟子將此仁心的十字打開，發展成「仁義禮智」，其實此四者簡言之，就是「仁」而已。清代政治腐敗，貪官汙吏橫行，權貴爲一己私慾，不惜傷害別人，甚至做出剝奪他人生存權利之事。孔孟所提倡的仁政與道德蕩然無存，這些貪官汙吏無視、更無法實踐，實是人心墮落與放縱私慾的結果。蒲松齡有感於此，藉著這些鄉野奇譚，寄寓了諷刺當時政治腐敗與人心黑暗的想法。因而，《聊齋志異》不僅是志怪小說，更是一部寓言。書中可看出蒲松齡試圖撥亂反正、爲百姓伸張正義的苦心；現實生活中的他無能爲力，只好將此憤懣不平心緒，藉自己的筆寫出，宣洩在小說中。

此外，《聊齋志異》也涵蓋了道家與道教的思想，像是書中時常可見《莊子》的詞彙與典故，亦有神仙方術、洞天福地等道教色彩。老莊等道家哲學，是以「道」爲中心開展的哲學，追求人的心靈之自由自在，解消人的身體或形體對我們心靈帶來的束縛。而道教則認爲，人可以透過神仙方術長生不老、飛升成仙。《聊齋志異》書中多篇故事，於是出現了懂得奇門遁甲法術、捉妖收妖、符咒的道士，這些奇幻的神仙色彩，增添了故事的精彩與可讀性，也讓後世之人改編成影視作品時有更多想像空間。

《聊齋志異》寫作體裁——筆記小說＋唐代傳奇

大陸學者馬積高、黃鈞主編的《中國古代文學史》，將《聊齋志異》分成三種體裁：一、短篇小說體：主要描寫主角人物的生平遭遇，篇幅較長，細膩刻畫了人物性格及曲折戲劇化的故事情節，此類作品有〈嬌娜〉、〈成仙〉等。二、散記特寫體：重點在於記述某事件，不著墨於人物刻畫，此則受到古代記事散文的影響，此類作品有〈偷桃〉、〈狐嫁女〉、〈考城隍〉等。三、隨筆寓言體：篇幅短小，將所聽之事記錄下來，並寄寓思想在其中，此類作品有〈夏雪〉、〈快刀〉等。

《聊齋志異》深受魏晉南北朝筆記小說、唐代傳奇小說的影響。筆記小說，是隨筆記錄下聽到的故事，比較像在記筆記，篇幅短小。此種小說乃受史書體例影響，十分重視將事件確實記錄下來，而非有意識的創作小說；且多爲志怪小說，又以干寶的《搜神記》最著名。《聊齋志異》裡頭有多篇保留了筆記小說特點的篇幅短小故事，如〈蛇癖〉、〈眞定女〉等。

唐代傳奇，則是文人有意識的創作小說，內容是虛構的、想像的，題材有志怪、愛情、俠義、歷史等等。像是《聊齋志異》中的〈葉生〉，葉生死後，魂魄隨知己丁乘鶴返鄉，直到回家看見屍體，才發現自己已死；此種離魂情節，乃受到唐傳奇陳玄佑〈離魂記〉的影響。由此可見，蒲松齡無論在創作手法或故事題材上，無不受到古代小說影響，此乃《聊齋志異》之承先。

《聊齋志異》之啓後在於，蒲松齡將六朝志怪與唐宋傳奇小說的主要特色融爲一體，給予後世小說家很大啓發，進而出現許多效仿之作，如清代乾隆年間沈起鳳的《諧鐸》、邦額的《夜譚隨錄》等，以及現代諸多影視作品。不過值得注意的是，改編後的電影或戲劇，爲了情節精彩與內容多樣化，不一定按照原著思想精神呈現，若想了解《聊齋志異》的原貌，實應回歸原典，才能體會蒲松齡寄寓其中的思想精神與用心。

此次，爲讓現代讀者輕鬆徜徉《聊齋志異》的志怪玄幻世界，才有了這套書的編撰，畢竟古典文言文小說在我們現代人讀來相當艱澀且陌生。因此，除收錄「原典」，還加上了「評點」、「白話翻譯」、「注釋」。其中，評點部分要感謝元智大學中國語文學系兼任助理教授張柏恩（研究專長：文學批評、古典詩詞創作、明清詩學）、北京師範大學珠海分校文學院講師劉學倫（研究專長：古籍編輯研究、元明清文學作品），提供了許多寶貴資料，特在此銘誌感謝。至於白話翻譯，儘管已盡量貼近原典，然而任何一種翻譯都是主觀詮釋，裡頭融合了編撰者本身的社會背景、文化思想等因素，這些都會影響對經典的理解。但這並不是說白話翻譯不可信，而想提醒讀者，本書白話翻譯僅止於一種詮釋觀點，並不能與原典畫上等號。眞正的原典精華，只有待讀者自己去找尋了。

原典，值得信賴

原典以一九九一年里仁書局出版的張友鶴《聊齋誌異會校會注會評本》（簡稱《三會本》）為底本。

張友鶴是以蒲松齡的半部手稿本，以及鑄雪齋抄本（乾隆十六年抄本，抄者為歷城張希傑）為主要底本，從而編輯了《三會本》。他的版本最為完整，且融合了多家的校注、評點，極富參考與研究價值。

好讀版本的《聊齋志異》，為求彩圖與文章流暢搭配之版面安排，每卷裡頭的文章或有可能調動次序，尚祈見諒。

「異史氏曰」，真有意思

《聊齋志異》有些故事在正文結束後，會有一段以「異史氏曰」開頭的文字，這是蒲松齡對故事及人物所做評論，或是陳述他自己的觀點、見解（但他亦有些評論，不見得都冠上「異史氏曰」）。這種作法沿用自史書，如《史記》的「太史公曰」，即司馬遷自己的評論。值得注意的是，有些「異史氏曰」相關文字，不僅僅做評論，還會再加附其他故事，以與正文的故事相應和。

文章中除了蒲松齡自己的評論，亦可見以「友人云」為開頭的親友評論，其中最常出現的是蒲松齡文友王士禎以「王阮亭云」或「王漁洋云」為開頭的評論；這些評論由蒲松齡親自收錄在文章中，與後世所作評點不同。

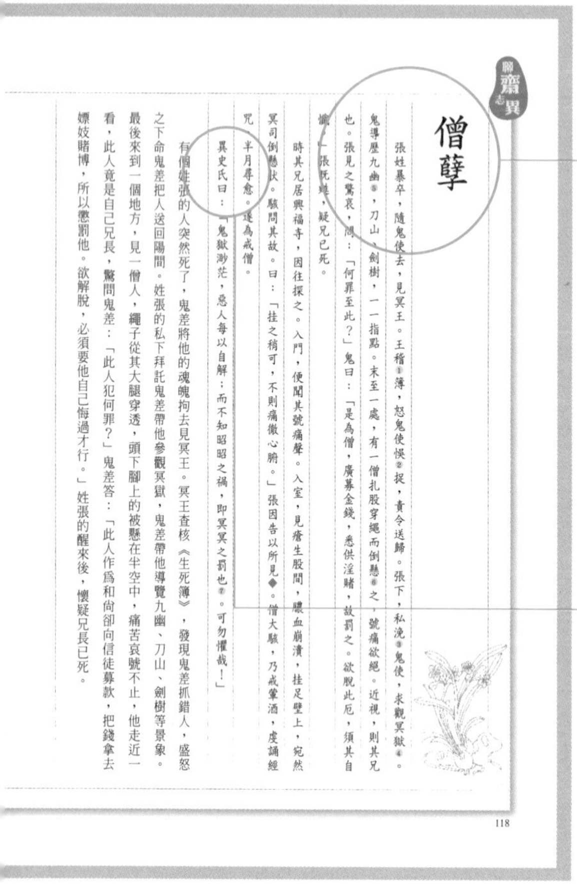

聊齋志異
僧孽
張姓暴卒，隨鬼使去，見冥王。王稽①簿，怒鬼使悞②捉，責令送歸。張下，私浼③鬼使，求觀冥獄④。鬼導歷九幽⑤，刀山、劍樹，一一指點。末至一處，有一僧扎股穿繩而倒懸⑥之，號痛欲絕。近視，則其兄也。張見之驚哀，問：「何罪至此？」鬼曰：「是為僧，廣募金錢，悉供淫賭，故罰之。欲脫此厄，須其自懺悔。」張既蘇，疑兄已死。
時其兄居興福寺，因往探之。入門，便聞其號痛聲。入室，見瘡生股間，膿血崩潰，挂足壁上，宛然冥司倒懸狀。駭問其故。曰：「挂之稍可，不則痛徹心腑。」張因告以所見◆。僧大駭，乃戒葷酒，虔誦經咒。半月尋愈。遂為戒僧。
異史氏曰：「鬼獄渺茫，惡人每以自解；而不知昭昭之禍，即冥冥之罰也⑦。可勿懼哉！」
有個姓張的人突然死了，鬼差將他的魂魄拘去見冥王。冥王查核《生死簿》，發現鬼差抓錯人，盛怒之下命鬼差把人送回陽間。姓張的私下拜託鬼差帶他參觀冥獄，鬼差帶他導覽九幽、刀山、劍樹等景象。最後來到一個地方，見一僧人，繩子從其大腿穿透，頭下腳上的被懸在半空中，痛苦哀號不止，他走近一看，此人竟是自己兄長，驚問鬼差：「此人犯何罪？」鬼差答：「此人作爲和尚卻向信徒募款，把錢拿去嫖妓賭博，所以懲罰他。欲解脫，必須要他自己悔過才行。」姓張的醒來後，懷疑兄長已死。
118

注釋解析，增進中文造詣

針對原典中的艱難字詞加注，既有助讀者領略古人的用語，亦可賞讀蒲松齡作文之美。每條注釋，均扣緊原典的上下文文意而注，惟該字詞自有它用在別處的可能解釋，注釋意涵恐無法盡括。

注釋盡可能跟隨原典擺放，以收對照查看之效。

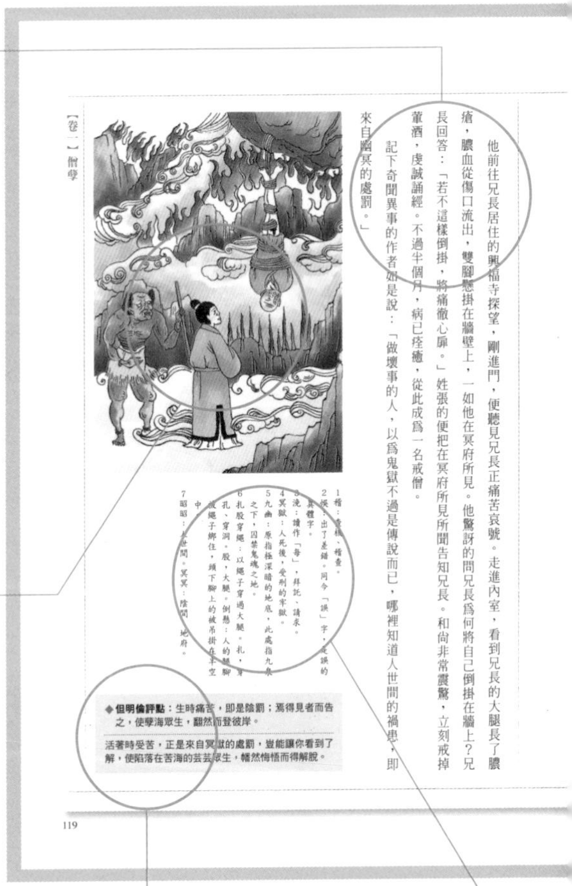

【卷一】僧孽

他前往兄長居住的興福寺探望，剛進門，便聽見兄長正痛苦哀號。走進內室，看到兄長的大腿長了膿瘡，膿血從傷口流出，雙腳懸掛在牆壁上，一如他在冥府所見。他驚訝的問兄長為何將自己倒掛在牆上？兄長回答：「若不這樣倒掛，將痛徹心扉。」姓張的便把在冥府所見所聞告知兄長。和尚非常震驚，立刻戒掉葷酒，虔誠誦經。不過半個月，病已痊癒，從此成為一名戒僧。

記下奇聞異事的作者如是說：「做壞事的人，以為鬼獄不過是傳說而已，哪裡知道人世間的禍患，即來自幽冥的處罰。」

1 稽：查核、稽查。
2 悞：出了差錯。同今「誤」字，是誤的異體字。
3 浼：讀作「每」，拜託、請求。
4 冥獄：人死後，受刑的牢獄。
5 九幽：原指極深暗的地底，此處指九泉之下，因禁鬼魂之地。
6 扎股穿繩：以繩子穿過大腿。扎，穿孔、穿洞。股，大腿。倒懸：人的腿腳被繩子綁住，頭下腳上的被吊掛在半空中。
7 昭昭：人世間。冥冥：陰間、地府。

◆**但明倫評點**：生時痛苦，即是陰罰；焉得見者而告之，使孽海眾生，翻然而登彼岸。

活著時受苦，正是來自冥獄的處罰，豈能讓你看到了解，使陷落在苦海的芸芸眾生，幡然悔悟而得解脫。

119

白話翻譯，助讀懂故事

為了讓讀者能輕鬆閱讀，每篇故事均附白話翻譯（採取意譯，非逐句逐字譯）。

值得注意的是，由於《聊齋志異》為古典文言文短篇小說集，作者蒲松齡講述故事時有時過於精簡，白話翻譯將視情況需要，於貼合原典的準則下，增加一些補述，以求上下文語意完整。

插圖，圖文共賞不枯燥

為了更增《聊齋志異》故事閱讀的生動，一方面盡可能收錄晚清時期珍貴的《聊齋志異圖詠》線稿圖畫，另方面亦邀請廿一世紀新生代繪者尤淑瑜，以藝術家的眼光、樸實的全彩筆觸，讓故事場景更加躍然紙上。

評點，有助理解故事

評點，是中國獨特的文學批評形式，近似讀書心得或讀書筆記。礙於篇幅關係，無法將《三會本》所收錄的評點全都附上，每篇僅擇最切合故事要旨、或發人深省哲思的一家評點，供讀者參考。由於《聊齋志異》並非每篇故事都有評點，若無，即從缺。

常見的代表性評點有與蒲松齡同時代的王士禎評本（清康熙年間）、馮鎮巒評本（清嘉慶年間）、何守奇評本（約清道光年間）以及但明倫評本（清道光年間）。其中，以馮、但這兩家的評點特別能顯出故事中隱藏的思想精神，他們皆以儒家的道德實踐為準則，著重揭露蒲松齡寫作的思想要旨、故事中人物的心理活動，同時也涉及社會現象等層面。

目次

唐序[1]

諺有之云：「見橐駝謂馬腫背[2]。」此言雖小，可以喻大矣。夫[3]人以目所見者為有，所不見者為無。曰，此其常也；倏有而倏無則怪之。至於草木之榮落，昆蟲之變化，倏有倏無，又不之怪；而獨于神龍則怪之。彼萬竅之刁刁[4]，百川之活活，無所持之而動，無所激之而鳴，豈非怪乎？又習而安焉。獨至於鬼狐則怪之，至於人則又不怪。夫人，則亦誰持之而動，誰激之而鳴者乎？莫不曰：「我實為之。」

夫我之所以為我者，目能視而不能視其所以視，耳能聞而不能聞其所以聞，而況於聞見所不能及者乎？夫聞見所及以為有，所不及以為無，其為聞見也幾何矣。人之言曰：「有形形者，有物物者。」而不知有以無形為形，無物為物者。夫無形無物，則耳目窮矣，而不可謂之無也。有見蚊睫者，有不見泰山者；有聞蟻鬬[5]者，有不聞雷鳴者。見聞之不同者，聾瞽[6]未可妄論也。

自小儒為「人死如風火散」之說[7]，而原始要終之道，不明於天下；於是所見者愈少，所怪者愈多，而「馬腫背」之說昌行於天下。無可如何，輒以「孔子不語[8]」一詞了之，而齊諧[9]志怪，虞初[10]記異之編，疑之者參半矣。不知孔子之所不語者，乃中人以下不可得而聞者耳[11]，而謂《春秋》[12]盡刪怪神哉！

留仙蒲子[13]，幼而穎異，長而特達。下筆風起雲湧，能為載記之言。於制藝舉業[14]之暇，凡所

見聞，輒為筆記，大要多鬼狐怪異之事。向得其一卷，輒為同人取去；今再得其一卷之。凡為余所習知者，十之三四，最足以破小儒拘墟之見，而與夏蟲語冰也[15]。余謂事無論常怪，但以有害於人者為妖。故日食星隕，鷁飛鵒巢[16]，石言龍鬬，不可謂異；惟土木甲兵[17]之不時，與亂臣賊子，乃為妖異耳。今觀留仙所著，其論斷大義，皆本於賞善罰淫與安義命之旨，足以開物而成務[18]；正如揚雲《法言》[19]，桓譚[20]謂其必傳矣。

康熙壬戌仲秋既望[21]，豹岩樵史唐夢賚拜題

1唐序：唐夢賚為《聊齋志異》所作的序。唐夢賚（讀作「賴」），字濟武，號嵐亭，別字豹岩，山東淄川人，是蒲松齡的同鄉，兩人交情甚好。唐夢賚是清世祖順治六年（西元一六四九年）進士，授庶吉士；八年，授翰林院檢討，九年罷歸，那時他才廿六歲，從此著書作文，閒居鄉里。

2見橐駝謂馬腫背：看到駱駝以為是腫背的馬。橐駝，讀作「陀陀」，駱駝的別名。

3夫：讀作「福」，發語詞，無義。

4萬竅：世間所有的孔洞，如山谷、洞穴等。典出《莊子．齊物論》：「夫大塊噫氣，其名為風。是唯无作，作則萬竅怒號。」（大地間的呼吸，人們稱為風。要不就是靜止無聲，然而一旦吹起，世間的孔洞都會隨風怒號。）刁刁：草木動搖的樣子。

5鬬：同今「鬥」字，是鬥的異體字。

6瞽：讀作「古」，盲眼，眼睛看不見。

7小儒：指眼界短淺的普通讀書人。人死如風火散：與「人死如燈滅」同義，人死了就如同燈火熄滅，什麼也沒有。

8孔子不語：典出《論語．述而》：「子不語怪，力，亂，神。」（孔子不談論神怪以及死後之事。）

9齊諧：古代志怪之書，專記載一些神怪故事，另一說為人名；後代志怪之書多以此為書名，如《齊諧記》、《續齊諧記》。

10虞初：西漢河南人，志怪小說家。

11乃中人以下不可得而聞者耳：典出《論語．庸也》，子曰：「中人以上，可以語上也；中人以下，不可以語上也。」（中等資質以上的人，可以告訴他較高的學問；

中等資質以下的人，不可以告訴他較高的學問。）

12 春秋：書名，孔子據魯史修訂而成，為編年體史書；所記起自魯隱公元年，迄魯哀公十四年，共二百四十二年；其書常以一字一語之褒貶，寓微言大義；因其記載春秋魯國十二公的史事，故也稱為「十二經」。

13 留仙蒲子：指蒲松齡。

14 制藝舉業：科舉考試。藝：即時藝，指八股文，科舉考試所用的文體。

15 破小儒拘墟之見，而與夏蟲語冰也：破解一般讀書人的見識淺薄，進而談論超出見識的事物。拘墟之見、夏蟲語冰，典故皆出自《莊子．秋水篇》：「井（同「蛙」字）不可以語於海者，拘於虛也；夏蟲不可以語於冰者，篤於時也。」（不可以跟井底的青蛙說海的廣大，這是受空間所限制；不可以跟夏蟲說冬天的寒冷，這是受時間的限制。）

16 鷁飛鴝巢：鷁鳥飛到八哥的巢中，意指超出常理的怪異之事，因為八哥生活在樹上，而鷁是水鳥，兩者生活領域不相同，鷁卻飛到了八哥的巢。鷁，讀作「義」，一種水鳥。鴝，指雊鵒（讀作「鉤玉」），八哥的別名。

17 土木甲兵：此應指天災與兵災戰亂。甲兵，原指鎧甲和兵械，後引申為戰亂、戰爭。

18 開物而成務：開通萬物之理，使人事各得其宜，語出《易經．繫辭上》：「夫易，開物成務，冒天下之道，如斯而已者也。」（人如果通曉周易卦象之理，就可以了解萬物的紋理，社會的各種領域、制度，都脫不了周易所涵蓋的範圍）。

19 揚雲《法言》：模擬《論語》語錄體裁而寫成的一部著作，內容是傳統的儒家思想；由揚雄所作，此處揚雲可能為筆誤。揚雄，字子雲，原本寫為楊雄，蜀郡成都（今四川成都郫都區）人，乃西漢哲學家、文學家、語言學家。

20 桓譚：人名，字君山，東漢相人，生卒年不詳；博學多通，遍習五經，能文章，光武朝官給事中，力諫讖書之不正，帝怒，出為六安郡丞，道卒；著《新論》二十九篇。

21 康熙壬戌：康熙二十一年，即西元一六八二年。仲秋：農曆八月。既望：農曆十五為望，十六為既望。

白話翻譯

俗諺說：「看到駱駝，以爲是腫背的馬。」這句話雖只是嘲諷那些不識駱駝的人，但也可廣泛用以比喻見識淺薄之人。一般人認爲看得見的東西才是眞實的，看不見的東西就是虛幻、不存在的。我說，這是人之常情；認爲一下子在，一下子又消失，是怪異現象。那麼，草木榮枯、花開花落、昆蟲的生長變化，也是一下子在，一下子消失，一般人卻又不覺怪異；唯獨認爲鬼神龍怪才是異事。世上的洞穴呼號、草木搖擺、百川流動，都毋需人相助即自行運作，沒有人刺激就自行鳴叫，難道這些現象不奇怪嗎？世人卻習以爲常。只認爲鬼怪狐妖是怪異的，但提到人，又不覺得奇怪。人的存在與行爲，又是誰來相助，誰來刺激的呢？一般人都會說：「這本來就是如此。」

我之所以是我，眼睛能看、卻看不見之所以讓我能看的原因；耳朵能聽、卻聽不到讓我之所以能聽的緣由，更何況，是那些看不見、聽不到的東西呢？能用感官加以經驗認識，就以爲是眞實，無法用感官去經驗認識，就以爲不存在；然而，能被感官認識的事物實則有限。有人說：「有形的東西必有形象，具體的東西才是眞實。」卻不知世間存有以無形爲有形，以不存在爲存在的事物。那些沒有形象、沒有具體的事物，乃礙於我們眼睛與耳朵的限制而無法認識，不能因此就說它們不存在。有人看得見蚊子睫毛這類細小的東西，卻也有人看不見泰山這麼大的事物；有人聽得到螞蟻的打鬥聲，卻也有人聽不到雷鳴。這都是因爲看見的東西與聽到的聲音有所不同罷了，不能因爲看不見某些事物就說他是瞎子，也不能因爲聽不到某些聲音就說他是聾子。

自從有些見識淺陋的讀書人提出「人死如風火散」的說法以後，探究世間事物發展始末的學問，就無法盛行於天下了；於是人們能看見的東西越來越少，覺得怪異的事也越來越多，於是「以爲駱駝是腫背的馬」這類說詞充斥周遭。最後無可奈何，只好拿「孔子不語怪力亂神」這句話來敷衍搪塞。至於對齊諧志怪、虞初記異故事懷疑不信的人，至少也占了一半。這些人不了解，孔子所謂「不語怪力亂神」是指——中等資質以下的人即使聽了也不懂，還當作是《春秋》把怪神故事全都刪除了呢！

蒲留仙這個人，自幼聰穎，長大後更傑出。下筆如風起雲湧，有辦法將這類怪異故事記載下來。攻讀科舉考試閒暇之時，凡有見聞，便寫成筆記小說，大多是鬼狐怪異這類故事。之前我曾得到其中一卷，後來被人拿去；現在又再得一卷閱覽。凡我所讀到習得的事，十件裡有三、四件足可打破一般井底之蛙的見識，還能觸及耳目感官所不能經驗的事。我認爲，無論是我們習以爲常或怪奇難解的世事，其中只要對人有害，就是妖異。因此，日蝕與流星、水鳥飛到八哥巢中、石頭開口說話、龍打架互鬥之事，都不能算是妖異；只有天災人害、戰亂兵禍與亂臣賊子，才算妖孽。我讀留仙所寫故事，大意要旨皆源自賞善罰惡與安身立命之言論，適足以開通萬物之理；正如東漢的桓譚曾經說過，揚雄的《法言》必能流傳後世。

康熙二十一年農曆八月十六，豹岩樵史唐夢賚拜題

聊齋自誌

披蘿帶荔[1]，三閭氏感而為騷[2]；牛鬼蛇神，長爪郎[3]吟而成癖。自鳴天籟[4]，不擇好音[5]，有由然矣。松[6]落落秋螢之火，魑魅[7]爭光；逐逐野馬之塵[8]，罔兩[9]見笑。才非干寶，雅愛搜神[10]；情類黃州[11]，喜人談鬼。聞則命筆，遂以成編。久之，四方同人，又以郵筒相寄，因而物以好聚，所積益夥。甚者：人非化外，事或奇于斷髮之鄉[12]；睫在眼前，怪有過于飛頭之國[13]。遄飛逸興[14]，狂固難辭；永托曠懷，癡且不諱。展如之人[15]，得毋向我胡盧[16]耶？然五父衢[17]頭，或涉濫聽[18]；而三生石[19]上，頗悟前因。放縱之言，有未可概以人廢者。

松懸弧[20]時，先大人[21]夢一病瘠瞿曇[22]，偏袒[23]入室，藥膏如錢，圓黏乳際。寤[24]而松生，果符墨誌[25]。且也：少羸[26]多病，長命不猶。門庭之淒寂，則冷淡如僧；筆墨之耕耘，則蕭條似缽。每搔頭自念：勿亦面壁人[27]果是吾前身耶？蓋有漏根因[28]，未結人天之果[29]；而隨風蕩墮，竟成藩溷[30]之花。茫茫六道[31]，何可謂無理哉！獨是子夜熒熒[32]，燈昏欲蕊；蕭齋[33]瑟瑟，案冷凝冰。集腋為裘[34]，妄續幽冥之錄[35]；浮白載筆[36]，僅成孤憤[37]之書：寄托[38]如此，亦足悲矣！嗟乎！驚霜寒雀，抱樹無溫；弔月秋蟲，偎闌自熱。知我者，其在青林黑塞[39]間乎！

康熙己未[40]春日。

1 披蘿帶荔：語出《九歌》中的〈山鬼〉：「若有人兮山之阿，披薜荔兮帶女蘿。」這是指出沒在野外的山鬼，而薜荔、女蘿皆植物名。《九歌》原為南方楚地祭祀用的樂歌，經屈原潤色而成。分別為〈東皇太一〉〈雲中君〉〈湘君〉〈湘夫人〉〈大司命〉〈少司命〉〈東君〉〈河伯〉〈山鬼〉〈國殤〉及〈禮魂〉等十一篇。

2 三閭氏感而為騷：三閭氏，指屈原，他曾擔任楚國的三閭大夫。騷，指《離騷》，是屈原被楚懷王放逐漢水之北時所作自傳，抒發其懷才不遇的苦悶心情，以及理想抱負不得施展的悲苦。（編撰者按：蒲松齡之所以在作者自序中提及屈原所作《離騷》，可能是因他與屈原遭遇相似—蒲松齡鄉試落榜，正如空有滿腔抱負、卻不得君王重用的屈原。）

3 長爪郎：指唐朝詩人李賀，有「詩鬼」之稱；因其指爪長，故稱為「長爪郎」。

4 天籟：典故出自《莊子・齊物論》：「夫吹萬不同，而使其自己也。」天籟是無聲之聲，天籟因其無聲給出了一個空間，讓大自然的各種孔竅洞穴能發出聲音。此處指渾然天成的優秀詩作。

5 不擇好音：指這些作品雖好，卻不受世俗認可。

6 松：指本書作者，蒲松齡的自稱。

7 魑魅：讀作「癡媚」，山野中的鬼怪精靈。

8 野馬之塵：本意為塵土，此處指視科舉功名若塵土。

9 罔兩：亦作「魍魎」，山川草木中的鬼怪精靈。

10 才非干寶，雅愛搜神：不敢說自己才比干寶，只酷愛些鬼怪奇談而已。干寶，是東晉編集《搜神記》的作者，此書蒐羅了一些志怪故事，為中國古代志怪故事代表作。

11 黃州：指蘇軾，自子瞻，號東坡居士。蘇軾在宋神宗元豐二年（西元一〇六九年）因烏臺詩案獲罪，次年被貶謫黃州。他曾寫詩自嘲：「問汝平生功業，黃州惠州儋州。」

12 化外、斷髮之鄉：皆指未受教化的蠻夷之地。

13 飛頭之國：古代神話中，人首能夠分離、且會飛的奇異國度。

14 遄飛逸興：很有興致，欲罷不能。遄，讀作「船」，迅速。

15 展如之人：真摯、誠懇之人。依照上下文意，應指那些只相信現實經驗、而不相信那些奇幻國度的人。

16 胡盧：笑聲。

17 五父衢：路名，在今山東曲阜東南。孔子不知其生父所葬之地，而將母親葬於此處。衢，讀作「渠」，通達四方的大路。

18 濫聽：不實的傳聞。

19 三生石：宣揚佛教輪迴觀念的故事。佛教認為人沒有靈魂，但今生所造的業，會帶到來生。人今生今世所受的果報，無論善或惡，皆由過去累世累劫積累而成，而今生所造的業，亦影響來生所承受的果報。

20 懸弧：古人若生男孩，便將弓懸掛在門的左邊。

21 先大人：蒲松齡的先父。

22 瞿曇：梵文，讀作「渠談」，為釋迦牟尼佛的俗家姓氏，此處指僧人。

23 偏袒：佛家語，指僧侶。原指古印度尊敬對方的禮法，後為佛教沿用，僧侶在拜見佛陀時，須穿著露出右肩的袈裟以示尊敬；但平時佛教徒所穿袈裟，則無偏袒。

裎，讀作「坦」，裸露之意。

24 寤：讀作「物」，醒來、睡醒。

25 果符墨誌：與蒲松齡父親夢中所見僧人的胸前特徵相符——「藥膏如錢，圓黏乳際」。墨誌，指黑痣。

26 少羸：年少時，身體瘦弱。羸，讀作「雷」。

27 面壁人：和尚坐禪修行，稱為面壁。面壁人，代指和尚、僧人。

28 有漏根因：佛家語。有漏，由梵語轉譯，是流失、漏泄之意，意即煩惱。有漏因，即招致三界（欲界、色界、無色界）果報的業因，語出景德傳燈錄卷三菩提達磨章（大五一・二一九上）：「帝曰：『何以無功德？』師曰：『此但人天小果，有漏之因，如影隨形，雖有非實。』」原文中並無「根」字。

欲界，指一切有情眾生所住之世界，地獄、餓鬼、畜生、阿修羅、人、六欲天皆屬此。欲界之有情，是指有食欲、淫欲、睡眠欲等。

色界之眾生脫離淫欲，不著穢惡之色法，此界之天眾無男女之別，其衣是自然而至，而以光明為食物及語言。

無色界，指超越物質現象經驗之世界，此界之有情眾生，沒有無色法、場所，無空間高下之分別。

29 人天之果：佛家語。有漏之業的善果。

30 藩溷：籬笆和茅坑。溷，讀作「混」。

31 六道：佛家語。眾生往生後各依其業前往相應的世界，分別為：地獄道、餓鬼道、畜生道、阿修羅道、人間道、天道。前三道為惡，後三道為善。

32 熒熒：讀作「迎迎」，微弱光影閃動的樣子。

33 蕭齋：對自己所居房屋或書齋的謙詞，典故出自——梁武帝造寺，命蕭子雲於寺院牆上寫一「蕭」字。寺院毀壞後，刻字的殘壁仍保存下來。至唐朝李約，將此牆壁運歸洛陽，置於小亭，以供賞玩，稱為「蕭齋」。

34 集腋為裘：意謂此部《聊齋志異》，集結了眾人之力，積少成多才完成。

35 幽冥之錄：南朝宋劉義慶所編纂的志怪小說集，屬於六朝志怪筆記小說，篇幅短小，為後世小說的先驅。

36 浮白：暢飲。載筆：此指寫作著書。

37 孤憤：原為《韓非子》一書的其中一篇篇名。此指憤世嫉俗的著作，意即對一些看不慣的世俗之事執筆記錄下來，以表心中悲憤。

38 寄托：寄託言外之音於文辭之間，猶言寓言。

39 青林黑塞：指夢中的地府幽冥。

40 康熙己未：清朝康熙十八年（西元一六七九年）。這一年，蒲松齡四十歲。

白話翻譯

野外的山鬼，讓屈原有感而發寫成了《離騷》；牛鬼蛇神，被李賀寫入了詩篇。這種獨樹一幟的作品，不見容於世俗，其來有自。我於困頓時，只能與魑魅爭光；無法求取功名，受到鬼怪的嘲笑。雖不像干寶那樣有才華，能寫出流傳百世的《搜神記》，卻也喜愛志怪故事；也與被貶謫黃州的蘇軾一樣，喜與人談論鬼怪故事。聽到奇聞怪事就動筆記錄下來，這才編成了這部書。久而久之，各地同好便將蒐羅來的鬼怪故事寄給我，物以類聚，內容更加豐富。甚至—人不處於蠻荒之地，卻有比蠻荒更離奇的怪事發生；即便在我們周遭，也有比飛頭國更古怪的事情。我越寫越有興趣，甚至到了發狂的地步；長期將精力投注於此，連自己都覺得癡迷。那些不信鬼神的人，恐怕要嘲笑我。道聽塗說之事，或許不足採信；然而這些荒謬怪誕的傳聞，有助於人認清事實，增長智慧。這些志怪故事的價值，不可因作者籍籍無名而輕易作廢。

我出生之時，先父夢到一名病瘦的僧人，穿著露肩袈裟入屋，胸前貼著一個似錢幣的圓形膏藥。夢醒，我就出生了，胸前果然有一個黑痣。且我年幼體弱多病，恐活不長。門庭冷清，如僧人般過著清心寡慾的日子；整天埋首寫作，貧窮如僧人的空缽。常常自想，莫非那名僧人眞是我的前世？我前世所做的善業不夠，所以才沒法到更好的世界；只能隨風飄蕩，落入污泥糞土之中。虛無飄渺的六道輪迴，不可謂全無道理。特別是在深夜燭光微弱之際，燈光昏暗蕊心將盡，書齋更顯冷清，書案冷如冰。我想集結眾人之力，妄圖再續《幽冥錄》；飲酒寫作，成憤世嫉俗之書：只能將平生之志寄託於此，實在可悲！唉！受盡風霜的寒雀，棲於樹上感受不到溫暖；憑弔月光的秋蟲，依偎著欄杆還能感到一絲溫暖。知我者，大概只有黃泉幽冥之中的鬼了！

寫於康熙十八年春。

卷九

09

前世因皆會種成現世果，
腳踏實地方能收成敬信與福報。
倘若妄想一步登天或為禍他人，
終將崩毀在空有華美外表的殘敗之下。

元寶

廣東臨江山崖巉巖[1]，常有元寶嵌石上。崖下波湧，舟不可泊。或蕩槳[2]近摘之，則牢不可動；若其人數[3]應得此，則一摘即落，回首已復生矣。

1 巉巖：陡峭的山石。巉，讀作「纏」，高聳險峻。
2 蕩槳：又作「盪槳」。以槳划船。
3 數：命數。

白話翻譯

廣東臨江一帶的山崖很陡峭，常有元寶鑲嵌在石頭上。崖下波濤洶湧，船無法停靠。有人划船靠近了去摘元寶，牢固無法撼動。如果有人命中註定得到元寶，一摘就掉落，回頭再看又生出一個新的元寶。

牧豎◆

兩牧豎[1]入山至狼穴，穴有小狼二，謀分捉之。各登一樹，相去數十步。少頃，大狼至，入穴失子，意甚倉皇。豎於樹上扭小狼蹄耳故令嗥[2]；大狼聞聲仰視，怒奔樹下，號且爬抓。其一豎又在彼樹致小狼鳴急；狼輟聲四顧，始望見之，乃舍[3]此趨彼，跑號如前狀。前樹又鳴，又轉奔之。口無停聲，足無停趾，數十往復，奔漸遲，聲漸弱；既而奄奄僵臥，久之不動。豎下視之，氣已絕矣。

今有豪強子[4]，怒目按劍，若將搏噬[5]；為所怒者，乃闔扇[6]去。豪聲嘶，更無敵者，豈不暢然[7]自雄[8]？不知此禽獸之威，人故弄之[9]以為戲耳。

1 牧豎：牧童。豎，原指未成年的僮僕，此指童子。
2 嗥：讀作「豪」，吼叫、號哭之意。
3 舍：此處讀作「捨」，捨棄、放棄。
4 豪強子：橫行霸道的人。
5 搏噬：捉去吃掉。
6 闔扇：把門關上。
7 暢然：自鳴得意。
8 自雄：自以為是英雄。
9 弄之：捉弄。

◆**馮鎮巒評點**：老子云：弱勝強，柔勝剛。勾踐之於夫差，漢高祖之於項羽，大概如此。即春秋、戰國亦往往有用之者。

老子說：看似柔弱的東西能勝過剛強之物。昔日越王勾踐敗於吳王夫差手中，漢高祖剛起兵時兵力本不如項羽，但最後勾踐卻用計謀戰勝夫差，漢高祖用謀略戰勝項羽。以弱勝強的謀略在春秋、戰國時代早已常被用於作戰策略上。

白話翻譯

兩個牧童走進山裡，來到一處狼所居住的山洞，裡面有兩隻小狼，兩人謀畫要各捉一隻，分別爬到兩棵樹上，兩棵樹大約相隔幾十步距離。不久，大狼回來了，進入山洞發現小狼不見了，顯得非常驚慌。牧童在樹上扭小狼的耳朵和腳，故意讓牠號叫。大狼聽見聲音，抬起頭來看到小狼，憤怒地跑到樹下，一邊號叫一邊爬樹。另一個牧童又在對面樹上讓另一隻小狼急促地號叫，大狼聽見聲音，四處尋找才看到第二隻小狼，於是放棄爬這棵樹，跑到另一棵樹去，像先前一樣邊叫邊爬。先前那棵樹上的小狼又發出哀鳴，大狼又轉而跑過去，腳步沒有一刻停下，口中發出的號叫不絕於耳。來往數十趟，大狼奔跑的速度漸漸慢下來，號叫的聲音也變得弱了，接著牠倒臥地上不動，奄奄一息。牧童跳下樹來觀看，大狼已經斷氣了。

現今社會上有惡霸，動不動就發怒，手按劍柄，想要把人捉來吃掉；而引誘他們發怒的人，關起門來就離開了。這些惡霸竭力叫喊，認為自己天下無敵，自鳴得意。他們不知道這只是禽獸的威風，別人故意戲弄他們取樂罷了。

研石

王仲超言：「洞庭君山[1]間有石洞，高可容舟，深暗不測，湖水出入其中。嘗秉燭泛舟而入，見兩壁皆黑石，其色如漆，按之而軟；出刀割之，如切硬腐[2]。隨意製為研[3]。既出，見風則堅凝過于他石。試之墨，大佳。估舟游楫[4]，往來甚眾，中有佳石，不知取用，亦賴好奇者之品題[5]也。」

1 君山：位於湖南省岳陽縣西南，洞庭湖中浮出於洞庭湖北面的小島，由七十二座大小山峰組成。也稱「湘山」、「洞庭山」。
2 硬腐：豆乾。
3 研：磨墨的器具。同「硯」。
4 估舟游楫：往來的商船與遊湖的船隻。楫，讀作「集」，船槳。
5 品題：原指評論人物或文章，定其高下。此指宣傳。

白話翻譯

王仲超說：「洞庭湖的君山下有個石洞，洞高可容納一艘船，又深又暗，不可測度，湖水就在洞中流進流出。我曾秉燭乘船進入其中，看到洞的兩壁都是黑石，色澤如漆，按下去的觸感很柔軟；用刀去割，如切豆腐乾，可以隨自己的心意做成硯臺。出來後，黑石受到風吹，比其他石頭都硬，試著在上面磨墨，效果很好。商船遊船在此來來往往，絡繹不絕，洞中有這樣好的石頭，人們卻不知拿來使用，只好靠尋幽訪勝的人替它宣傳了。」

績女

紹興①有寡媼夜績②，忽一少女推扉入，笑曰：「老姥無乃勞乎？」視之，年十八九，儀容秀美，袍服炫麗。媼驚問：「何來？」女曰：「憐媼獨居，故來相伴。」媼疑為侯門亡人③，苦相詰④。女曰：「媼勿懼，妾之孤，亦猶媼也。我愛媼潔，故相就，兩免岑寂，固不佳耶？」媼又疑為狐，默然猶豫。女竟升床代績。曰：「媼無憂，此等生活，妾優為之，定不以口腹相累。」媼見其溫婉可愛，遂安之。

夜深，謂媼曰：「攜來衾⑤枕，尚在門外，出溲⑥時，煩捉之。」媼出，果得衣一裹。女解陳榻上，不知是何等錦繡，香滑無比。媼亦設布被，與女同榻。羅衿甫解，異香滿室。既寢，媼私念：遇此佳人，可惜身非男子。女子枕邊笑曰：「姥七旬，猶妄想耶？」媼曰：「無之。」女曰：「既不妄想，奈何欲作男子？」媼愈知為狐，大懼。女又笑曰：「願作男子，何心而又懼我耶？」媼益恐，股戰搖床。女曰：「嗟乎！膽如此大，還欲作男子！實相告：我真仙人，然非禍汝者。但須謹言，衣食自足。」媼早起，拜於床下。女出臂挽之，臂膩如脂，熱香噴溢；肌一著人，覺皮膚鬆快。媼心動，復涉遐想。女哂曰：「婆子戰慄纔⑦止，心又何處去矣！使作丈夫，當為情死。」媼曰：「使是丈夫，今夜那得不死！」

由是兩心浹洽⑧，日同操作。視所績，勻細生光，織為布，晶瑩如錦，價較常三倍。媼出，則

扃[9]其戶；有訪媼者，輒於他室應之。居半載，無知者。後媼漸洩於所親，里中姊妹行[10]皆託媼以求見。女讓曰：「汝言不慎，我將不能久居矣。」媼悔失言，深自責；而求見者日益眾，至有以勢迫媼者。媼涕泣自陳。女曰：「若諸女伴，見亦無妨；恐有輕薄兒，將見狎侮。」媼復哀懇，始許之。

越日，老媼少女，香煙相屬於道。女厭其煩，無貴賤，悉不交語，惟默然端坐，以聽朝參[11]而已。鄉中少年聞其美，神魂傾動，媼悉絕之。有費生者，邑之名士，傾其產，以重金啗[12]媼。媼諾，為之請。女已知之，責曰：「汝賣我耶？」媼伏地自投。女曰：「汝貪其賂，我感其癡，可以一見。然而緣分盡矣。」媼又伏叩。女約以明日。生聞之，喜，具香燭而往，入門長揖。女簾內與語，問：「君破產相見，將何以教妾也？」生曰：「實不敢他有所干，祇以毛嬙[13]、西子[14]，徒得傳聞，如不以冥頑見棄，俾得一闊眼界，下願已足。若休咎[15]自有定數，非所樂聞。」忽見布幕之中，容光射露，翠黛朱櫻[16]，無不畢現，似無簾幌之隔者。生意眩神馳，不覺傾拜。拜已而起，則厚幙[17]沉沉，聞聲不見矣。悒悵間，竊恨未睹下體[18]；俄見簾下繡履雙翹[19]，瘦不盈指。生又拜。簾中語曰：「君歸休！妾體惰矣！」

媼延生別室，烹茶為供。生題「南鄉子」[20]一調於壁云：「隱約畫簾前，三寸凌波玉筍尖；點地分明蓮瓣落纖纖[21]，再著重臺[22]更可憐。花襯鳳頭彎[23]，入握[24]應知軟似綿；但願化為蝴蝶去，裙邊，一嗅餘香死亦甜。」題畢而去。女覽題不悅，謂媼曰：「我言緣分已盡，今不妄矣。」媼伏地請罪。女曰：「罪不盡在汝。我偶墮情障[25]，以色身[26]示人，遂被淫詞污褻，此皆自取，於汝何尤。若不速遷，恐陷身情窟，轉劫[27]難出矣。」遂襆被[28]出◆。媼追挽之，轉瞬已失。

績女
翠黛朱櫻想玉
容銀河迢隔憐
重〻青天碧海
飄然去贏得新
詞唱懊儂

1 紹興：古代縣名，今浙江省紹興市。
2 績：把絲麻梳理好，紡成紗線，代指織布、紡織。
3 亡人：逃走的侍妾。
4 詰：讀作「結」，問。
5 衾：讀作「親」，被子。
6 溲：讀作「搜」，小便。
7 纔：讀作「才」，僅、只之意。
8 浹洽：讀作「夾俠」，相處融洽。
9 扃：讀作「窘」的一聲，關門、閉門。
10 行：輩。
11 朝參：朝拜。
12 啗：讀作「淡」，利誘。
13 毛嬙：春秋時代與西施並稱的美人。嬙，讀作「強」。
14 西子：即西施。范蠡進獻西施，越王勾踐為了消滅吳國，將西施送入吳宮。
15 休咎：吉凶禍福。
16 翠黛朱櫻：綠眉紅唇。此處借指五官容貌。
17 幙：讀作「幕」，指簾幕、垂掛的布幔。
18 下體：腳。
19 繡履雙翹：古代女子裹小腳所穿的繡花鞋上翹起的腳尖。
20 南鄉子：詞牌名，有單調、雙調兩種體例。此處為雙調。
21 蓮瓣落纖纖：形容女子的繳嬌小，步步生蓮。
22 重臺：複瓣的花，此指繡花鞋。
23 鳳頭彎：鳳頭造型的鞋尖。彎，古代女子纏足，足尖小彎曲如鉤狀，又往後彎。
24 入握：握住女子的雙腳，意謂與她發生親密關係。
25 情障：男女因情愛而造成的業障。此處指情網。
26 色身：佛家語。身體。色，指物質。
27 轉劫：歷劫。
28 襆被：抱著被褥。襆，讀作「僕」，巾帕、行李。

◆**但明倫評點：**潔身而來，潔身而去，何等乾淨。

來時是清白之身，去時也是清白之身，這是何等的冰清玉潔。

白話翻譯

紹興有位老寡婦，夜晚正在紡紗時，忽有一名少女推門而入，笑著說：「老婆婆不會感到疲憊嗎？」老寡婦一看，少女年約十八、九歲，容貌秀麗，穿著華貴的衣服。老婆婆驚訝地問：「你從何處來？」女子答：「我可憐您獨居無伴，所以前來作伴。」老婆婆懷疑她是官家逃出來的小妾，不斷追問她的來歷。女子說：「老婆婆不要害怕，我也是孤身一人，與您相同。我喜歡婆婆愛乾淨，所以來此相伴，這樣我們都不用孤單了，這樣不好嗎？」老婆婆懷疑她是狐妖所幻化，默然不語，心中猶豫。女子乾脆登床幫老婆婆紡紗，說：「老婆婆您不用擔心，紡紗我很擅長，肯定不會增加您日常的開銷。」老婆婆看她溫婉可愛，就放下心來。

夜深了，女子對老婆婆說：「我帶來的被褥和枕頭還放在門外，你出去小解時，順便把它拿進來。」老婆婆出門，果然拿進來一包衣物。女子打開被褥鋪到床上，但不知這是什麼樣的布料，竟然又香又滑。老婆婆也鋪好布被褥，和女子同榻而眠。女子剛解開衣裙，一股異香就充盈於室。躺下後，老婆婆心想：「遇到這等美女，可惜自己不是男人。」女子躺在床上笑著說：「婆婆都七十歲了，還會胡思亂想嗎？」老婆婆說：「沒有的事。」女子說：「既然沒有胡思亂想，怎麼會想要做個男人呢？」老婆婆由此更加肯定她是個狐女，心中非常恐懼。女子又笑道：「既然想做男人，為何又懼怕我啊？」老婆婆更加恐懼，雙腿顫抖不已，床都在搖晃。女子說：「哎喲！就這點膽量，還想做個男子呢！實話告訴你，我的確是狐仙，但並不會害你。婆婆只要謹言慎行，保你衣食無憂。」

老婆婆一早起床，便跪到床下，狐女伸手扶她起來，手臂的肌膚如凝脂般光滑，香噴噴的，一接觸到她的肌膚，就覺全身暢快。老婆婆心神蕩漾，又開始想入非非。

狐女笑道：「老婆婆才剛不害怕，又開始胡思亂想了。您若真是個男人，一定為情所困而死。」老婆婆說：「我若眞是個男人，昨晚早就做了風流鬼了。」

從此兩人相處融洽，每天一起紡紗織布。看狐女紡出的紗線，勻細發亮；織成布，光潔如同錦繡，賣出的價錢比往常的多出三倍。老婆婆從此出門都會鎖門，有訪客來都在其他房間接待。過了半年，無人知道此事。後來，老婆婆逐漸透露口風給她親近的人，鄉里中的姊妹淘都拜託老婆婆替她們引見。狐女推辭說：「你自己說話不謹愼，我無法再繼續住這裡了。」老婆婆後悔自己失言，自責不已。求見的人逐漸增加，甚至有人以權勢威脅老婆婆，老婆婆向狐女哭著求情，狐女說：「如果只是幾個婦女朋友，我見了也沒關係；就怕有些輕浮的男子，會趁機輕薄我。」老婆婆再三懇求，狐女才答應。

第二天，鄰里的老婦、少女們絡繹不絕前來參見。狐女感到很厭煩，無論身分高低貴賤，都不與她們交談，只是默然不語坐在那裡，任由她們朝拜晉見。鄉里中的少年聽說狐女長得很美，各個神魂顚倒，老婆婆都拒絕他們的求見。

有位姓費的書生，是紹興的秀才，傾家蕩產把錢全部拿來賄賂老婆婆，老婆婆答應替他說情。狐女已經知曉此事，責備她：「你居然出賣我！」老婆婆跪在地上承認過錯，狐女說：「你貪財受賄，我被他的癡情感動，可以見上一面，但是我們的緣分已盡。」老婆婆又跪地叩首，狐女相約明日。費生聽說後很高興，準備香燭前往。他進門深深一揖，狐女隔著簾子和他說話：「你變賣全部家產只爲見我一面，有什麼指教嗎？」費生道：「小生不敢有非分之想，美女只聽說過毛嬙、西施，若你不嫌棄我資質愚鈍，願意讓我瞻仰容顏，於願已足。至於吉凶禍福，自有定數，我無意知曉。」忽然見到簾幕之中，女子容光四射透露出來，口鼻五官樣貌，看得清清楚楚，宛如沒有簾子相隔一般。費生神魂蕩漾，不知不覺跪拜在地。拜完後，就見簾幕垂下，只聽見聲音，卻見不到狐女的容顏。費生正在悵惘，暗自後悔沒有看到狐女的腳。不久，布簾下露出一雙繡花鞋，纖細小巧，不及一根指頭般粗。費生又跪拜下去，狐女在簾中說道：「你回去吧！我倦了。」

老婆婆領著費生到另外一個房間，烹茶招待他。費生塡了一首〈南鄉子〉的詞，題在牆壁上：「隱約畫簾前，三寸淩波玉筍尖；點地分明，蓮瓣落纖纖，再著重臺更可憐。花襯鳳頭彎，入握應知軟似綿；但願化爲蝴蝶去裙邊，一嗅餘香死亦甜。」寫完就走了。狐女看過題詞，非常不高興，對老婆婆說：「我說過我們緣分已盡，如今果然不錯。」老婆婆跪在地上請罪，狐女說：「不完全是你的錯。是我一時不愼落入情網之中，以眞容示人，才被淫詞污辱褻瀆，這是我咎由自取，與你無關。如果我不盡快搬走，恐怕我會陷入情網之中，永難得脫。」說完就收拾行李離去。老婆婆追上去想要挽留，狐女轉瞬就不見了。

武夷

武夷山有削壁千仞1，人每于下拾沈香2玉塊焉。太守聞之，督數百人作雲梯3，將造4頂以覘5其異，三年始成。太守登之，將及巔，見大足伸下，一拇指粗于擣衣杵，大聲曰：「不下，將墮矣！」大驚，疾下。纔6至地，則架木朽折，崩墜無遺。

1千仞：形容非常高聳。仞，讀作「刃」，古代計算長度的單位。
2沈香：一種可作為薰香材料的香木，樹脂可入藥。
3雲梯：古代攻城用的長梯。
4造：到達。
5覘：讀作「沾」，觀看、察視。
6纔：讀作「才」，僅、只之意。

◆**仙舫評點**：人無私欲，均可造極；無如利心一萌，自必為神靈所叱逐耳。

人沒有私欲，都可以到達頂峰；若是追名逐利的心一蠢動，必定就被神靈譴責喝斥了。

白話翻譯

武夷山有一座高聳千丈的山壁，當地居民常常到下頭撿拾值錢的沉香和玉塊。太守聽說此事，監督幾百個工人打造可攀山壁的雲梯，想要到達頂峰看看有何異狀。雲梯歷時三年才完工，太守登上雲梯，快要到達頂峰時，只見一隻大腳伸下來，出現一個比擣衣杵還粗的拇指，一個聲音大聲說：「你再不下去，梯子就要垮囉！」太守感到很驚訝，馬上下去。腳才碰到地面，雲梯的支架便腐朽折斷，全部損毀。

紅毛氈

紅毛國①，舊許與中國相貿易②。邊帥見其眾，不許登岸。紅毛人固請：「賜一氈③地足矣。」帥思一氈所容無幾，許之。其人置氈岸上，僅容二人；拉之，容四五人；且拉且登，頃刻氈大畝許，已數百人矣。短刃並發，出於不意，被掠數里而去。◆

1 紅毛國：指荷蘭。
2 舊許與中國相貿易：康熙二十二年（西元一六四一年），清廷才准許荷蘭與中國貿易，不久又禁止。
3 氈：讀作「沾」，獸毛做成的織物。
4 蜮：讀作「育」，傳說中一種害人的毒蟲，住在水中。
5 疢疾：疢病，此指隱患。疢，讀作「襯」。

◆**但明倫評點：**異貌異心，為鬼為蜮④，此華夏之疢疾⑤也。防維控馭之，勿使萌孽，是在於邊帥已。

樣貌不同心腸也各異，或為鬼怪或為害蟲，這是華夏的隱患也。如何防禦控管，不讓他們有機可趁，全都由邊境統帥一人主導。

白話翻譯

荷蘭在以前是被朝廷准許與中國貿易的。然而邊境守將見他們人多勢眾，不讓他們上岸。荷蘭人不斷請求：「只要給我們一塊毛毯大的地方就夠了。」主帥心想，一塊毯子容納不了幾個人，就答應了。荷蘭人得知後，將毛毯放在岸邊，只夠站上兩個人；把毯子拉大一點，可以站上四、五人，一邊扯一邊上岸。片刻，毛毯拉成約有一畝田大小，上面已經站著幾百個人了。他們抽出短刀，出其不意發動進攻，搶掠了方圓好幾里土地才退離。

紅毛氈
占地無多只一氈豈知頃刻展來寬寄言邊帥須留意他日興戈此肇端

抽腸

萊陽[1]民某晝臥，見一男子與婦人握手入。婦黃腫，腰粗欲仰，意象[2]愁苦。男子促之曰：「來，來！」某意其苟合[3]者，因假睡以窺所為。既入，似不見榻上有人。又促曰：「速之！」婦便自袒胸懷，露其腹，腹大如鼓。男子出屠刀一把，用力刺入，從心下直剖至臍，蚩蚩有聲。某大懼，不敢喘息。而婦人攢眉[4]忍受，未嘗少呻。男子口啣刀，入手于腹，捉腸挂[5]肘際；且挂且抽，頃刻滿臂。乃以刀斷之，舉置几上，還復抽之。几既滿，懸椅上；椅又滿，乃肘數十盤[6]，如漁人舉網狀，望某首邊一擲。覺一陣熱腥，面目喉膈[7]覆壓無縫。某不能復忍，以手推腸，大號起奔。腸墮榻前，兩足被縶[8]，冥然[9]而倒。家人趨視，但見身繞豬臟；既入審顧，則初[10]無所有。眾各自謂目眩，未嘗駭異。及某述所見，始共奇之。而室中並無痕跡，惟數日血腥不散。

1萊陽：地名，今山東省萊陽市。
2意象：神色。
3苟合：非正當的男女關係。
4攢眉：蹙眉。攢，此處讀作「竄」的二聲。
5挂：同「掛」。
6盤：盤繞幾圈以便計算數量。
7膈：胸部。
8縶：讀作「執」，捆綁、綁縛。
9冥然：頭暈眼花。
10初：原本。

白話翻譯

萊陽有個居民，午睡時，突然看到一男一女牽手走進來。婦人膚色蠟黃，身材肥胖，腰很粗，表情愁眉苦臉。男人催促她：「快來，來！」這人以爲他們是要私通苟合的男女，就假裝睡覺偷看他們意欲何爲。兩人走進屋子，對床上的人視而不見。那男人又開始催促：「快點！」婦人依言脫下自己衣服，露出胸部和腹部，肚子竟大得如同一面鼓。男人此時拿出一把屠刀，用力刺入婦人腹部，從心口往下一口氣割到肚臍處，發出嗤嗤的聲音。這個人見狀十分害怕，大氣都不敢喘一下。婦人皺眉忍痛，一聲都不吭。男人用嘴啣著刀，把手伸到婦人肚子裡，抓住腸子往外拉，拉出後掛在臂膀上，一邊掛、一邊抽，一會兒就掛滿了整條手臂。於是，男人用刀割斷腸子，放到桌上，回來再抽，整張桌子都堆滿了，就掛到椅子上，椅子又堆滿了，就往手肘上纏繞幾十圈，像漁夫舉網的模樣，朝這個人頭上一丟，這個人立刻感到一股熱腥味迎面撲來，眼、耳、口、鼻、喉嚨和胸口，都被腸子密密麻麻蓋著。這個人再無法忍受，用手推開腸子，大叫著跑出去。腸子掉在床邊，他的雙腳被腸子絆住，一陣暈眩摔倒在地。家人跑來一觀，只見他身上纏著豬內臟，再走近仔細一瞧，什麼也沒有。大家都說眼花看錯了，並不覺得有奇異的現象，等到這個人把他剛才所見的事情講述了一遍，大家都覺得奇怪。屋子裡沒有任何痕跡，只有血腥味數日皆無消散。

張鴻漸

張鴻漸，永平[1]人。年十八，為郡名士。時盧龍令趙某貪暴，人民共苦之。有范生被杖斃，同學忿其冤，將鳴部院[2]，求張為刀筆之詞[3]，約其共事。張許之。妻方氏，美而賢，聞其謀，諫曰：「大凡秀才作事，可以共勝，而不可以共敗：勝則人人貪天功[4]，一敗則紛然瓦解，不能成聚。今勢力世界，曲直難以理定，君又孤，脫有翻覆，急難[5]者誰也！」張服其言，悔之，乃婉謝諸生，但為創詞[6]而去◆。質審一過，無所可否。趙以巨金納大僚，諸生坐結黨[7]被收，又追捉刀[8]人。張懼，亡去。至鳳翔[9]界，資斧斷絕。

日既暮，踟躕曠野，無所歸宿。欻[10]睹小村，趨之。老嫗方出闔扉，見生，問所欲為，張以實告。嫗曰：「飲食床榻，此都細事；但家無男子，不便留客。」張曰：「僕亦不敢過望，但容寄宿門內，得避虎狼足矣。」嫗乃令入，閉門，授以草薦[11]，囑曰：「我憐客無歸，私容止宿，未明宜早去，恐吾家小娘子聞知，將便怪罪。」嫗去，張倚壁假寐。忽有籠燈晃耀，見嫗導一女郎出。張急避暗處，微窺之，二十許麗人也。及門，見草薦，詰嫗；嫗實告之。女怒曰：「一門細弱，何得容納匪人[12]！」即問：「其人焉往？」張懼，出伏階下。女審詰邦族，色稍霽，曰：「幸是風雅士，不妨相留。然老奴竟不關白[13]，此等草草，豈

◆**但明倫評點：**已聞言而悔，奈何又捉刀耶？使方見之，當為涕泣而火其詞。

既然已經聽了方氏之言，後悔和秀才們一起打官司，為何又替他們寫訴訟狀？若是方氏看到了，一定替他痛哭流涕，並為他起草狀詞一事而動怒。

所以待君子！」命嫗引客入舍。俄頃，羅酒漿，品物精潔；既而設錦裀⑭於榻。張甚德之，因私詢其姓氏。嫗曰：「吾家施氏，太翁夫人俱謝世，止遺三女。適所見，長姑舜華也。」

嫗去。張視几上有《南華經》⑮註，因取就枕上，伏榻翻閱，忽舜華推扉入。張釋卷，搜覓冠履。女即榻捺坐曰：「無須，無須！」因近榻坐，腆然曰：「妾以君風流才士，欲以門戶相託⑯，遂犯瓜李之嫌⑰。得不相遐棄⑱否？」張皇然不知所對，但云：「不相誑，小生家中，固有妻耳。」女笑曰：「此亦見君誠篤，顧亦不妨。既不嫌憎，明日當煩媒妁。」言已，欲去。張探身挽之，女亦遂留。未曙即起，以金贈張，曰：「君持作臨眺⑲之資；向暮，宜晚來。恐傍人所窺。」張如其言，早出晏歸，半年以為常。

一日，歸頗早，至其處，村舍全無，不勝驚怪。方徘徊間，聞媪云：「來何早也！」一轉盼間，則院落如故，身固已在室中矣，益異之。舜華自內出，笑曰：「君疑妾耶？實對君言：妾，狐仙也，與君固有夙緣。如必見怪，請即別。」張戀其美，亦安之。夜謂女曰：「卿既仙人，當千里一息⑳耳。小生離家三年，念妻孥不去心，能攜我一歸乎？」女似不悅，曰：「琴瑟之情，妾自分於君為篤；君守此念彼，是相對綢繆者，皆妄也！」張謝曰：「卿何出此言！諺云：『一日夫妻，百日恩義。』後日歸念卿時，亦猶今日之念彼也。設得新忘故，卿何取焉？」女乃笑曰：「妾有褊心㉑：於妾，願君之不忘；於人，願君之忘之也。然欲暫歸，此復何難，君家咫尺耳！」遂把袂出門，見道路昏暗，張逡巡不前。女曳之走，無幾時，曰：「至矣。君歸，妾且去。」張停足細認，果見家門。

踰垝垣[22]入，見室中燈火猶熒。近以兩指彈扉。內問為誰，張具道所來。內秉燭啟關，真方氏也。兩相驚喜，握手入帷。見兒臥床上，慨然曰：「我去時兒纔[23]及膝，今身長如許矣！」夫婦依倚，恍如夢寐。張歷述所遭。問及訟獄，始知諸生有瘐死[24]者，有遠徙[25]者，益服妻之遠見。方縱體入懷，曰：「君有佳耦，想不復念孤衾中有零涕人矣！」張曰：「不念，胡以來也？我與彼雖云情好，終非同類；獨其恩義難忘耳。」方曰：「君以我何人也！」張審視，竟非方氏，乃舜華也。以手探兒，一竹夫人[26]耳。大慚無語。女曰：「君心可知矣！分當自此絕矣，猶幸未忘恩義，差足自贖。」過二三日，忽曰：「妾思癡情戀人，終無意味。君日怨我不相送，今適欲至都，便道可以同去。」乃向床頭取竹夫人共跨之，令閉兩眸，覺離地不遠，風聲颼颼。移時，尋落。女曰：「從此別矣。」方將訂囑，女去已渺。

悵立少時，聞村犬鳴吠，蒼茫中見樹木屋廬，皆故里景物，循途而歸。踰垣叩戶，宛若前狀。方氏驚起，不信夫歸，詰證確實，始挑燈嗚咽而出。既相見，涕不可仰。張猶疑舜華之幻弄也；又見床臥一兒，如昨夕，因笑曰：「竹夫人又攜入耶？」方氏不解，變色曰：「妾望君如歲[27]，枕上啼痕固在也。甫能相見，全無悲戀之情，何以為心矣！」張察其情真，始執臂欷歔，具言其詳。問訟案所結，並如舜華言。方相感慨，聞門外有履聲，問之不應。

蓋里中有惡少，久窺方豔，是夜自別村歸，遙見一人踰垣去，謂必赴淫約者，尾之入。甲故不甚識張，但伏聽之。及方氏亟問，乃曰：「室中何人也？」方諱言：「無之。」甲言：「竊聽已久，敬將以執姦耳。」方不得已，以實告。甲曰：「張鴻漸大案未消，即使歸家，亦當縛送官府。」方苦哀之，甲詞益狎逼。張忿火中燒，把刀直出，剁甲中顱。甲踣[28]，猶號；又連剁之，遂死。方曰：「事已至此，罪益加重。君速逃，妾請任其辜[29]。」張曰：「丈夫死則死耳，焉肯辱妻累子以求活耶！卿無顧慮，但令此子勿斷書香[30]，目即瞑矣。」天明，赴縣自首。

趙以欽案[31]中人，姑薄懲之。尋由郡解都，械禁頗苦。途中遇女子跨馬過，一老嫗捉鞚[32]，蓋舜華也。張呼嫗欲語，淚隨聲墮。女返轡，手啟障紗[33]，訝曰：「表兄也，何至此？」張略述之。女曰：「依兄平昔，便當掉頭不顧；然予不忍也。寒舍不遠，即邀公役同臨，亦可少助資斧。」從去二三里，見一山村，樓閣高整。女下馬入，令嫗啟舍延客。既而酒炙豐美，似所夙備。又使嫗出曰：「家中適無男子，張官人即向公役多勸數觴，前途倚賴多矣。遣人措辦數十金，為官人作費，兼酬兩客，尚未至也。」二役竊喜，縱飲，不復言行。日漸暮，二役徑醉矣。女出，以手指械，械立脫；曳張共跨一馬，駛如龍。少時，促下，曰：「君止此。妾與妹有青海[34]之約，又為君逗留一晌，久勞盼注矣。」張問：「後會何時？」女不答；再問之，推墮馬下而去。既曉，問其地，太原[35]也。

遂至郡，賃屋授徒焉。託名宮子遷。居十年，訪知捕亡寖怠[36]，乃復逡巡東向。既近里門，不敢遽入，俟夜深而後入。及門，則牆垣高固，不復可越，只得以鞭撾[37]門。久之，妻始出問。張低語之。喜極，納入，作呵叱聲，曰：「都中少用度，即當早歸，何得遣汝半夜來？」入室，各道情事，始知二役逃亡未返。言次，簾外一少婦頻來，張問伊誰，曰：「兒婦耳。」問：「兒安在？」曰：「赴郡大比[38]未歸。」張涕下曰：「流離數年，兒已成立，不謂能繼書香，卿心血殆盡矣！」話未已，子婦已溫酒炊飯，羅列滿几。張喜慰過望。居數日，隱匿房榻，惟恐人知。

一夜，方臥，忽聞人語騰沸，捶門甚厲。大懼，並起。聞人言曰：「有後門否？」益懼，急以門扇代梯，送張夜度垣而出，然後詣門問故，乃報新貴[39]者也。方大喜，深悔張遁，不可追挽。

張是夜越莽穿榛，急不擇途；及明，困殆已極。初念本欲向西，問之途人，則去京都通衢不遠矣。遂入鄉村，意將質衣而食。見一高門，有報條[40]黏壁上，近視，知為許姓，新孝廉也。頃之，一翁自內出，張迎揖而告以情。翁見儀貌都雅，知非賺食者，延入相款。因詰所往。張託言：「設帳都門，歸途遇寇。」翁留誨其少子。張略問官閥，乃京堂林下[41]者；孝廉，其猶子[42]也。月餘，孝廉偕一同榜[43]歸，云是永平張姓，十八九少年也。張以鄉、譜[44]俱同，暗中疑是其子；然邑中此姓良多，姑默之。至晚解裝，出「齒錄」[45]，急借披讀，真子也。不覺淚下。共驚問之。乃指名曰：「張鴻漸，即我是也。」備言其由。張孝廉抱父大哭。許叔姪慰勸，始收悲以喜。許即以金帛函字，致告憲[46]臺，父子乃同歸。

方自聞報，日以張在亡為悲；忽白孝廉歸，感傷益痛。少時，父子並入，駭如天降，詢知其故，始共悲喜。甲父見其子貴，禍心不敢復萌。張益厚遇之，又歷述當年情狀，甲父感愧，遂相交好。

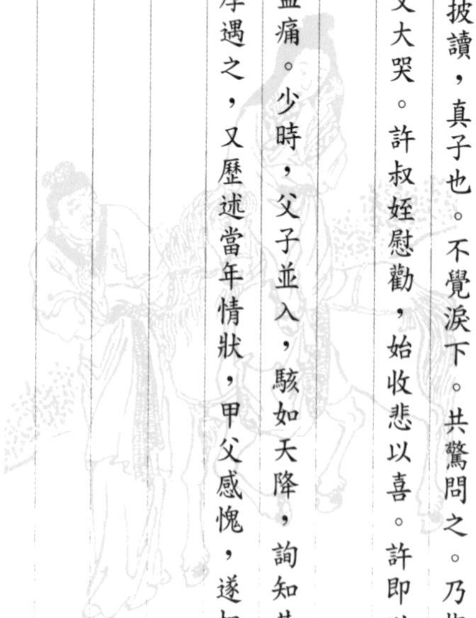

1永平：府名，今河北省盧龍縣。
2部院：清代各省巡撫，多半兼兵部侍郎及都察院副都御史，故稱為「部院」。
3刀筆之詞：訴訟狀。刀筆，刀筆吏的簡稱，指訟師，言為其刀筆，能殺人傷人。
4貪天功：把別人的功勞占為己有。語出《左傳．信公二十四年》：「竊人之財，猶謂之盜；況貪天功以為己力乎？」
5急難：急人之難。此指在別人困難之時，伸出援手相助。語出《詩經．小雅．常棣》：「兄弟急難。」
6創詞：起草狀詞。
7坐結黨：因結黨而獲罪。
8捉刀：意即幫人代筆寫文章。
9鳳翔：古代府名，今陝西省鳳翔縣。
10歘：讀作「乎」，同今「欻」字，是欻的異體字，忽然之意。
11草薦：草蓆。
12匪人：不是自己的親人。此指來歷不明的人。語出《易經．比卦．象辭》：「比之匪人，不亦傷乎？」
13關白：稟告。
14裀：讀作「音」，墊褥。
15《南華經》：《莊子》一書的別稱。唐玄宗天寶元年，下詔稱《莊子》一書為《南華真經》，後世簡稱為《南華經》。
16以門戶相託：招男子入贅的委婉之辭。
17瓜李之嫌：比喻處在被懷疑的境地。語出古樂府《君子行》：「君子防未然，不處嫌疑間，瓜田不納履，李下不整冠。」
18遐棄：疏遠嫌棄。
19臨眺：登高望遠。此指遊覽。
20千里一息：千里之遙，一呼一吸之間即可到達。
21褊心：氣量狹小。褊，讀作「扁」。
22垝垣：讀作「鬼圓」，倒塌的垣牆。
23纔：讀作「才」，僅、只之意。
24瘐死：病死獄中。瘐，讀作「雨」。
25徙：流放。
26竹夫人：古時消暑的器具。作用如今之抱枕，以竹子編織而成。
27望君如歲：盼君歸來，如同盼望秋天能夠豐收。語出《左傳．哀公十二年》：「國人望君，如望歲焉。」
28踣：讀作「博」，跌倒。
29請任其辜：准予讓我頂罪。辜，過錯、罪過。
30書香：指芸香，古人用芸香草夾在書中防止書蟲蛀蝕，故有書香之稱。此指喜好讀書的家庭風氣。
31欽案：欽命審理的案件。欽，古代對帝王行事的尊稱。
32鞚：讀作「控」，套在馬脖子上，控制馬匹行走方向的馬具。
33障紗：猶言面紗。
34青海：湖名。位於青海省東北部，面積約四千五百平方公里，是中國最大的內陸鹹水湖，古人相傳是求仙訪道之地。
35太原：今山西省太原市。
36寖怠：逐漸怠慢下來。寖，讀作「浸」。
37撾：讀作「抓」，敲打。

38大比：鄉試。
39新貴：初任高官的人。此指新登科第的人。
40報條：科舉時代，報信人向登第者報喜的紅色紙條。
41京堂林下者：退隱的京官。清代都察院、通政司及諸卿寺的堂官，均稱京堂。林下，此指退隱。
42猶子：姪兒。

43同榜：指古代科舉考試同一榜錄取。
44譜：族譜，記載族姓世系的簿藉。此處借指姓氏。
45齒錄：科舉時代，將同榜者姓名、年齡、籍貫、三代，彙刻成冊，稱為「齒錄」，也稱「同年錄」。
46憲：上司。

白話翻譯

張鴻漸是河北永平府人，十八歲時已是郡中的名士。當時，盧龍縣的趙縣令，爲人貪心又暴虐，老百姓皆遭受他的迫害。有個范秀才被他嚴刑逼供而死，范秀才的同學都爲他打抱不平，大家準備到巡撫衙門控告趙縣令，請求張鴻漸寫訴狀，並邀請他加入打官司的行列，張鴻漸於是答應了。

張妻方氏，既美貌又賢慧，聽說此事後，勸張鴻漸道：「你和秀才們一起打官司，若是贏了，眾人必定互相爭奪功勞；若是輸了，大家就會互相推諉責任，難以團結一心。如今世道以誰的權勢大，就能一手遮天，就算你有理也難以說得清楚。況且，你是家中獨子，倘若輸了官司遇到危難，又有誰能來相救啊！」張鴻漸覺得妻子說的很有道理，便婉拒了打官司一事，只寫完狀子就離去了。秀才們上告巡撫衙門，一審過後，也沒有斷出個結果來。此時，趙知縣拿出一大筆錢賄賂主持審案的長官，反而判這些遞狀子的秀才們一個結黨營私的罪名，將他們全部收押入獄，並且追查寫狀子的人。張鴻漸得知此事後立刻出逃，一路逃到陝西鳳翔縣，身上盤纏都用完了。

到了傍晚，他只能在荒野獨行，無處可住。正在爲難時，看見前面有個小村子，急忙跑過去。有個老太婆正好出來關門，看到張鴻漸，問他意欲何爲。張鴻漸照實說了，老太婆說：「你想要借住一晚並非難事，只是家中僅有女眷，恐怕不便。」張鴻漸急忙道：「我豈敢奢求，只求允我借住一晚，有個遮風避雨之處就行了。」老太婆聽完，叫他進門來，關上門後，遞給他一個草薦，又囑咐他：「我是看你可憐沒有地方住，自作主張留你住在此地。天亮前你就要趕快離開，否則我家小姐若是知道，定要怪罪於我。」老太婆走後，張鴻漸就靠著牆打盹，朦朧中看見燈影搖晃，老太婆引著一位女子走了出來。張鴻漸急忙躲到暗處，偷偷窺視過去，發現女子是一位二十多歲的美女。姑娘走到門口，看見地上的草薦，就問老太婆緣由，老太婆只好實言相告。姑娘怒道：「我們家裡只有女眷，怎能留男人在此過夜！」又問：「那個人上哪去了？」張鴻漸很驚恐，從暗處走了出來，在臺階前跪下。姑娘詳細問了他的姓名、家世，臉色稍稍緩和了些，說：「幸好是位知書達禮的秀才，留宿也是可以的。只是，這老奴竟然不向我稟報，如此隨便，哪裡是待客之道？」說完，姑娘命老太婆將客人引到屋裡，不久奉上酒食，招待他吃飯。等他吃完後，又拿出繡花緞被鋪好床，才請他休息。張鴻漸見主人如此殷勤款待，心裡很感動，悄悄向老太婆打聽姑娘姓名。老太婆回答：「我家主人姓施，老爺和

張鴻漸
料得書生事不
成逃亡張祿姓
名更只因夢境
迷離後夜半敲
门摠啣驚

夫人都過世了，留下三位小姐。你剛才見到的是大小姐舜華。」

老太婆走後，張鴻漸看見桌子上有本《南華經》的註釋本，順手拿起，放在枕頭上翻看。舜華突然推門進來，張鴻漸把書放下，慌忙找鞋帽，打算起身迎接。舜華走到床前，按著他的肩頭不讓他起身，要他在床上坐下，說道：「不用起來，不用起來！」邊說邊挨著床邊坐下，有點羞赧地說：「我看你是個風雅的才子，想要以終身相託，希望你不會因我主動提親而看不起我。」張鴻漸驚慌失措，不知該如何回答才好，掙扎了一番才說：「實不相瞞，我已有家室。」舜華笑道：「你能坦白相告，可見你是個老實人，這也無妨。既然你不嫌棄我，明天我就請媒人來正式提親。」說完，她就要離開，張鴻漸一把將她拉住，她也沒有拒絕，就留在他的房中。第二天，天尚未亮，舜華就起身，給張鴻漸一些錢說：「這些給你作爲出門遊覽之用，天黑時晚些回來，免得被人瞧見。」張鴻漸按照她的囑咐，每天早出晚歸，就這樣過了半年。

有一天，張鴻漸回來早了，卻找不到投宿的村子，心中正在納悶，在附近徘徊，忽聽老太婆說：「你怎麼回來得這麼早呀！」一轉眼那座宅院又出現了，張鴻漸發現自己已經在屋內，更感詫異。只見舜華走出來，笑道：「你是懷疑我的身分嗎？實言相告，我是個狐仙，與你有緣，但若你心中害怕，可以現在就離開。」張鴻漸依戀她的美貌，並不介意她是狐仙，於是繼續留下來。一天晚上，張鴻漸對舜華說：「既然你是狐仙，幾千里路瞬息便至，我離家已經三年，一直記掛妻兒，你能帶我回家一趟嗎？」舜華不悅地說：「我對你一往情深，你雖在我身邊，心中卻記掛著別人，難道往日的恩愛都是假的嗎？」張鴻漸勸慰她說：「你何出此言呢？俗話說：『一日夫妻百日恩。』日後若與你分開，也會牽掛於你，倘若我是個喜新厭舊的人，你還會喜歡我嗎？」舜華聽完後，笑道：「我的心胸狹隘，只鍾情於你一人，希望你心裡只有我一個，至於別人，忘了才好呢！你若想要回家，這有何難，你的家就在眼前！」接著牽起他的手向門口走去，只見外面道路漆黑一片。張鴻漸畏畏縮縮不敢向前邁步，舜華拉著他往前走，不久，她說：「到了。你回家去吧，我先走了！」張鴻漸停下腳步，仔細辨認四周，果然到了自家門口。

他翻牆進去，見屋裡的燈還亮著，他輕輕敲門，屋中的人問他是誰，張鴻漸答說是他回來了，屋中人舉著蠟燭把門打開。張鴻漸見到妻子，兩人又驚又喜，拉著手回房間去。張鴻漸看見兒子睡在床上，嘆道：「我逃走時孩子才到我的膝蓋，現在都長這麼高了！」夫妻二人緊緊依偎在一起，宛如在夢中一樣。張鴻漸向妻子敘述離別後的經過。問起那場官司，他才得知，有些秀才到死都沒有被釋放，有些被流放到外地。他更加欽佩妻子有先見之明，方氏撲到他懷裡說：「你有了新夫人，又怎還會想到我呢！」張鴻漸說：「若非記掛你，我為何回來？我與她感情雖好，但終究不是同類，不過是恩義終究難忘。」方氏聲音忽變：「你以為我是誰？」張鴻漸仔細一瞧，竟然是舜華，用手去摸兒子，卻是個消暑用的「竹夫人」。張鴻漸覺得很慚愧，默不作聲。舜華說：「我總算明白你心中的眞實想法了。照理說，我應該與你恩斷義絕。

幸好你還記得我恩情，就饒了你吧。」

兩、三天後，舜華忽然說：「對於我們這段感情，大概只是我一廂情願，留你在此也沒什麼意思。你總是抱怨我不送你回家，今天我正好要去京城，順便帶你回去。」說完，她順手從床上拿來「竹夫人」，兩人一起騎在上面。她要張鴻漸閉上眼睛，張鴻漸只覺並未離地面多遠，耳邊風聲作響，不久就降落到地面。舜華說：「我們從此作別！」張鴻漸還想與她相約擇日再聚，舜華卻已離去，很快不見蹤影。

張鴻漸有些惆悵地在原地站了片刻，聽到村裡狗吠聲，隱約能見四周的樹木房屋，俱是家鄉景物，就沿著路走回家去。他翻過矮牆進院子敲門，情景與上回在狐仙的幻境中一模一樣。方氏被驚醒，難以置信是丈夫回來了，隔著門仔細盤問一遍，確認無誤，才點上燈，哭著走出來開門。兩人一見面，方氏就哭得抬不起頭，張鴻漸懷疑又是舜華的幻術，再看床上睡著的孩子，也與那天晚上見到的相同，笑問道：「你這次把竹夫人又帶來了嗎？」方氏一聽，覺得莫名其妙，生氣地說：「我每天都盼著你回來，度日如年，枕上的淚痕猶在。我們才剛見面，你竟然不問我這些年來過得如何，眞不知你心裡是怎麼想的。」張鴻漸這才確認果眞是方氏，拉住她的手流下淚，把分別後的經過說了一遍。當他問到那場官司的結果時，也與舜華說的無誤。他們正在相對感慨，忽聽門外有腳步聲，方氏問是誰，來人也不回答。

原來，村裡有個流氓某甲，覬覦方氏美貌。這天晚上，他從村外回來，遠遠看見一個人翻牆進了方氏的院子，以爲是來找方氏幽會的，就緊跟在後，翻牆也進到院子裡。某甲本對張鴻漸很陌生，原本是趴在窗外偷聽，等到方氏連聲追問，他反問道：「屋裡的是什麼人？」方氏不想讓他知道是丈夫回家了，就騙他：「屋裡沒人。」某甲說：「我已經在外面聽了半天啦！我是來捉姦的！」方氏這才不得已，告訴他是丈夫回來了。某甲說：「張鴻漸的案子還沒有了結呢！既然是他回家來，就要綁送官府！」方氏苦苦哀求，這流氓卻口罵髒話，越說越難聽。張鴻漸滿腔怒火，拿起刀直衝出去，一刀砍在某甲頭上，某甲倒地連聲叫喊，接連又被砍了幾刀，氣絕身亡。方氏說：「事情鬧大了，你可是罪上加罪，趕快逃走吧！一切由我來承擔。」張鴻漸說：「不！男子漢大丈夫豈能貪生怕死，還要連累妻子爲我頂罪，自己卻逃之夭夭。你不要管我，只要你能讓兒子接續我們書香門第的家風，我死也瞑目。」天一亮，張鴻漸就到縣衙門去自首了。

趙縣令知道張鴻漸是通緝犯，只略微懲戒，就由府吏押送到京城。一路上，手銬腳鐐鍊得太緊，張鴻漸感到難受不已。這一天，他們在路上遇到一位女子騎馬經過，跟著一個老太婆牽著韁繩。張鴻漸認出女子是舜華，急忙向老太婆表示想說句話，但一開口眼淚就流下來。這時，舜華勒馬回頭，掀開面紗，驚訝地說：「這不是表哥嗎？怎麼淪落至此？」張鴻漸把事情經過說了一遍，舜華說：「按照表哥往日所做所爲，我本應當扭頭就走，不要管你，可我還是不忍心。我家離此不遠，請二位差爺一起到我家稍事休息，我也好多少幫襯一點盤纏。」張鴻漸一行於是跟著她，走了兩三里路，看見一個山村，村中樓閣房舍都很宏偉整齊。舜華下馬走進去，命老太婆打開大門，請客人進去。不久，酒菜擺上了桌，十分豐盛，像是早就準備好似的。舜華又喚老太婆出來，說：「正巧家中都是女眷，煩請張官人向二位差爺多勸幾杯酒，今後路上還得多靠二位官爺關照呢！已經打發人去張羅幾十兩銀子，給張官人做點盤纏，也好酬謝二位官爺。取錢的人還沒有回來。」兩個官差一聽，心中暗喜，盡情暢飲起來，也不催促動身趕路。天色漸晚，兩個官差竟然都喝醉了。

舜華從屋裡走出來，抬手一指枷鎖，枷鎖立即脫落。她拉起張鴻漸，兩人騎上一匹快馬，像龍一樣飛騰而去。不久，舜華要張鴻漸下馬，告訴他：「你就在此住下。我本來和自家妹子約好要去青海，又爲你耽擱半日，恐怕她已經等得不耐煩了。」張鴻漸問她：「我們何時能再見？」舜華沒有回答，想要開口再問，她竟把張鴻漸推下馬，自己騎著馬走了。天亮後，張鴻漸向附近居民打聽這裡是何處，得知是山西太原。

他進了太原城，租了間房子，化名宮子遷，靠教學維持生計，就這麼在太原住了十年。後來，打聽到官府追捕他的事情逐漸平息，才決定回家去。他走到村口，不敢馬上進去，等到半夜才進村子。走到家門口，只見院牆又高又厚，無法翻牆進去，只好拿著馬鞭去敲門，等了好久，妻子方氏才出來應門。張鴻漸壓低嗓音回答，方氏一聽高興極了，連忙開門讓他進去，卻故意大聲斥責：「少爺在京城裡錢不夠用，就該早些回來，爲什麼打發你半夜三更跑回來呢？」兩個人回到屋裡，互訴離情，這才知道那兩個差役逃亡在外，一直沒有回來覆命。他們說話的時候，簾外有個少婦徘徊不止。張鴻漸忙問她是誰，方氏說：「她是你的兒媳婦。」張鴻漸又問：「兒子在哪裡呢？」方氏答：「去京城趕考，還未回來。」張鴻漸流著淚說：「這些年來，我在外面顛沛流離，想不到兒子已經長大成人，能夠接續我們家的香火，你眞是費心了。」話還未說完，兒媳已經燙好酒，燒好菜，擺了滿滿一桌。張鴻漸看到這情景，眞是喜出望外，在家住了幾天，都是藏在房內不敢出門，唯恐別人知道。

一天夜裡，他們夫妻剛躺下，忽聽外面人聲鼎沸，敲門聲甚急，兩人都嚇壞了，連忙起身。又聽外面有人問：「他家有後門嗎？」聽到此處，夫妻倆更害怕，急忙用一扇門板當梯子，讓張鴻漸翻過牆逃走了。方氏隨後到門口詢問對方來意，這才知道，原來是報信人前來稟告兒子中舉的消息。方氏很高興，但也深深後悔讓丈夫逃走，想要追也不知該往何處去了。

這天晚上，張鴻漸慌不擇路在野外奔逃，天亮時睏極了。起初他想往西走，向過往的行人打聽，才知此處離去京城的官道不遠。他就走進一個村子，打算賣衣服換飯吃。他在村裡看見一棟宅院，牆上貼著報喜條，走近一看，才知這戶人家姓許，是新中的舉人。不久，有個老頭從大門裡走出來，張鴻漸迎上前去施禮，說明來意。老頭見張鴻漸斯文有禮，知道不是招搖撞騙的人，就把他請進屋內招待。老頭問他要往何處，張鴻漸隨口謊稱：「我在京城教書，在返家路上遇到了強盜。」老頭就讓他留下，教自己的小兒子讀書。張鴻漸略微詢問老頭的姓名和家世。原來這位老頭曾在京城裡做過官，現在告老還鄉，新中的舉人是他的姪子。

一個多月後，許舉人和一位同榜的舉人一起回家。許舉人的那位同年是河北永平府人，姓張，約十八、九歲。張鴻漸聽到這人的家鄉、姓氏都與自己相同，懷疑他就是自己的兒子。然而永平府姓張的人很多，張鴻漸不敢貿然相認，暫且保持緘默。到了晚上，許舉人打開行李，拿出一本記載同科舉人簡歷的《同年錄》。張鴻漸急忙借過來仔細翻閱，發現張舉人果然是自己兒子，不由得落下淚來。大家都感到奇怪，問他是怎麼回事，張鴻漸指著《同年錄》上的名字，說：「張鴻漸就是我呀！」接著詳述自己的遭遇，張舉人聽後抱住父親大哭起來。許家叔姪再三勸慰，父子倆才轉悲爲喜。許老先生寫信給幾位朝中大官，隨信附上禮物，爲張鴻漸的官司進行疏通，父子二人才得一起回家。

方氏自從得知兒子中舉的喜報後，整天爲張鴻漸出逃而傷心。這一天忽然有人送信說，兒子回家了，方氏不由得想起丈夫，更加難過。不久，她看見父子二人一同回來，十分驚訝，問清楚了事情經過，終於轉悲爲喜。村裡某甲的父親，看到張鴻漸的兒子中了舉人，也放下想要尋仇的事。張鴻漸更是格外優厚地照顧他，又從頭至尾告訴他當年意外發生的原因。某甲的父親聽後，又慚愧又感激。兩家於是和好，還成了朋友。

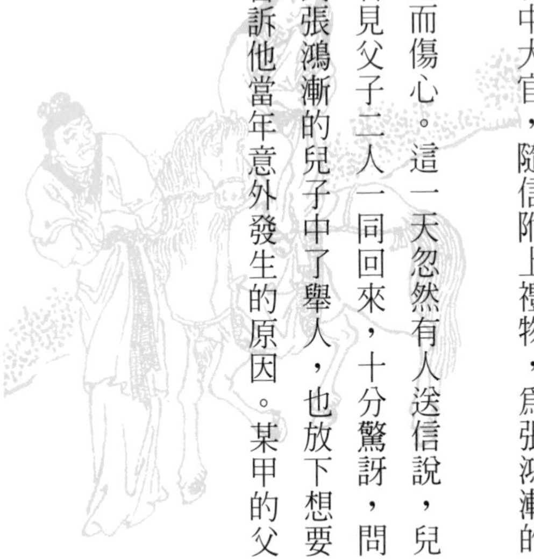

太醫

萬曆間，孫評事[1]少孤，母十九歲守節。孫舉進士，而母已死。嘗語人曰：「我必博誥命[2]以光泉壤[3]，始不負萱堂[4]苦節。」忽得暴病，綦篤[5]。素與太醫善，使人招之；使者出門，而疾益劇。張目曰：「生不能揚名顯親，何以見老母地下乎！」遂卒，目不瞑。無何，太醫至，聞哭聲，即入臨弔[6]。見其狀，異之。家人告以故。太醫曰：「欲得誥贈，即亦不難。今皇后旦晚臨盆矣，但活十餘日，誥命可得。」立命取艾[7]，灸[8]尸一十八處。炷將盡，床上已呻；急灌以藥，居然復生。囑曰：「切記勿食熊虎肉。」共誌之；然以此物不常有，頗不關意。既而三日平復，仍從朝賀[9]。過六七日，果生太子，召賜群臣宴。中使出異品，遍賜文武，白片朱絲[10]，甘美無比。孫啖[11]之，不知何物。次日，訪諸同僚，曰：「熊膰[12]也。」大驚，失色，即刻而病，至家遂卒。◆

◆**但明倫評點：**此事不可解。孫雖數盡，亦既灸而活之矣，僅十餘日而卒，不能博誥命以光泉壤，痛哉！

這件事無法理解。孫評事雖然陽壽已盡，但用灸燒穴位療法救活了，然而只能延長十幾天的壽命，不能替母親爭取誥命，讓她光耀九泉，真令人悲痛啊！

1 評事：古代官名。執掌刑事訴訟等事務，各朝代名稱有所不同。
2 誥命：朝廷賞賜臣子與其眷屬爵位、封誥時所用的詔命。誥，讀作「告」。
3 泉壤：九泉。
4 萱堂：借指母親。
5 綦篤：非常嚴重。綦，讀作「其」，極、甚之意。
6 臨弔：到死者家中弔唁祭拜。
7 艾：中醫「灸」療法中所使用，以艾草製成的艾炷或艾卷。
8 灸：中醫治療方法的一種，以艾炷或艾卷熏熱人體的體位表皮，可治療疾病。
9 朝賀：眾臣向皇帝慶賀皇后即將臨盆。
10 白片朱絲：熊掌切成片狀。
11 啖：讀作「淡」，吃下、食用。
12 熊膰：熊掌。膰，讀作「繁」。

白話翻譯

明朝萬曆年間，有位孫評事，自小父親過世，母親十九歲就開始守寡。孫評事考中進士時，母親已經過世。他曾對別人說：「我要為母親爭取朝廷的誥封，讓母親得以光耀九泉，這才不辜負母親守寡一生的辛勞。」然而卻突然得了重病。

孫評事素來與宮裡的太醫熟稔，就派人去請太醫。派遣的使者剛出門，他的病就變得更嚴重。他睜大雙眼，說：「我活著的時候不能光宗耀祖，死後怎有臉面去見九泉下的母親！」說完就斷氣了，但雙眼依然睜開。不久，太醫趕到，聽到屋裡的哭泣聲，就進屋弔唁死者。

他見到孫評事死不瞑目，對此感到詫異，家人便轉述孫評事的遺言。太醫說：「想得到朝廷的誥封，也非難事。皇后即將臨盆，孫評事只要再活上十幾天，就能如願以償。」說完，立刻取來艾草，用灸的方法灼燒死者十八個穴位。當艾草將要燃盡時，躺在床上的孫評事已經能呻吟了。太醫急忙將藥灌入他口中，孫評事立刻甦醒。太醫囑咐道：「一定要記住，飲食要避忌熊虎的肉。」全家上下都牢記，但覺得熊虎肉很珍貴，平時不易吃到，就沒太放在心上。

三天後，孫評事康復如初，和同僚一起上朝向皇上道賀。過了六、七天，皇后果然生下太子。皇帝高興地召見朝臣，賞賜眾臣宴席。太監端出一道珍饈，送給文武百官品嚐。這是一道雪白的肉片，上有紅色的紋理，吃下去甜美無比。孫評事吃了，卻不知是何物。第二天，他向同僚詢問，有人說是熊掌。他一聽大驚失色，立刻病倒，剛進家門就死了。

太醫
有母青春
賦柏舟表
彰潛德奈
無由鸞封竟
為熊膳悞怨
氣應知
溢九幽

皂隸

萬曆間，歷城[1]令夢城隍索人服役，即以皂隸[2]八人書姓名于牒[3]，焚廟中；至夜，八人皆死。廟東有酒肆，肆主故與一隸有素。會夜來沽酒[4]，問：「款何客？」答云：「僚友甚多，沽一尊少敘姓名耳。」質明，見他役，始知其人已死。入廟啟扉，則瓶在焉，貯酒如故。歸視所與錢，皆紙灰也。令肖八像于廟。諸役得差，皆先酬[5]之乃行；不然，必遭笞[6]譴。

1 歷城：古代縣名。今山東省濟南市歷下區。
2 皂隸：皂，黑色之意，此指衙役。古代衙役多穿黑色衣服。
3 牒：讀作「蝶」，官府發布的公文或證明文書。
4 沽酒：買酒。沽，讀作「估」，買。
5 酬：勸酒。
6 笞：讀作「吃」，鞭打。

白話翻譯

明朝萬曆年間，山東歷城知縣夢見城隍要捉人去陰司服役，他就把衙門裡八個衙役的姓名寫在公文上，到廟中焚燒。當天晚上，這八個衙役都死了。廟的東面有一間酒店，店主與其中一位衙役相熟。當晚這個衙役前來買酒，店主問：「你要招待什麼客人呀？」衙役回答：「同事很多，買瓶酒給大家喝，順便熟識一下。」第二天天亮，店主見到其他衙役，才知那個買酒的衙役已經死了。店主推開城隍廟的門，見到酒瓶還在，裡面的酒也還在，回家拿出衙役給的錢，發現都是紙灰。知縣命人造了那八個衙役的泥像，供奉在廟中，其他衙役每接到上級指派的任務，都會先來這裡祭拜，否則，一定會因任務失敗而受到責打。

牛飛

邑人某，購一牛，頗健。夜夢牛生兩翼飛去，以為不祥，疑有喪失[1]。牽入市損價[2]售之。以巾裹金，纏臂上。歸至半途，見有鷹食殘兔，近之甚馴。遂以巾頭[3]縶[4]股，臂之。鷹屢擺撲[5]，把捉稍懈，帶巾騰去。此雖定數，然不疑夢[6]，不貪拾遺[7]，則走者[8]何遽能飛哉？

1喪失：走丟或死亡。
2損價：降低價錢。
3巾頭：頭巾左右兩端可供打結之處。
4縶：讀作「直」，綁、繫。
5擺撲：拍動翅膀。
6疑夢：迷信夢的徵兆。
7拾遺：撿取別人遺失之物品或錢財。
8走者：在地上行走的動物，此指牛。

白話翻譯

本縣有個人，買了一頭健壯的牛。他晚上夢見牛的身上長出雙翼飛走了，他覺得這是凶兆，懷疑牛會死亡或走丟，就把牛牽到市場便宜出售。他用頭巾把銀子包好，纏在手臂上。在回家路上，看見一隻老鷹在吃一隻兔子的殘骸，他走近老鷹，牠很溫馴，於是解開頭巾綁住老鷹的腳，架在手臂上。老鷹不停拍動翅膀想要掙脫，那人稍一鬆懈，老鷹就帶著包有銀子的頭巾飛走了。這個人雖然認為他丟失銀子是命中註定，但假若這人不懷疑夢兆，不貪心亂撿東西，在地上走的牛，怎會不翼而飛呢？

牛飛
下来愁見夕
陽過失卻
囊金喚奈何
牛不能飛
鷹有翼無端
惡夢誤
人多

王子安

王子安，東昌①名士，困於場屋②。入闈③後，期望甚切。近放榜時，痛飲大醉，歸臥內室。忽有人白：「報馬④來。」王踉蹌起曰：「賞錢十千！」家人因其醉，誑⑤而安之曰：「但請睡，已賞矣。」王乃眠。俄又有入者曰：「汝中進士矣！」王自言：「尚未赴都⑥，何得及第？」其人曰：「汝忘之耶？三場⑦畢矣。」王大喜，起而呼曰：「賞錢十千！」家人又誑之如前。又移時，一人急入曰「汝殿試翰林，長班⑧在此。」果見二人拜床下，衣冠修潔。王呼賜酒食，家人又紿⑨之，暗笑其醉而已。久之，王自念不可不出耀鄉里。大呼長班◆，凡數十呼，無應者。家人笑曰：「暫臥候，尋他去。」又久之，長班果復來。王搥床頓足，大罵：「鈍奴⑩焉往！」長班怒曰：「措大無賴⑪！向與爾戲耳，而真罵耶？」王怒，驟起撲之，落其帽。王亦傾跌。妻入，扶之曰：「何醉至此！」王曰：「長班可惡，我故懲之，何醉也？」妻笑曰：「家中止有一媼，晝為汝炊，夜為汝溫足耳。何處長班，伺汝窮骨？」子女皆笑。王醉亦稍解，忽如夢醒，始知前此之妄。然猶記長班帽落；尋至門後，得一纓帽⑫如盞大，共疑之。自笑曰：「昔人為鬼揶揄⑬，吾今為狐奚落矣。」

異史氏曰：「秀才入闈，有七似焉：初入時，白足提籃⑭，似丐。唱名⑮時，官呵隸罵，似囚。其歸號舍⑯也，孔孔伸頭，房房露腳，似秋末之冷蜂。其出場也，

◆**馮鎮巒評點：**狐戲之妙，在添出家人誑之。

狐妖戲弄他甚妙，又加上家人誑騙他。

神情惝怳[17]，天地異色，似出籠之病鳥。迨望報[18]也，草木皆驚，夢想亦幻。時作一得志想，則頃刻而樓閣俱成；作一失志想，則瞬息而骸骨已朽。此際行坐難安，則似被縶之猱[19]。忽然而飛騎傳人，報條無我，此時神色猝變，嗒然[20]若死，則似餌毒[21]之蠅，弄之亦不覺也。初失志，心灰意敗，大罵司衡無目[22]，筆墨無靈，勢必舉案頭物而盡炬之；炬之不已，而碎踏之；踏之不已，而投之濁流[23]。從此披髮入山，面向石壁[24]，再有以且夫、嘗謂之文[25]進我者，定當操戈逐之。無何，日漸遠，氣漸平，技又漸癢；遂似破卵[26]之鳩，只得啣木營巢，從新另抱[27]矣。如此情況，當局者痛哭欲死；而自旁觀者視之，其可笑孰甚焉。王子安方寸[28]之中，頃刻萬緒，想鬼狐竊笑已久，故乘其醉而玩弄之。床頭人[29]醒，寧不啞然失笑哉？顧得志之況味，不過須臾；詞林[30]諸公，不過經兩三須臾耳，子安一朝而盡嘗之，則狐之恩與薦師[31]等。」

1 東昌：古代府名，今山東省聊城縣。
2 場屋：科舉時代的考場。
3 闈：科舉考試的考場，此處秋闈，即鄉試。
4 報馬：科舉時代，前來向新科舉人或進士家中報喜的方式。報喜的人騎馬，故稱「報馬」。
5 誑：讀作「狂」，欺瞞、欺騙之意。
6 都：京城。
7 三場：明、清兩代的會試共分三場，分別在二月九日、十二日與十五日舉辦。
8 長班：明、清兩代官員隨身侍奉，供人使喚的僕役。
9 紿：讀作「帶」，指欺瞞、誆騙。
10 鈍奴：罵人的話，猶言「蠢才」。

11 措大無賴：措大，指窮酸的讀書人；無賴原指刁蠻的行為，此有斥責無禮的意味。
12 纓帽：清代的官帽，上面飾以紅纓。
13 昔人為鬼揶揄：指晉代羅友仕途不得志，被鬼戲弄。羅友，字宅仁，晉代襄陽人。博學多才，本為桓溫下屬，一直不受重用。有一次，有人被任命為太守，桓溫設宴為他餞行，羅友遲到。桓溫問他原因，羅友答：「我在來的途中遇見一個鬼取笑我，他說：『我只見你送別人去當太守，卻從沒見過別人送你去當太守。』我向他解釋，所以才遲到。」桓溫覺得過意不去，後來就任命羅友為襄陽太守。
14 白足提籃：古代科舉考試為了防止考生作弊，規定考生進入考場前攜帶格眼竹柳考籃，只准帶筆墨、食具等物品，且要脫去衣物，解開上衣接受查驗。
15唱名：科舉考試時，考生要點名入場。
16號舍：考生應試作答的小房間。這種房間沒有門，只在牆上搭木板以供書寫，考試時考生時常伸頭露腳。
17惝怳：讀作「敞謊」。神志恍惚而迷惘的樣子。
18望報：盼望報喜的人登門。
19被縶之猱：被繩子拴住的猴子。縶，讀作「執」，捆綁、綁縛。猱，讀作「撓」，猴子的一種。
20嗒然：失望、垂頭喪氣的樣子。嗒，讀作「踏」。
21餌毒：吃下毒藥。
22司衡無目：考官有眼無珠。司衡，閱卷的考官。
23濁流：此指把書案上的東西丟進汙穢的河流裡，意謂將八股文棄之不顧。
24披髮入山，面向石壁：指進入深山隱居，出家修行。面壁，佛家語，指打坐禪修。
25且夫、嘗謂之文：指的是八股文。且夫、嘗謂，是八股文常用的詞語。
26破卵：覆巢之下殘破的蛋。
27抱：孵蛋。
28方寸：指心。
29床頭人：指妻子。
30詞林：翰林院的別稱。
31薦師：指房師。科舉時代，舉子稱所屬的閱卷考官為「房師」或「薦師」。

白話翻譯

王子安是東昌府的秀才，參加幾次科舉都沒考中。有一次，他考完試後，喝得酩酊大醉躺在臥室睡覺，忽聽得人說：「報喜的人來啦！」王子安跌跌撞撞從床上爬起來，說：「賞十吊錢！」家人知道他喝醉了，騙他說：「你儘管睡，已經打賞過了。」王子安就倒頭繼續睡。不久，又有人進來說：「您考中進士了！」王子安自言自語道：「都還沒上京趕考，怎麼就考中了進士！」那人說：「你忘了嗎？三場都考完啦。」王子安很高興，跳起來喊道：

「賞十吊錢！」家人又騙他：「請安心地睡，已經打賞過了。」又過一段時間，有人急忙跑進來說：「您通過殿試考中翰林，您的長班就在這裡！」王子安果然看見兩個人在他的床前跪拜，衣服冠帽都很整齊。王子安馬上命人賞賜他們酒菜，家人又騙他酒菜已經備下，偷偷譏笑他在說醉話。

過了一段時間，王子安心想不可不去鄉里中炫耀一番，大聲叫喚起長班，連叫數十聲，都沒人答應。家人笑著說：「你先躺著，等我去把他找來。」又過了許久，長班果然來了。王子安捶床頓腳大聲罵道：「你這個蠢奴才！怎麼這麼久才來，跑哪裡去了？」長班憤怒地說：「你這個窮書生眞是無禮！跟你開個玩笑，你還眞以爲我是你奴才，對我破口大罵！」王子安大怒，站起來要打他，打落了他的帽子，自己也摔到床底下。王子安的妻子走進來，將他扶起，說：「怎麼醉成這樣？」王子安說：「長班太可惡了！所以我要懲罰，哪裡醉了？」王妻笑道：「家裡只有一個老太婆，白天爲你做飯，晚上給你暖腳。哪來長班伺候你這把窮骨頭？」子女聽了都開懷大笑。王子安的酒稍微醒了，就像是從夢中醒來一般，才知道考中的事情是假的。可是還記得長班的帽子被他打掉，他找到門後面，找到一頂像酒杯這麼大的紅纓帽，大家都覺得很奇怪。王子安自嘲說：「古人被鬼戲弄，我今天被狐狸給嘲笑了。」

記下奇聞異事的作者如是說：「秀才參加鄉試，有七種樣子：剛入考場時，光著腳提著籃子像個乞丐。點名時，官員呵斥、衙吏辱罵，像個囚犯。等進入號舍，每個洞口都有頭伸出

王子安
醉裏頻呼賞十
千東昌名士竟
如顛一般蕉鹿君
差勝猶見長班
拜榻前

來，每個房間的縫隙都有光腳露出來，像秋末的冷蜂。考完試離場，每個人都精神恍惚，覺得天地變色，好像飛離牢籠的病鳥。在等待捷報時，一有風吹草動都以爲是報馬的人來了，時常幻想中舉的情形。一下子想像自己考中，頃刻間樓房都蓋好了；一下子想像自己落第失意，轉瞬骸骨都已腐爛。此時坐立難安，就像被拴住的猴子上竄下跳。忽有騎著快馬前來報喜訊的人，報條中卻沒有我，這時神色突然大變，像行屍走肉一般，彷彿服毒的蒼蠅，怎麼擺弄牠都無知覺。剛失意時心灰意冷，大罵主考官有眼無珠，恨筆墨沒有靈氣，要把書桌上的紙墨筆硯都燒掉；燒了還無法解氣，再用腳踩碎；踩碎還不夠，還要扔到臭水溝裡。從此以後披頭散髮到山裡隱居，面壁打坐，再有人拿八股文給他看，一定拿起武器把人趕走。時間久了，痛苦被時間沖淡，憤懣不平的情緒也緩和下來，又開始重拾舊業，就像覆巢卵破的鳩鳥般，只能再啣起木頭重新築巢，抱窩孵蛋。這樣的情況，當局者哭不欲生，在旁觀者眼中卻十分可笑。

「王子安心中，頃刻間千頭萬緒，想必鬼狐暗地裡嘲笑他已久，就趁他喝醉時作弄他。他的枕邊人卻很清醒，怎能不啞然失笑呢？中舉及第的得志感受，不過須臾之間；翰林院的諸位大人，一生之中，也不過體驗過兩、三次這種快感罷了。王子安在一天之內全部領略到，如此看來，狐妖對他的恩德就好比錄取他的房師了。」

刁姓

有刁姓者，家無生產，每出賣許負之術[1]，——實無術也。數月一歸，則金帛盈橐[2]。共異之。會里人有客于外者，遙見高門內一人，冠華陽巾[3]，言語啁嗻[4]，眾婦叢繞之。近視，則刁也。因微窺所為。見有問者曰：「吾等眾人中，有一夫人在，能辨之乎？」——蓋有一貴婦微服其中，將以驗其術也。里人代為刁窘。刁從容望空橫指曰：「此何難辨。試觀貴人頂上，自有雲氣環遶[5]。」眾目不覺集視一人，覘[6]其雲氣。刁乃指其人曰：「此真貴人！」眾驚以為神。里人歸述其詐慧。乃知雖小道[7]，亦必有過人之才；不然，烏能欺耳目、賺金錢，無本而殖[8]哉！◆

附記

某甲號稱預知，善決人吉凶，高坐一廟廊。時大雨如澍[9]，有客執雨具，提筥[10]，筥盛梨二、藥裹一，奔入問吉凶。甲起課[11]曰：「問病？」客然之。又曰：「病熱渴[12]？」客又然之，而尚未之神也。忽曰：「子姓王。」客始大驚。又謂：「病者當爲爾妻。」其人惶恐倒拜，泣問愈否。大呼曰：「歸，體愈矣。」客款謝而去。其子異而問之。曰：「筥有藥裹，知其問病；置二梨，知病熱渴；雨具柄雕『王記』，則爲王姓無疑。」其子曰：「何以知其爲妻？」甲笑曰：「冒雨覓藥，奔入求卜，恐即父母瀕危，亦未必如是急急也。」語雖近刻，而世之重妻孥而輕父母者，夫豈少哉！

1許負之術：即相術。許負，漢代善於相面的許姓老婦人，漢朝河內溫地（今河南省溫縣）人，後用以泛指相術家。
2橐：讀作「陀」，袋子。
3華陽巾：此指道士所戴的帽子。
4啁嗻：讀作「潮蔗」，說很多話的樣子。
5遶：同今「繞」字，是繞的異體字。環繞、圍繞。
6覘：讀作「沾」，觀看、察視。

7小道：微末的伎倆。
8殖：賺取錢財。
9澍：讀作「注」，通「注」，灌注、傾瀉。
10筥：讀作「舉」，裝米飯的圓形竹製器具。
11起課：一種占卜方式。
12熱渴：中醫判斷病症的症候。熱，指發熱出汗。渴，指口渴想喝冷飲，故文中說食盒中放梨，梨性寒。實際上是什麼病，不得而知。

白話翻譯

有個姓刁的人，不務正業，時常替人看相賺錢，實際上他根本不會，每隔幾個月回家一趟卻都是滿載而歸，大家都覺得很奇怪。恰巧有個住在外地的同鄉，遠遠地瞧見一座大宅院中，有個人戴著道士的帽子，說話滔滔不絕，婦人們都圍繞著他。那位同鄉走近一看，認出是姓刁的那個人，就在一旁偷看。不久，聽見有人問：「我們之中，有一位貴夫人在此，你能分辨得出來嗎？」原來有一位貴婦穿著庶人衣裝混在人群中，想要測試姓刁的看相本領。同鄉人代替姓刁的內心著急，只見姓刁的人從容不迫朝空中一指，說：

◆**耆島評點**：是技也，施之素不相識之人則可；若不去其鄉，而公然冠華陽巾，立於家門內，指天畫地，啁嗻向人，人即可欺，而回顧妻子，未有不以面向壁者。顧世人訪求藝術，猶往往輕鄉里而重遠人，亦獨何歟？

這種伎倆，用在不熟識的人身上尚能奏效；如果不離開他的故鄉，戴著道士的帽子，站在家門之中，以手指隨意比畫，對人胡言亂語一番，別人還可以欺騙，若面對他的妻子，則沒有不轉頭面對牆壁，不予理會的。看世人訪求技藝，往往棄鄉里而向遠方，大概類似如此吧？

「這有何難？請看貴人頭頂上，自有雲氣環繞。」眾婦人的目光不自覺集中到一個人身上，看她的雲氣。姓刁的指著那個人說：「她是眞正的貴人！」眾人驚訝嘆服，以爲他是神仙下凡。同鄉人回家後，講述姓刁的詐欺慧黠騙取錢財。由此可知，即使是微末的伎倆，也必定有過人的才能，否則，怎麼能騙人耳目，從中牟利呢？眞是一門無本又能發財的生意啊！

【附記】

某甲號稱能夠預知未來，擅長判斷一個人的吉凶禍福。他在一座廟的廊下坐著時，忽然下起傾盆大雨，有個客人拿著雨傘，提著食盒，食盒裡放著兩顆梨、一包藥，跑進去問他吉凶。某甲替他占卜一番後，說：「你是要問病情嗎？」客人說是。某甲又說：「病人的症候是發熱和口渴。」客人又說對，但卻不覺得他有何高明之處。某甲忽然說：「你姓王。」客人才大感吃驚。某甲又說：「病人應該是你的妻子。」那個人惶恐跪拜，哭泣著問能否痊癒。某甲大喊說：「回去吧！她馬上就能痊癒了。」他的兒子發覺異狀而詢問原由。某甲說：「食盒裡有藥包，推知要問病況；裡面放著兩顆梨子，知道病人有發熱和口渴的症狀；傘柄上刻著『王記』，必定是姓王沒錯。」兒子問：「你怎知病人是他的妻子？」某甲笑答：「此人冒著大雨前往尋藥，又急忙跑來問卜吉凶，這般焦急匆忙，就算是父母罹患重病，也未必如此心焦。」這番話雖然刻薄，世人把妻子看得比父母還重要的人，難道還少嗎？

農婦

邑西磁窰塢[1]有農人婦，勇健如男子，輒為鄉中排難解紛。與夫異縣而居。夫家高苑[2]，距淄百餘里；偶一來，信宿便去。婦自赴顏山[3]，販陶器為業。有贏餘，則施丐者。一夕與鄰婦語，忽起曰：「腹少微痛，想孽障[4]欲離身也。」遂去。天明往探之，則見其肩荷釀酒巨甕二，方將入門。隨至其室，則有嬰兒繃臥。駭問之，蓋娩後已負重百里矣。故與北菴尼善，訂為姊妹。後聞尼有穢行，忿然操杖，將往撻楚[5]，眾苦勸乃止。一日，遇尼於途，遽批[6]之。問：「何罪？」亦不答。拳石交施，至不能號，乃釋而去。

異史氏曰：「世言女中丈夫，猶自知非丈夫也，婦並忘其為巾幗矣。其豪爽自快，與古劍仙無殊，毋亦其夫亦磨鏡者流[7]耶？」

◆**何守奇評點：**寫健婦性情如繪。

描寫農婦的性情栩栩如生，如同看畫一樣。

1 磁窰塢：古代鎮名。位於山東省淄川西南。
2 高苑：古代縣名。今山東省高青縣。
3 顏山：今山東省淄博市博山區西南。此指顏山下的顏神鎮。
4 孽障：指腹中的胎兒。
5 撻楚：拿鞭子抽打。撻，讀作「踏」。
6 批：打耳光。
7 毋亦其夫亦磨鏡者流：磨鏡者，指唐傳奇《聶隱娘》中的小說人物，聶隱娘的丈夫。這句話是說，農婦的丈夫是庸碌無能之輩，而農婦頗有俠女精神，是聶隱娘之流。事見唐代裴鉶《傳奇．聶隱娘》：「忽值磨鏡少年及門，女曰：『此人可與我為夫。』白父，父不敢不從，遂嫁之。其夫但能淬鏡，餘無他能。」有個磨鏡子的年輕人到聶隱娘家中去，聶隱娘說：「這個人能做我丈夫。」她將此事稟告父親，聶父不敢不答應，就讓女兒嫁給他。聶隱娘的丈夫只會磨鏡子，沒有其他的才能。

農婦
憐貧不惜施羣匄嫉惡還
知撻比邱正氣居然卑巾
幗即論勇健已無儔

白話翻譯

臨淄縣西窯塢有一位農婦，她勇敢矯健就和男人一樣，時常替鄉親們調解糾紛。她和丈夫居在不同縣市，夫家在高苑，距臨淄川有一百多里；偶爾來一次，住兩晚就走。農婦每天到顏神鎮，以販賣陶器爲營生。有多餘的錢，便布施給乞丐。一晚，她正在和鄰婦說話，忽然起身說：「肚子有些痛，想必孽種迫不及待要出生了。」說完便走了。天亮後，鄰婦前往探視，看見農婦肩上扛著兩個釀酒的大甕正要進門。鄰婦隨她進屋，看見床上有個用襁褓包住的嬰兒。鄰婦驚訝詢問，原來農婦分娩後，已經背著重擔走了百里多的路。

農婦和北方的尼姑熟稔，結拜爲姊妹。後來聽說尼姑有不規矩的行爲，就生氣地拿著木棒，要前去懲治她，大家苦苦相勸才作罷。一天，她在路上遇見這個尼姑，一上前就打她耳光。尼姑問：「我犯了什麼錯？」農婦也不回答，掄起拳頭就揍她一頓，還用石頭丟她，一直打到尼姑叫不出聲來，才放過她，自己離開。

記下奇聞異事的作者如是說：「世人所說的女中豪傑，至少知道自己不是男人，這個農婦連自己是巾幗英雄都忘了。她的生性豪爽，與古代劍俠沒什麼區別，難道她的丈夫，也像聶隱娘的丈夫一樣只會磨鏡嗎？」

金陵乙

金陵[1]賣酒人某乙，每釀成，投水而置毒焉；即善飲者，不過數盞，便醉如泥。以此得「中山[2]」之名，富致巨金。早起，見一狐醉臥槽邊，縛其四肢。方將覓刃，狐已醒，哀曰：「勿見害，諸如所求。」遂釋之，輾轉已化為人。時巷中孫氏，其長婦患狐為祟，因問之，答云：「是即我也。」乙窺婦娣[3]尤美，求狐攜往。狐難之。乙固求之。狐邀乙去，入一洞中，取褐衣授之，曰：「此先兄所遺，著之當可去。」既服而歸，家人皆不之見；襲常衣而出，始見之。大喜，與狐同詣孫氏家。見牆上貼巨符，畫蜿蜒如龍。狐懼曰：「和尚大惡，我不往矣！」遂去。乙逡巡近之，則真龍盤壁上，昂首欲飛。大懼亦出。蓋孫覓一異域僧，為之厭勝[4]，授符先歸，僧猶未至也。次日，僧來，設壇作法。鄰人共觀之，乙亦雜處其中。忽變色急奔，狀如被捉；至門外，踣[5]地化為狐，四體[6]猶著人衣。將殺之。妻子叩請。僧命牽去，日給飲食，數月尋斃。◆

1金陵：今南京市及江寧縣。
2中山：戰國時代的一個國家，位於今河北省定縣、唐縣一帶。中山酒，又名千日酒，是一種後勁很強的酒。《搜神記．千日酒》中記載：「狄希，中山人，能造千日酒，飲之亦千日醉。」
3娣：讀作「地」，古時以此稱呼丈夫的弟媳。此指孫家次子的媳婦。
4厭勝：以詛咒制人。此指趕走鬼狐。
5踣：讀作「博」，跌倒。
6四體：四肢。此指身體。

◆**何守奇評點：**釀酒置毒，已爲致富不仁，更欲垂涎鄰婦，貪財好色，不死何待？

釀酒下迷藥，賺的是不義之財，還貪圖鄰居婦人的美色，這般貪財好色之人，不死還留著作什麼？

白話翻譯

金陵有個賣酒的小販某乙，每次釀好酒，便往裡頭摻迷藥；即使酒量再好的人，喝不了幾杯，就爛醉如泥。他因此得了個「中山酒」的名號，發了一筆橫財。

一天早起，某乙看見一隻狐狸醉倒在酒槽邊，就用繩子把狐狸的四隻腳綁住，剛想去尋刀來，狐狸已經醒轉，哀求他：「只要不殺我，我能答應你的任何要求。」某乙這才將牠釋放，轉眼間，牠就變成一個人的模樣。當時同一條巷子裡有個姓孫的人，他的大媳婦被狐妖侵擾，某乙就問狐狸是否知道此事。狐狸說：「就是我幹的。」某乙偷看到孫氏的小媳婦更美，要求狐妖帶他前往。狐妖很爲難，某乙再三懇求，狐妖只得邀某乙進入一個山洞，拿了

金陵乙
鄰婦如
何可覬覦
褐衣著體竟
成狐 邪魔一動
心先變 算詩真
龍壓上符

件粗布衣給他，說：「這是已過世的兄長的遺物，穿上它就可以去了。」某乙穿上衣服回家，家裡人都看不見他；換上普通衣服後，別人才能看見。他很高興，和狐妖一同前往孫家。只見牆上貼著一道大符，筆畫彎彎曲曲像一條龍。狐妖驚慌失措道：「這個和尚太厲害，我不去了。」轉頭就走。某乙緩緩走近一看，眞是一條龍盤旋在牆壁上，仰頭像似要騰空飛起的模樣。某乙嚇得倒退出來。原來孫家請來一個異域高僧替他們驅邪，高僧給了一道符讓孫家人帶回去，只是還未前往孫家。

第二天，高僧來了，設壇作法，左鄰右舍都前往觀看，某乙也混在人群裡，忽然，他的臉色大變，急忙奔逃，好像有人要捉他的樣子。他跑到門外，跌在地上變成狐狸，身上還穿著人的衣服。人們要把牠殺掉，他的妻子和孩子不斷哀求，高僧才讓他們牽回家去。家人每日餵他吃飯喝水，幾個月後就死了。

郭安

孫五粒①，有僮僕獨宿一室，恍惚被人攝去。至一宮殿，見閻羅在上，視之曰：「誤矣，此非是。」因遣送還。既歸，大懼，移宿他所；遂有僚僕郭安者，見榻空閒，因就寢焉。又一僕李祿，與僮有夙怨，久將甘心②，是夜操刀入，捫之，以為僮也，竟殺之。郭父鳴於官。時陳其善③為邑宰，殊不苦④之。郭哀號，言：「半生止此子，今將何以聊生⑤！」陳即以李祿為之子。郭含冤而退。此不奇於僮之見鬼，而奇於陳之折獄⑥也。

濟之西邑有殺人者，其婦訟之。令怒，立拘凶犯至，拍案罵曰：「人家好好夫婦，直令寡耶！即以汝配之，亦令汝妻寡守。」遂判合之。此等明決⑦，皆是甲榜⑧所為，他途⑨不能也。而陳亦爾爾，何途無才！

1 孫五粒：孫秠（讀作「批」），後改名珀齡，字五粒。山東淄川人。明代崇禎六年（西元一六三三年）舉人，清順治三年（西元一六四六年）進士。歷任給事中，太僕寺少卿，鴻臚寺卿，通政使司左通政使等職。

2 甘心：此指殺了他才稱心如意的意思。

3 陳其善：奉天（今遼寧省瀋陽市）人，貢生，順治四年任淄川縣知縣。九年，入朝任職拾遺。

4 苦：悲傷、憐憫。

5 聊生：賴以為生之意。

6 折獄：判案。

7 明決：英明的判決。此處為反諷。

8 皆是甲榜所為：意指都是進士出身的官員所為。明清時，稱進士為甲科、甲榜，舉人為乙科、乙榜。

9 他途：此指選拔任用官吏，除了科舉考試與舉薦之外，還能捐納錢財取得官位。

◆**何守奇評點：**奇斷。

真是神奇的斷案方式。

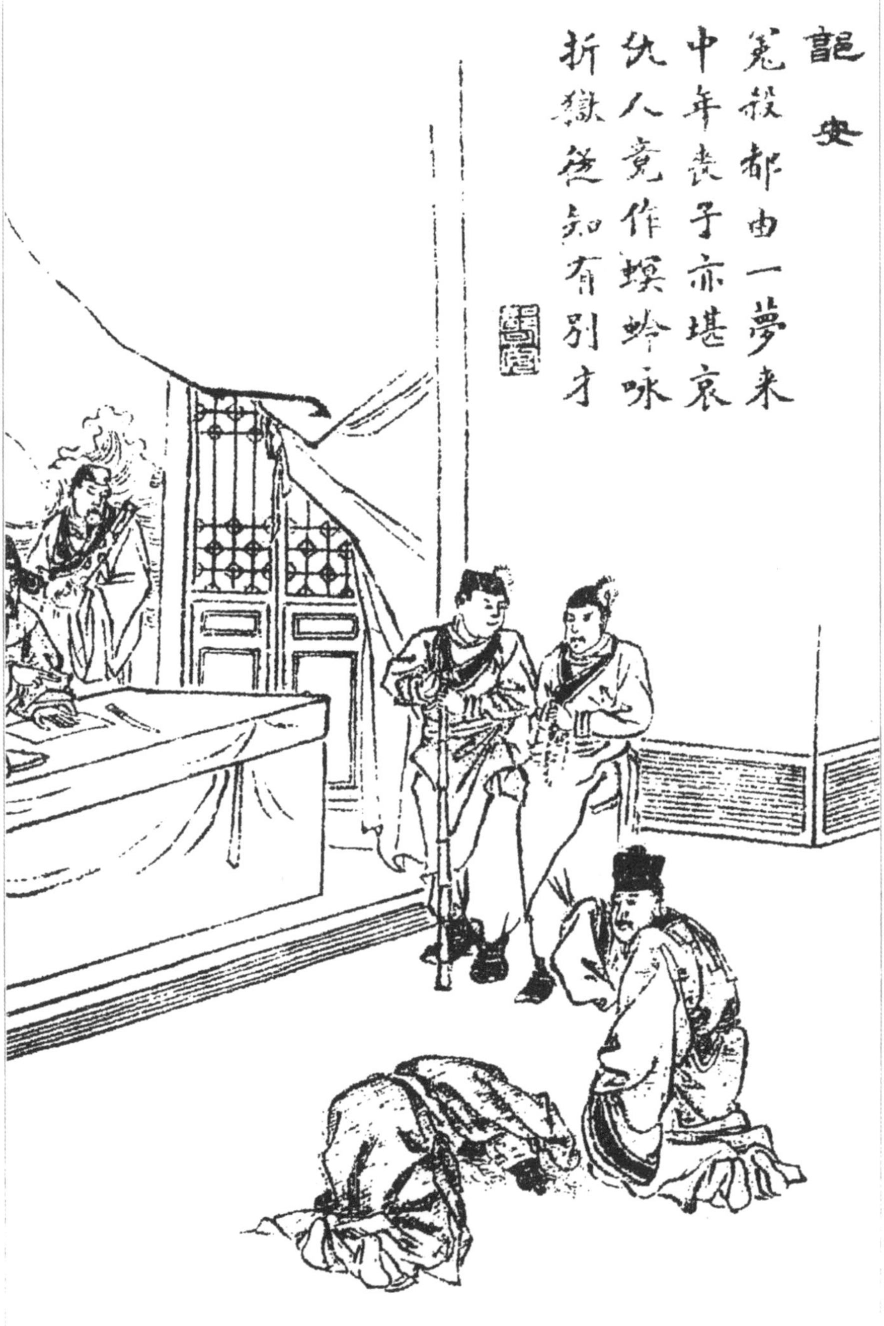
郭安
冤殺都由一夢来
中年喪子亦堪哀
仇人竟作螟蛉詠
折獄從知有別才

白話翻譯

孫五粒有個僮僕獨自睡在一個房間，睡眼惺忪時被人捉走。來到一座宮殿，見到閻王爺坐在上面，看著他說：「抓錯了，不是他！」就把他遣送回來。回去後，他很驚恐，搬到別的房間去住。過了沒多久，有個叫郭安的僕人，見那張床沒人睡，就在床上睡下。又有個叫李祿的僕人，與僮僕有嫌隙，早就想報復他。那天晚上，李祿拿著刀進入房間，摸到床上有人，以為是僮僕，就把他給殺了。

郭安的父親一狀告到官府。當時的縣令是陳其善，並不憐憫被害人。郭安的父親哀號說：「我只有這個兒子，如今被人殺害，下半輩子要依靠誰啊！」陳縣令就把李祿判給他當兒子，郭父只能含冤回去。這件事中書僮撞鬼並無稀奇之處，稀奇的是陳縣令所作的判決。

濟南的城西有人被殺，他的妻子向官府告狀。縣令大怒，立刻派人把凶嫌捉來，拍案大罵，說：「人家好端端一對夫妻，你殺了她的丈夫讓她守寡，就罰你來做她的丈夫，也讓你的妻子去守寡！」這案子就這樣判了。這些英明的判決，只有進士及第的官員才做得到，以其他方式進入仕途的官員是辦不到的。陳縣令是貢生出身也能如此判案，可見無論通過何種途徑為官，都是人才濟濟呀！

折獄

邑之西崖莊，有賈某被人殺於途；隔夜，其妻亦自經①死。賈弟鳴於官。時浙江費公禕祉②令淄，親詣驗之。見布袱裹銀五錢餘，尚在腰中，知非為財也者。拘兩村鄰保③審質一過，殊少端緒，並未搒掠④，釋散歸農；但命約地⑤細察，十日一關白⑥而已。逾半年，事漸懈。賈弟怨公仁柔，上堂屢聒。公怒曰：「汝既不能指名，欲我以桎梏加良民耶！」呵逐而出。賈弟無所伸訴，憤葬兄嫂。一日，以逋賦⑦故，逮數人至。內一人周成，懼責，上言錢糧⑧措辦已足，即於腰中出銀袱⑨，稟公驗視。公驗已，便問：「汝家何里？」答云：「某村。」又問：「去西崖幾里？」答云：「五六里。」「去年被殺賈某，係汝何人？」答云：「不識其人。」公勃然曰：「汝殺之，尚云不識耶！」◆周力辨，不聽；嚴梏之，果伏其罪。先是，賈妻王氏，將詣姻家，慚無釵飾，聒夫使假於鄰。夫不肯；妻自假之，頗甚珍重。歸途，卸而裹諸袱，內⑩袖中；既至家，探之已亡。不敢告夫，又無力償鄰，懊惱欲死。是日，周適拾之，知為賈妻所遺，窺賈他出，半夜踰牆，將執以求合。時溽暑，王氏臥庭中，周潛就淫之。王氏覺，大號。周急止之，留袱納⑪釵。事已，婦囑曰：「後勿來，吾家男子惡，犯恐俱死！」周怒曰：「我挾勾欄⑫數宿之貲，寧一度可償耶？」婦慰之曰：「我非不願相交，渠⑬

◆**但明倫評點：**語祇如此，其間有詞氣可審，神色可辨，以詭變而得其情，是可意會而不可言傳者。

話雖只說到這裡，可以透過語氣來審查，神色來辨別真凶，犯人狡辯時的神情語氣，只能意會而無法言傳。

常善病，不如從容以待其死。」周乃去，於是殺賈，夜詣婦曰：「今某已被人殺，請如所約。」婦聞大哭，周懼而逃，天明則婦死矣。公廉得情，以周抵罪。共服其神，而不知所以能察之故。公曰：「事無難辨，要在隨處留心耳。初驗尸時，見銀袱刺萬字文[14]，周袱亦然，是出一手也。及詰[15]之，又云無舊，詞貌詭變，是以確知其真凶也。」

異史氏曰：「世之折獄者，非悠悠置之[16]，則縲繫[17]數十人而狼藉[18]之耳。堂上肉鼓吹[19]，喧闐旁午[20]，遂嚬蹙[21]曰：『我勞心民事也。』雲板三敲[22]，則聲色並進，難決之詞[23]，不復置念；耑待升堂時，禍桑樹以烹老龜[24]耳。嗚呼！民情何由得哉！余每曰：『智者不必仁，而仁者則必智；蓋用心苦則機關[25]出也。』『隨在留心』之言，可以教天下之宰民社[26]者矣。」

邑人胡成，與馮安同里，世有郤。胡父子強[27]，馮屈意交懽[28]，胡終猜之。一日，共飲薄醉，頗傾肝膽[29]。胡大言：「勿憂貧，百金之產不難致也。」馮以其家不豐，故嗤之。胡正色曰：「實相告：昨途遇大商，載厚裝來，我顛越[30]於南山眢井[31]中矣。」馮又笑之。時胡有妹夫鄭倫，託為說合田產，寄數百金於胡家，遂盡出以炫馮。馮信之。既散，陰以狀報邑。公拘胡對勘，胡言其實，問鄭及產主皆不訛。乃共驗諸眢井。一役縋[32]下，則果有無首之尸在焉。胡大駭，莫可置辨，但稱冤苦。公怒，擊喙[33]數十，曰：「確有證據，尚叫屈耶！」以死囚具[34]械制[35]之。尸戒勿出，惟曉示諸村，使尸主投狀。逾日，有婦人抱狀，自言為亡者妻，言：「夫何甲，揭[36]數百金出作貿易，被胡殺死。」公曰：「井有死人，恐未必即是汝夫。」婦執言甚堅。公乃命出尸於井，視之，果不妄。婦不敢近，卻立而號。公曰：「真犯已得，但骸軀未全。汝暫歸，待得死者首，即招報[37]令其抵償。」遂自獄中喚胡出，呵曰：

「明日不將頭至，當械折股！」押去終日而返，詰之，但有號泣。乃以梏具[38]置前作刑勢，卻又不刑，曰：「想汝當夜扛尸忙迫，不知墜落何處，奈何不細尋之？」胡哀祈容急覓。公乃問婦：「子女幾何？」答曰：「無。」問：「甲有何戚屬？」「但有堂叔一人。」慨然曰：「少年喪夫，伶仃如此，其何以為生矣！」婦乃哭，叩求憐憫。公曰：「殺人之罪已定，但得全尸，此案即結；結案後，速醮[39]可也。汝少婦，勿復出入公門。」婦感泣，叩頭而下。公即票[40]示里人，代覓其首。

經宿，即有同村王五，報稱已獲。問驗既明，賞以千錢。喚甲叔至，曰：「大案已成；然人命重大，非積歲不能成結。姪既無出，少婦亦難存活，早令適人。此後亦無他務，但有上臺[41]檢駁，止須汝應身耳。」甲叔不肯，飛兩籤下；再辯，又一籤[42]下。甲叔懼，應之而出。婦聞，詣謝公恩。公極意慰諭之。又諭：「有買婦者，當堂關白。」既下，即有投婚狀者，蓋即報人頭之王五也。公喚婦上，曰：「殺人之真犯，汝知之乎？」答曰：「胡成。」公曰：「非也。汝與王五乃真犯耳。」二人大駭，力辨冤枉。公曰：「我久知其情，所以遲遲而發者，恐有萬一之屈耳。尸未出井，何以確信為汝夫？蓋先知其死矣。且甲死猶衣敗絮，數百金何所自來？」又謂王五曰：「頭之所在，汝何知之熟也！所以如此其急者，意在速合耳。」兩人驚顏如土，不能強置一詞。並械之，果吐其實。蓋王五與婦私已久，謀殺其夫，而適值胡成之戲也。乃釋胡。馮以誣告，重笞，徒[43]三年。事結，並未妄刑一人。

異史氏曰：「我夫子有仁愛名，即此一事，亦以見仁人之用心苦矣。方宰淄時，松裁弱冠[44]，過蒙器許，而駑鈍不才，竟以不舞之鶴為羊公辱[45]。是我夫子生平有不哲之一事，則松實貽[46]之也。悲夫！」

1 自經：自盡。

2 費公禕祉：字支嶠（讀作「叫」），浙江鄞縣人，清順治十五年（西元一六五八年）任淄川縣令，後因施政過失而辭官。禕，讀作「衣」，美好。

3 鄰保：猶言鄰居。

4 搒掠：嚴刑拷打。搒，讀作「蹦」。

5 約地：指明清時代的鄉約、地保等鄉中小吏。

6 關白：秉告。

7 逋賦：欠賦稅未繳。逋，讀作「布」的一聲。

8 錢糧：是田賦的俗稱。田地租賦所徵收的是米糧或折徵銀錢。

9 銀袱：裝錢的錢包。

10 內：通「納」。收藏。

11 留袱納釵：留下包袱，把釵飾歸還王氏。納，歸還，繳交。

12 勾欄：妓院。

13 渠：他，指第三人稱。

14 萬字文：梵文的一種，意思是吉祥雲海，祥瑞的象徵，也是佛陀三十二相之一。

15 詰：讀作「結」，問。

16 悠悠置之：謂擱置一旁，不處理。悠悠，原意是安閒自在，此指不放在心上。

17 縲繫：拘捕。縲，讀作「雷」。

18 狼藉：折磨、殘害。

19 肉鼓吹：比喻行刑鞭打犯人的聲音。後蜀李匡遠擔任鹽亭令（今四川省鹽亭縣），一天不施刑就不開心。聞鞭刑拷打的聲音，說：「此吾一部肉鼓吹也。」事見《類說．外史檮杌．部肉鼓吹》。

20 喧闐旁午：聲音大而吵鬧。闐，讀作「田」，充塞、填滿。旁午，交錯紛雜的樣子。

21 嚬蹙：讀作「貧醋」，皺眉蹙額。形容憂愁的樣子。

22 雲板三敲：此指打點退堂。雲板，樂器名，俗稱「點」，以板形刻成雲朵的形狀。古代官署以敲擊雲板作為報事的信號。

23 詞：訴訟，借指官司。

24 禍桑樹以烹老龜：典出劉敬叔《異苑》，為了烹煮老烏龜，而去砍伐桑樹。比喻為官者看不清真相，隨便判案，導致無辜的人被施加刑罰，牽連受害。

25 機關：權謀計策。此指出謀劃策。

26 民社：人民和社稷。

27 強：蠻橫暴虐。

28 懽：同今「歡」字，是歡的異體字。

29 肝膽：表明心意，吐露心事。

30 顛越：本意是墜落，此指推落。

31 眢井：乾枯或荒廢的井。眢，讀作「淵」。

32 縋：讀作「墜」，以繩索懸綁物體使之下墜。

33 擊喙：掌嘴。喙，讀作「會」，指人嘴。

34 死囚具：死刑犯所用的腳鐐和手銬。

35 械制：羈押。

36 揭：向人借錢。

37 招報：揭示所犯的罪行，收集各種證據，公開判決。

38 梏具：刑具。梏，讀作「故」，手銬。

39 醮：讀作「叫」，女子結婚後改嫁。

40 票示：出示公文昭告民眾。

41上臺：上級長官。
42籤：古代公堂的桌案上，設置籤筒，需要用刑就將籤筒中的紅色竹片擲落在地，示意衙役執行刑罰。
43徒：一種監禁犯人，強制服勞役的刑罰。
44弱冠：二十歲。
45不舞之鶴為羊公辱：指聲譽言過其實，辜負賞識者的期許。典出《世說新語·排調》：「昔羊叔子有鶴能舞，嘗向客稱之。客至，試使驅來，氃氋（讀作「童蒙」，羽毛下垂鬆散的樣子）而不肯舞。」
46貽：讀作「移」，遺留。

白話翻譯

淄川縣的西崖莊，有個商人在路上被人殺害。第二天，商人的妻子也自盡而亡。商人的弟弟到官府鳴冤，當時是浙江的費禕祉大人擔任淄川縣令，他親自前往驗屍，看見錢袋裡裝著五兩銀子，還纏在死者腰上，便判定此非謀財害命。費大人傳喚附近村子的鄰居逐一審問，也沒有頭緒，他並未拷打那些人，而是將他們釋放回去耕種，只命鄉約和地保仔細偵察，每十天向他報告一次。過了半年，事情逐漸被淡忘，查案也不太殷勤，商人的弟弟埋怨費大人不夠果斷，屢次上堂吵鬧。費大人生氣地說：「你既然不能說出凶手姓名，難道要我對那些無辜百姓用刑嗎？」就把他責罵一頓，趕出衙門。商人的弟弟無處申冤，只好氣憤地把兄嫂安葬了。一天，縣衙因爲欠稅而逮捕了幾個人，其中有一人名叫周成，因害怕被縣令責罰，就對縣令說錢糧已經湊齊，從腰間拿出一個錢袋，呈上去請費大人驗收。費大人驗收完，問道：「你家在哪裡？」周成答：「在某村。」又問：「你家離西崖有幾里路？」周成答：「五、六里。」費大人又問：「去年被殺的商人和你有什麼關係？」周成答：「我不認識這個人。」費大人大怒道：「你把他殺了，還說不

折獄
喜拾遺釵不為
財一宵婚舍殺
機開不還銀
袱非無意留
待他時出首來

認識！」周成極力辯解，費大人不聽，用重刑拷打，周成最終俯首認罪。

先前，商人的妻子王氏，準備去親戚家拜訪，因缺少首飾而感到慚愧，請求丈夫與鄰居相借。丈夫不答應，王氏就自己去借，對借來的首飾很愛惜。回家途中，王氏把首飾取下放入錢袋，收藏在袖中；回到家後，她伸手入袖一探，首飾竟不翼而飛。她不敢將此事告訴丈夫，又沒錢賠償鄰居，爲此懊惱不已。那天，周成恰好在路上撿到這件首飾，知道是商人的妻子遺失的，等到商人外出就半夜翻牆，闖入商人家，以此脅迫王氏與他私通。當時天很熱，王氏睡在庭院裡，周成悄悄靠近想要姦淫她。王氏發覺，大聲呼叫，周成急忙制止，把首飾還給她，卻留下錢袋。兩人一番雲雨後，王氏囑咐他：「以後不要再來了，我家男人很凶狠，觸怒了他，我們恐怕都難逃一死。」周成憤怒地說：「這些首飾夠我在妓院住好幾晚了，只共度一宿怎夠償還？」王氏安慰他：「我不是不願和你相好，我丈夫體弱多病，等他死後我們就可以來往了。」周成於是離去，不久把商人殺了，晚上他又去找王氏，說：「現在你的丈夫已經被殺死了，請履行約定。」王氏聽後大哭，周成懼怕驚動鄰居，就逃走了。天亮後，王氏也死了。費大人查出眞相，把周成處死抵罪。大家都嘆服費大人辦案有如神助，卻不知費大人是怎樣查出來的。費大人說：「事情並不難辦，只要處處留心便可。當初驗屍時，我看到錢袋上繡了一幅萬字文，周成的錢袋上也有，很明顯是同一人做的。我問周成是否認識死者，他又說不認識，說詞可疑，神色慌張，所以斷定他是眞凶。」

記下奇聞異事的作者如是說：「世上斷案的官員，如果不是敷衍擱置，就是抓幾十個人來嚴刑逼供。公堂上拷打的皮肉之聲不斷，縣令憂愁地蹙眉說：『我爲百姓勞心傷神。』等到雲板敲響，退堂之後，又去青樓花天酒地，那些難辦的案子全都拋諸腦後；待到升堂，又要牽連無辜的百姓遭受嚴刑拷打。唉！這樣怎能了解民情呢？我常說，有智慧的人不一定仁慈，而仁慈的人卻必是有智慧的人。因爲能竭盡心力去付出，就會想出解決問題的辦法。『隨時留心』這句話，可以教導天下所有地方的父母官了。」

淄川縣有個叫胡成的人，和馮安是同鄉，兩家世代有嫌隙。胡成父子蠻橫殘暴，馮安擺低姿態與他來往，胡成始終對他心懷猜忌。這天，兩人一起喝酒，微醉時，互相傾吐心事。胡成誇大地說：「不用擔心貧窮，百餘兩銀子的錢不難得到。」馮安心知胡成家並不富裕，便譏笑他。胡成嚴肅道：「實話相告，昨天我遇到一個滿載而歸的大商人，就把他推到南山的枯井裡了。」馮安又譏笑他。當時胡成有個妹夫鄭倫，託他購買田產，把幾百兩銀子寄放在他家，胡成把這些錢拿出來向馮安炫耀。馮安便信以爲眞，酒宴結束後，偷偷狀告官府，縣令就拘捕胡成對質。胡成據實以告，問到鄭倫和田產主人都有其人其事無誤，於是大家去井底查看。一名差役順著繩子到井中一看，竟然有具無頭屍在那裡。胡成大驚失色，百口莫辯，只大喊冤枉。縣令大怒，掌嘴數十下，說：「有憑有據，還喊冤枉！」用死刑犯的刑具戴在胡成身上。他命人先不要將屍體撈上來，而是在各村莊中貼告示，讓死者家屬來投遞狀子。

過了一天，有個婦人拿著狀子到衙門，聲稱是死者妻子，她說：「丈夫叫何甲，攜帶幾百兩銀子出外做買賣，被胡成殺死。」縣令說：「井中是有具屍體，但未必就是你丈夫。」這名婦人非常肯定死者就是她丈夫。縣令命人把屍體撈出來，一看，果然不錯。婦人不敢靠近屍體，只是站著哭泣。縣令說：「眞凶已經抓到，但屍體不全。你暫且回家，等找到死者的頭顱，就立刻做出判決，必叫凶手償命。」縣令從監獄將胡成叫出來，斥責道：「如果明天不把人頭拿來，用刑夾斷你的腿。」衙役押著胡成出去尋找，晚上才回來，問他結果，胡成只是嚎啕大哭，縣令把刑具放在他面前，做出要動刑的樣子，但又不用刑，說：「想必你那天晚上扛著屍體匆忙急迫，不知道頭掉到哪裡去了，爲什麼不仔細尋找？」胡成哀求寬限一點時間，讓他趕快尋找。縣令又問婦人：「你有幾個孩子？」婦人說：「沒有。」費大人問：「何甲有什麼親戚？」婦人說：「只有一個堂叔。」縣令感慨地說：「年紀輕輕就喪夫，孤苦伶仃，要怎麼生活？」婦人又哭起來，跪地叩拜請求縣令憐憫。縣令說：「殺人罪已經判定了，只要找全屍體，這個案子就可以了結。結案後，趕快再嫁。你是年輕女子，不要在衙門進進出出。」婦人感動得潸然淚下，叩頭就退出。縣令立刻書面命令告知鄉里百姓，要他們代爲尋找屍體的頭顱。

過了一夜，有個同村的王五，報案說頭顱已經找到。縣令訊問驗看後，賞給他一千兩銀子。傳喚何甲的堂叔前來，縣令說：「這個大案子已經了結，然而人命關天，非一年不能結案。你的姪子既然沒有子女，你姪媳婦孤身一人難以維生，早點讓她改嫁，以後也沒有什麼其

折獄二
隕身枯井孰知
寃天使胡成
作戲言令尹有
才能折獄一時
遠近喜平反

他事情，如果有上級長官來複查，你出面回話就可以了。」何甲的叔叔不肯，縣令扔了兩支朱籤要用刑，他不肯答應，又扔下一支朱籤，何甲的叔叔總算怕了，同意改嫁一事。婦人聽說此事，便向縣令磕頭謝恩。縣令好言勸慰她，又宣布：「有誰願意娶這個婦人的，可以上堂稟告。」婦人退堂後，立刻有人說要求娶，這人就是那個稟報找到頭顱的王五。縣令傳喚婦人上堂，說：「殺人的眞凶，你知道嗎？」婦人答：「是胡成。」縣令說：「不是他！你和王五才是眞凶！」兩人都很驚懼，極力申辯喊冤。縣令說：「我早就洞悉內情，之所以遲遲不公布，是怕捉錯無辜的人。屍體還沒從井裡撈出，你怎就能肯定是你的丈夫？必定是先前就知道他死了。況且何甲死的時候穿著破爛衣服，哪裡會有數百兩銀子？」縣令又對王五說：「藏人頭的地方，你怎會知道得這麼清楚？你之所以如此急迫，就是想要快點娶這個婦人。」兩人嚇得面色如土，說不出一句狡辯的話，於是對他倆一起用刑，果然招出實情。原來王五和婦人私通已久，合謀殺害婦人的丈夫，剛好在此時胡成開了這樣的玩笑。縣令無罪釋放了胡成；馮安因為誣告而被重責，判處三年徒刑。這個案子從頭到尾，縣令都沒有對一個無辜的人用刑。

記下奇聞異事的作者如是說：「我的恩師費大人，素有仁愛的美名，就從這件事，也可以窺見仁慈的人的用心良苦了。費大人擔任淄川縣令時，松齡剛滿二十歲，承蒙先生的器重嘉許，我駑鈍愚笨，屢次科舉考試都沒上榜，讓費大人顏面盡失。如果說先生平生有做過一件錯事，那就是我造成的。哎！眞是可悲啊！」

義犬

周村[1]有賈某，貿易蕪湖[2]，獲重貲。賃舟將歸，見堤上有屠人縛犬，倍價贖之，養豢舟上。舟人固積寇[3]也，窺客裝，蕩舟入莽，操刀欲殺。賈哀賜以全尸，盜乃以氈裹置江中。犬見之，哀嗥[4]投水，口啣裹具，與共浮沉。流蕩不知幾里，達淺擱乃止。犬泅出，至有人處，狺狺[5]哀吠。或以為異，從之而往，見氈束水中，引出斷其繩。客固未死，始言其情。復哀舟人，載還蕪湖，將以伺盜船之歸。登舟失犬，心甚悼焉。抵關三四日，估楫[6]如林，而盜船不見。適有同鄉估客[7]將攜俱歸，忽犬自來，望客大嗥，喚之卻走。客下舟趁[8]之。犬奔上一舟，嚙人脛股，撻之不解。客近呵之，則所嚙即前盜也。衣服與舟皆易，故不得而認之矣。縛而搜之，則橐金[9]猶在。嗚呼！一犬也，而報恩如是。世無心肝[10]者，其亦愧此犬也夫！◆

1 周村：今山東省淄博市周村區。
2 蕪湖：古代縣名。今安徽省蕪湖市。
3 積寇：長年搶劫過往商旅的盜賊。
4 嗥：讀作「豪」，吼叫號哭。
5 狺狺：讀作「銀銀」，形容狗吠之聲。
6 估楫：商船，此處借指船隻。楫，讀作「集」，船槳。
7 估客：販賣貨物的人，即商人。
8 趁：尾隨。
9 橐金：此指商人先前賺得的銀錢。橐，讀作「囊」的三聲，以前、昔日之意。
10 無心肝：比喻無情義。

◆**但明倫評點：**一念之仁，遂全生命，人亦何憚而不爲仁？犬不特有心肝，且有智慮。然則犬之性固猶人之性，人之性或有不如犬之性者矣。

一時的惻隱之心，救了一條狗命，人有何忌憚而做殘忍的事情？犬不只有良心，還有智謀。然而狗的本性就如同人的本性，人的本性有時表現出惡的那一面，還不如狗的本性純粹，只表現出善的那一面。

義犬
客途耶料起風波
一念慈祥脱網羅
無事應為黃耳笑
報恩人少負恩多

白話翻譯

周村有個商人，到蕪湖做生意，賺了很多錢。他租了船準備要返鄉，看見河堤上有個屠夫綁著一隻狗，商人就以雙倍價錢買下這條狗，把牠養在船上。這船家是個經常搶劫過往旅客的盜賊，他看商人行李很沉，就把船划到草叢裡去，提刀要殺商人。商人哀求給他留個全屍，強盜就用毛毯把商人裹起來丟入江中。這隻狗看到了，哀鳴著跳入江裡，用嘴叼住毯子，和商人在水中載浮載沉，漂流了不知多遠，一直到擱淺才停下。狗兒游出水面，到有人跡的地方不斷哀鳴。有人覺得奇怪，就尾隨狗前往探看，發現水裡有個用毛毯包裹住的東西，將它打撈出來割斷繩子。商人還有呼吸，就把事情始末告訴那個人。商人又哀求船家載他返回蕪湖，打算在那裡等候強盜的船划回去。商人上船啓航後，發現狗不見了，心裡很是難過。

商人回到蕪湖碼頭，待了三、四天，只見船隻密密麻麻，找不到強盜的船。剛好有個同鄉也到此地做生意，就帶商人一起回家。那隻狗突然跑回來，對著商人狂吠，商人喚牠，牠卻跑走。商人下船尾隨著狗，狗跑到一條船上，咬住一個人的小腿，打牠也不放開。商人上前喝斥，狗咬的那人竟然正是強盜，衣服和船都換新了，所以一般人認不出來。商人把強盜綁起來後，四處搜查，發現被搶去的銀子還在。

唉！一條狗尚且懂得知恩圖報，世上那些忘恩負義的人，面對這條狗，可眞是要感到羞愧了！

楊大洪

大洪楊先生漣[1]，微時為楚名儒，自命不凡。科試[2]後，聞報優等者，時方食，含哺[3]出問：「有楊某否？」答云：「無。」不覺嗒然自喪[4]，嚥食入鬲[5]，遂成病塊，噎阻甚苦。眾勸令錄遺才[6]；公患無貲，眾醵[7]十金送之行，乃強就道。夜夢人告之云：「前途有人能愈君疾，宜苦求之。」臨去，贈以詩，有「江邊柳下三弄笛[8]，拋向江心莫歎息」之句。明日途次，果見道士坐柳下，因便叩請。道士笑曰：「子誤矣，我何能療病？請為三弄可也。」因出笛吹之。公觸所夢，拜求益切，且傾囊獻之。道士接金，擲諸江流。公以所來不易，啞然[9]驚惜。道士曰：「君未能恝然[10]耶？金在江邊，請自取之。」公詣視果然。又益奇之，呼為仙。道士漫指曰：「我非仙，彼處仙人來矣。」賺公回顧，力拍其項曰：「俗哉！」公受拍，張吻作聲，喉中嘔出一物，墮地堛[11]然，俯而破之，赤絲中裹飯猶存，病若失。回視道士已杳。

異史氏曰：「公生為河嶽，沒為日星[12]，何必長生乃為不死哉！或以未能免俗[13]，不作天仙，因而為公悼惜；余謂天上多一仙人，不如世上多一聖賢，解者[14]必不議予說之慎[15]也。」◆

◆**但明倫評點**：以先生之事觀之，天上可以少此神仙，世上斷不可少此忠良。

以楊先生的事蹟來看，天上可以少他這個神仙，地人卻不能沒有這個忠良。

楊大洪
何須吹簫與
周旋何必投
金向水邊我
笑遺人多客
氣世無忠孝
不神仙

1 大洪楊先生漣：楊漣，字文孺，別字大洪，明朝湖北應山（今湖北省廣水市）人。明神宗萬曆三十五年（西元一六〇七年）進士。天啟年間拜左副都御史，彈劾魏忠賢二十四項大罪，因此事而被魏忠賢黨羽陷害入獄，天啟五年（西元一六二五年），死於獄中。
2 科試：明清時各省學政巡視各府州，考核將要應鄉試的生員，稱科試。
3 含哺：口中含著食物。
4 嗒然自喪：垂頭喪氣。嗒，讀作「踏」。
5 鬲：讀作「隔」，通「隔」字，此指橫膈膜。
6 錄遺才：意即參加補考，以取得參加鄉試資格。
7 醵：讀作「具」，眾人各自出一點錢來湊齊數目。

8 三弄笛：吹奏三首笛曲。
9 啞然：驚訝、感到可惜。
10 恝然：淡然處之，不在乎的樣子。恝，讀作「夾」。
11 堛：讀作「必」，土塊。
12 生為河嶽，沒為日星：意味一身浩然正氣，受後人景仰而不朽。出自宋代文天祥《正氣歌》：「天地有正氣，雜然賦流形；下則為河嶽，上則為日星。」
13 未能免俗：行事不能擺脫世俗對於名利、權勢的枷鎖。典出《世說新語．任誕》。
14 解者：通達事理的人。
15 傎：同「顛」，謂顛倒是非，違背常理。

白話翻譯

楊大洪先生，名漣。他在尚未顯貴以前，已是湖北有名的學者，自認爲不同於一般讀書人。科舉考試結束後，他聽到有人在傳報中舉名單，當時他口裡含著食物，出門問道：「有我楊某人的名字嗎？」那人回答：「沒有。」他聽了很沮喪，吞嚥食物時被噎住了，形成一個硬塊，堵在胸口，十分痛苦。大家都勸他去報名補考，楊大洪卻爲了旅費發愁，眾人便合夥湊出十兩銀子給他當旅費，他才勉強出發。夜晚夢見有人告訴他：「前方有人能治好你的病，你要不斷地哀求他。」臨走前，贈詩一首，其中有一句「江邊柳下三弄笛，拋向江心莫歎息」。

第二天，他在路上果然見到一位道士坐在柳樹下，於是上前叩拜，請求他給自己治病。道士笑道：「您誤會了，我怎麼會治病呢？倒是可以吹奏一曲〈梅花三弄〉給你聽。」隨後，拿出笛子吹起〈梅花三弄〉。楊大洪想起夢境中人說過的話，更加懇切地跪拜，請求道士為他治病，並把錢袋裡的錢全都給他。道士接過銀子，一把全扔到江水裡去。楊大洪因為這些錢得來不易，非常驚訝並感到惋惜。道士見他的表情，說：「您還是無法釋懷嗎？銀子就在江邊，請自己去拿。」楊大洪到了江邊一看，銀子果然在那裡。他更加覺得道士有神通，稱呼他仙人。道士隨便指向某處說：「我不是神仙，那邊有眞正的神仙過來了！」楊大洪受騙回頭去看，道士用力拍他的背，同時說：「眞是世俗中人啊！」楊大洪被道士這一拍，張嘴發出聲音，從喉嚨裡吐出一塊東西，掉在地上。他俯身將它戳破，見到被血絲包裹住的米飯還在。他的病立刻痊癒了，再回頭一看，道士已經消失了。

記下奇聞異事的作者如是說：「楊大人，一身浩然正氣，流傳萬世，又何必追求長生不死呢？也許有人以為他不能擺脫追求權勢名利的枷鎖，不能成為神仙，為楊大人感到惋惜。我說天上多一個神仙，倒不如地上多一個聖賢。能理解箇中道理的人，是不會批評我的看法的。」

查牙山洞

章丘查牙山[1]，有石窟如井，深數尺許。北壁有洞門，伏而引領望見之。會近村數輩，九日[2]登臨，飲其處，共謀入探之。三人受燈，縋[3]而下。洞高敞與夏屋[4]等；入數武[5]，稍狹，即忽見底。底際一竇[6]，蛇行[7]可入。燭之，漆漆然暗深不測。兩人餒[8]而卻退；一人奪火而嗤之，銳身塞而進。幸隘處僅厚於堵，即又頓高頓闊，乃立，乃行。頂上石參差危聳，將墜不墜。兩壁嶙嶙峋峋[9]然，類寺廟中塑，都成鳥獸人鬼形：鳥若飛，獸若走，人若坐若立，鬼罔兩[10]示現忿怒；奇奇怪怪，類多醜少妍。心凜然作怖畏。喜徑夷[11]，無少陂[12]。逡巡[13]幾百步，西壁開石室，門左一怪石鬼，面人而立，目努，口箕張[14]，齒舌獰惡；左手作拳，觸腰際；右手叉五指，欲撲人。心大恐，毛森森以立。遙望門中有爇灰[15]，知有人曾至者，膽乃稍壯，強入之。見地上列椀琖[16]，泥垢其中；然皆近今物，非古窰[17]也。旁置錫壺四，心利之，解帶縛項繫腰間。即又旁矚，一尸臥西隅，兩肱及股[18]四布以橫。駭極。漸審之，足躡銳履[19]，梅花刻底[20]猶存，知是少婦。人不知何里，斃不知何年。衣色黯敗，莫辨青紅；髮蓬蓬，似筐許亂絲，黏著髑髏[21]上；目、鼻孔各二；瓠犀[22]兩行，白巉巉[23]，意是口也。有想首顛當有金珠飾，以火近腦，似有口氣噓燈，燈搖搖無定，燄纁黃[24]，衣動掀掀[25]。復大懼，手搖顫。燈頓滅。憶路急奔，不敢手索壁，恐觸鬼者物也。頭觸石，仆，即復起；冷溼浸頷頰，知是血，不覺痛，抑不敢呻；坌息[26]奔至竇，方將伏，似有人捉髮

住，暈然遂絕。眾坐井上俟久[27]，疑之，又縋二人下。探身入竇，見髮罥[28]石上，血淫淫已殭。二人失色，不敢入，坐愁歎。俄井上又使二人下；中有勇者，始健進，曳之以出。置山上，半日方醒，言之縷縷[29]。所恨未窮其底；極窮之，必更有佳境。後章令聞之，以丸泥[30]封竇，不可復入矣。

康熙二十六、七年間，養母峪[31]之南石崖崩，現洞口；望之，鐘乳[32]林林[33]如密筍。然深險，無人敢入。忽有道士至，自稱鍾離[34]弟子，言：「師遣先至，糞除[35]洞府。」居人供以膏火[36]，道士攜之而下，墜石筍上，貫腹而死。◆報令，令封其洞。其中必有奇境，惜道士尸解[37]，無回音耳。

◆何守奇評點：此道士疑冒險以詐財者。

懷疑這個道士是假冒的，實際上是要去洞裡探險斂財。

1 章丘查牙山：位於山東省章丘市東邊境內。
2 九日：即農曆九月九日重陽節。
3 縋：讀作「墜」，以繩索懸綁物體使之下垂。
4 夏屋：高大寬廣的樓房。
5 數武：走幾步。
6 竇：洞、孔穴。
7 蛇行：全身貼地爬行。
8 餒：氣餒，恐懼。
9 嶙嶙峋峋：山石重疊高聳的樣子。
10 罔兩：即魍魎，山林中的精怪、水怪之類。
11 徑夷：路徑平坦，不陡峭。
12 陂：此處讀作「坡」，不平坦、不順遂、斜坡之意。
13 逡巡：徘徊。逡，讀作「群」的一聲，往復不已。
14 箕張：張得像畚箕（讀作「本基」）一樣大，形容目瞪口呆的樣子。

15 爇灰：焚燒過後的灰燼。爇，燒也，讀作「若」或「熱」。
16 椀琖：碗和酒杯。椀，同今「碗」字，是碗的異體字；琖，讀作「展」，玉製的酒杯。
17 古窰：年代久遠的陶瓷器皿。窰，「窯」的異體字，燒製陶瓷器皿的工廠，此處借指古代燒製的陶藝品或瓷器。
18 股：大腿。
19 銳履：女子所穿的繡花鞋，鞋尖部分十足尖銳而得此稱呼。
20 梅花刻底：繡有梅花圖案的鞋底。刻，用粗線刺繡使圖案更加突出。
21 髑髏：讀作「獨樓」，骷髏（讀作「哭樓」），即人死後的骸骨。
22 瓠犀：瓠籽，比喻排列整齊的牙齒。瓠，讀作「戶」。

23 巉巉：讀作「潺潺」，形容牙齒的尖利。
24 焰纁黃：燈火轉暗，變成黃紅色。纁，讀作「勳」，淺紅的顏色。
25 掀掀：高舉貌。
26 坌息：呼出的氣息粗重，氣喘吁吁的樣子。坌，讀作「笨」。
27 俟久：等候許久。俟，讀作「似」，等待。
28 罥：讀作「眷」，吊掛、懸掛。
29 言之縷縷：描述得非常詳細。
30 丸泥：一團泥土。
31 養母峪：地點不詳，約在山東省淄川或博山縣境內。峪，讀作「裕」，山谷。
32 鐘乳：即鐘乳石。從石灰岩層頂部下垂的簷冰狀物。是由地下水流經石灰岩層，將碳酸鈣溶解後，由水蒸氣揮發凝結成的晶體，外型如同下垂的冰柱。
33 林林：密集叢聚的樣子。
34 鍾離：即鍾離權，唐朝人，名權，號雲房。為八仙之一的漢鍾離。
35 糞除：打掃清潔。
36 膏火：油火、燈火。
37 尸解：道家語。即脫離形骸，羽化登仙。此處指死亡。

白話翻譯

章丘境內的查牙山上，有個像井一樣大小的石洞，約有幾尺那麼深。北面石壁上有個洞門，趴在地上伸長脖子就能望見。剛好鄰近村子有幾個人，重陽節去登高，在這裡飲酒，商量著要一起去一探究竟。三人拿著火把，順著繩子爬下去，洞的高度和一座高樓一般高，往裡面走了幾步，洞口變得狹窄，忽然就到達底部。洞底還有一個小洞，人要蛇行才可進入。用火把一照，裡頭黑漆漆的，深不可測。兩個人心中害怕就退了出來，一個人搶過火把嘲笑他們膽小，挺身而進。幸好狹窄的地方僅比牆厚一點，穿過去的景況又高又寬敞，那人便站起來行走。洞頂上的山石參差不齊，高高的倒插著，像似要掉不掉的樣子。兩邊石壁山石堆

查牙
山洞
石洞幽深
世莫知好憑
斑管寫離奇狀
窗風雨挑燈讀險
絕心搖手顫時

疊，像寺廟中的鬼神雕塑，都是一些鳥獸人鬼的形狀，鳥像在飛，獸像在跑，人有的像坐著，有的像站立，山林精怪表情憤怒，奇形怪狀，大多都長得醜陋，好看的很少。那人看著心中惶恐，幸好路徑平坦，甚少陡坡。緩緩走了幾百步，西面石壁上有一間石室，門左邊有一個奇形怪狀的石頭，鬼面人身站立著，目光狠戾，口大張，長舌獠牙，表情猙獰凶惡；左手握拳，抵在腰上；右手叉開五指，像要抓人。探險的人心中恐懼，寒毛直豎。遠望門裡有燒過的灰燼，得知有人曾經來過這裡，才大著膽子勉強前行。

他見到地上杯、碗陳列，上面沾了泥垢，年代很近，不是古代燒製的器皿。旁邊放著四個錫壺，就起了貪念，解開衣帶，捆住壺頸，綁在腰間。眼睛又望到旁邊，瞧見西角一具屍體躺在那兒，四肢大開，心中大駭；慢慢走近一觀，屍體腳上穿著尖足的繡花鞋，鞋底繡刻的梅花圖案還保存著，知道死者是個少婦。只是不知鄉里籍貫，也不知是哪一年死的。衣服的顏色暗沉，無法分辨。頭髮蓬亂不堪，好像一筐亂絲黏在骷髏上。眼睛鼻子的位置各有兩個洞，嘴巴的位置露出兩排白森森的牙。那人心想少婦頭頂應有珠寶首飾，拿火把往頭顱一照，竟似乎有人朝火把吹氣，燈火忽明忽暗，火焰轉成紅黃色，衣服也被吹得掀起。那人大驚失色，手一發抖，燈火頓時熄滅，他按照來時的路折返疾奔，不敢用手摸石壁，唯恐摸到惡鬼的石像。然而一頭撞上岩石，身子跌倒在地上又站起來，額頭上有一股冷濕的液體，心知是血，也不感覺痛，不敢呻吟出聲，氣喘吁吁跑到洞口，正要趴在地下往外爬，像似有人抓住他的頭髮，就昏死了過去。

其他的人坐在井洞口等了很久，心中感到奇怪，又有兩個人順著繩子爬下去。他們探詢到小洞口，見到有頭髮掛在鐘乳石上，血流如注，人已昏迷。二人大驚失色，不敢進去，坐著發愁歎氣。不久，井洞口上又下來兩個人，其中有個勇敢的人，挺身向前，把那人拖了出來。放到山上，半天才醒，把剛才所見詳細說了一遍。惋惜他沒有探索到最裡面，如果進到最底層，一定會有更奇妙的景象。後來，章丘縣令聽聞此事，吩咐用泥土把洞堵死，不讓人再進去。

康熙二十六、二十七年間，養母峪南的石崖崩毀，露出一個洞口。朝裡一望，有鐘乳石密密麻麻像竹筍一樣，洞穴又深又險峻，無人敢入。忽然有個道士前來，自稱是漢鍾離的弟子，說：「師父派我先來這裡清掃洞府。」村民提供燈火給他，道士帶到洞裡，結果人就掉到石筍上，被石筍穿腹而死。消息傳到縣令那裡，縣令命人封住石洞。那裡面一定有奇異的景象，可惜道士已死，不能傳達消息。

安期島

長山劉中堂鴻訓[1]，同武弁[2]某使朝鮮。聞安期島[3]神仙所居，欲命舟往遊。國中臣僚僉[4]謂不可，令待小張。——蓋安期不與世通，惟有弟子小張，歲輒一兩至。欲至島者，須先自白。如以為可，則一帆可至；否則颶風覆舟。逾一二日，國王召見。入朝，見一人，佩劍，冠棕笠，坐殿上；年三十許，儀容修潔。問之，即小張也。劉因自述嚮往之意，小張許之。但言：「副使不可行。」又出，遍視從人，惟二人可以從遊。遂命舟導劉俱往。水程不知遠近，但覺習習[5]如駕雲霧，移時已抵其境。時方嚴寒，既至，則氣候溫煦，山花遍巖谷。導入洞府，見三叟趺坐[6]。東西者見客入，漠若罔知；惟中坐者起迎客，相為禮。既坐，呼茶。有僮將盤去。洞外石壁上有鐵錐，銳沒石中[7]；僮拔錐，水即溢射，以琖[8]承之；滿，復塞之。既而托至，其色淡碧。試之，其涼震齒。劉畏寒不飲。叟顧僮頤示[9]之。僮取琖去，呷其殘者；仍於故處拔錐，溢取而返，則芳烈蒸騰，如初出於鼎。竊異之。問以休咎[10]，笑曰：「世外人歲月不知，何解人事？」問以卻老術[11]，曰：「此非富貴人所能為者。」◆劉興辭，小張仍送之歸。既至朝鮮，備述其異。國王歎曰：「惜未飲其冷者。此先天之玉液[12]，一琖可延百齡。」劉將歸，王贈一物，紙帛重

◆**但明倫評點：**已至其地，見其人，而休咎事不得知，卻老術不能爲，可知秦皇、漢武，徒爲後人笑耳。

已經到達安期島，見到傳說中的仙人，卻沒問到吉凶禍福之事，也沒學到長生不老之術，由此可知秦始皇和漢武帝，只是淪為後人的笑柄罷了。

裏，囑近海勿開視。既離海，急取拆視，去盡數百重，始見一鏡；審之，則蛟宮龍族，歷歷在目。方凝注間，忽見潮頭高於樓閣，洶洶已近。大駭，極馳；潮從之，疾若風雨。大懼，以鏡投之，潮乃頓落。

1長山劉中堂鴻訓：劉鴻訓，字默承，號青嶽，明代山東長山（今鄒平縣）人。萬曆四十年（西元一六一二年）舉人，次年進士。由庶起士授翰林院編修。在泰昌元年（西元一六二〇年）奉命出使朝鮮。中堂，官職，宰相。

2武弁：原意是指武官所戴的帽冠，借指武官。弁，讀作「變」。

3安期島：傳說中仙人安期生所居住的海島。安期生，戰國時代方士，山東琅邪（今諸城市）人，在東海邊賣藥，曾遇見秦始皇，後傳說為道家的仙人。事見《史記．封禪書》。

4僉：讀作「千」，皆、全部。

5習習然：舒和貌。

6趺坐：盤腿而坐，即打坐。趺，讀作「夫」。

7銳沒石中：尖銳處插在石孔中。

8琖：讀作「展」，玉製的酒杯。

9頤示：以下巴示意。

10休咎：吉凶禍福。

11卻老術：使人不會老的方術。

12玉液：仙人所製的玉漿，喝下可長生不老。

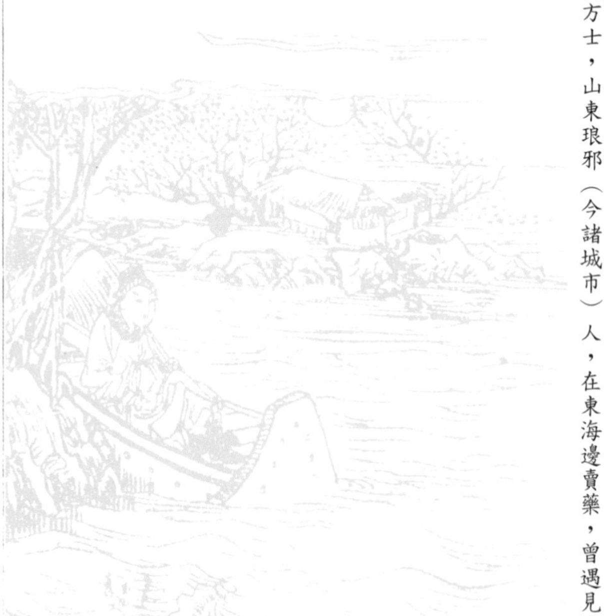

白話翻譯

劉鴻訓大學士是山東長山人，崇禎年間他和某位武官一起出使朝鮮。聽說安期島上有神仙居住，欲乘船前往遊覽，但是朝鮮的大臣們都反對，要他等候一個叫小張的人。這是因爲安期島與世隔絕，只有島上的弟子小張，每年都會到朝鮮一、兩次。要去安期島的人，必須先同他告知。若他認爲可行，乘船便可順利到達；否則，海上會颳起颶風將船吹翻。過了一、兩天，朝鮮國王召見。劉鴻訓入朝拜見以後，見到大殿上坐著一人，身佩寶劍，頭戴棕葉斗笠，年約三十多，儀態端莊整潔。一問之下，才知他就是小張。劉鴻訓表示想前往安期島，小張允許了，只說：「那位與你同行的武官不能去。」他走出去遍覽隨行的人員，認爲只有兩個人可以跟著去。然後小張親自駕船帶著劉鴻訓前往，船不知行駛了多久，只感到涼風微微吹拂，如騰雲駕霧般，不久就到達目的地。

此時正值冬天，到了島上，卻是氣候溫暖，花開滿山滿谷。小張引劉鴻訓一行人進入洞府。見到三位老翁盤腿打坐，左右兩邊的老翁見到有人進來，態度冷漠恍若未聞，只有中間的老翁起身迎客，互相施禮。坐定後，老翁喚人上茶，一個僮僕拿著盤子出去。洞府外面石壁上有個鐵錐，錐尖插入石壁中；僮僕拔起鐵錐，水就噴洩而出，他拿起杯子接住；盛滿後，又把鐵錐插入，接著端杯子回來遞給客人。這水呈淡綠色，淺嘗一口，冷得牙齒直打顫，劉鴻訓因爲怕冷就不喝了。老翁看看僮僕，用下巴對他示意，僮僕取走杯子，把剩下的水喝掉；又在原處拔出鐵錐，水湧而出，裝滿後端回，茶水芳香且熱氣騰騰，像剛從熱鍋裡倒出來似的。劉鴻訓暗自感到驚異，向老翁詢問凶吉，老翁笑道：「方外之人連日期都不知道，怎能知道人間的事情？」劉鴻訓又問長生之術，老翁說：「這就算是有錢人也做不到。」劉鴻訓起身告辭，仍是小張送他回去。回到朝鮮，他詳細地描述了所見奇聞異事。國王歎氣說：「可惜你不喝冷水，那可是玉液，喝一杯可以延壽百歲啊。」

劉鴻訓要回國前，朝鮮國王送他一樣東西，用紙和絲帛包裹，吩咐他近海時切勿打開來看。他一上岸，就急忙拆開，層層包裹被揭去，一面鏡子露出來。仔細一瞧，竟看見龍宮水族，鏡中景象清楚分明。正在凝視，忽然看見一道比樓閣還高的大浪席捲而來。劉鴻訓大驚失色，掉頭就跑；海浪緊跟在後，如狂風暴雨。他更加驚慌，連忙把鏡子扔過去，海浪才退回。

安期島
安期島裏
放舟游浮見
儒人頗已酬一錢
瓊漿寒不咽笑
君儒福未曾修

沅俗

李季霖[1]攝篆[2]沅江[3]，初蒞任，見貓犬盈堂，訝之。僚屬曰：「此鄉中百姓瞻仰風采也。」少間，人畜已半；移時，都復為人，紛紛並去。一日，出謁客，肩輿在途。忽一輿夫急呼曰：「小人吃害[4]矣！」即倩[5]役代荷，伏地乞假。怒訶之，役不聽，疾奔而去。遣人尾之。役奔入市，覓得一叟，便求按視。叟相之曰：「是汝吃害矣。」乃以手揣其膚肉，自上而下力推之；推至少股[6]，見皮內墳起，以利刃破之，取出石子一枚，曰：「愈矣。」乃奔而返。後聞其俗有身臥室中，手即飛出，入人房闥[7]，竊取財物。設被主覺，縶[8]不令去，則此人一臂不用矣。

1李季霖：原名李鴻霔（讀作「注」），字季霖，號厚餘。山東新城（今桓臺縣）人。順治十一年（西元一六五四年）中舉人，康熙三年（西元一六六四年）進士。歷任內閣中書舍人，刑部浙江司員外郎，因父親過世要服喪而辭去官職。康熙二十五年重新任官，二十七年來擔任湖南沅江縣知縣，任內政績優良，遠近皆知。
2攝篆：代理職務。
3沅江：今湖南省沅江市。
4吃害：遭到他人傷害。
5倩：請求、拜託。
6少股：小腿。
7房闥：房間。闥，讀作「踏」，門。
8縶：讀作「執」，捆綁、綁縛。

白話翻譯

李季霖代理沅江縣令的職務，剛上任，就看到衙門裡被貓狗占據，他感到很驚訝。部屬說：「這些都是本縣的老百姓，前來瞻仰先生您的風采。」不久，衙門裡的畜生和人各占一半；又過一段時間，這些貓狗都恢復成人的模樣，紛紛離開。

一天，李大人出門訪客，轎子走到半路，忽然有一名轎夫急喊道：「我被人陷害了！」立刻請別人代替他抬轎，他則跪在地上告假。李大人生氣地斥責，轎夫也不理會，一溜煙跑走了。李大人派人暗地跟隨，轎夫跑到市集裡，尋找一個老頭，請他給自己檢查。老頭看完後說：「你是被陷害了。」便用力捏他身上的肉，從上而下用力推，推到小腿時，只見皮膚裡隆起一個疙瘩，老頭用鋒利的刀將它割破，從裡面取出一顆石頭，說：「你痊癒了！」轎夫才又跑了回來。

後來聽說當地還有個傳聞，人躺在家裡，手卻能飛出去，到別人家房裡盜取錢財。如果被屋主發現，抓住這隻手，不將它釋放，那麼這個人的手就從此報銷了。

雲蘿公主

安大業，盧龍[1]人。生而能言，母飲以犬血，始止。既長，韶秀，顧影無儔[2]；慧而能讀。世家爭婚之。母夢曰：「兒當尚主[3]。」信之。至十五六，迄無驗，亦漸自悔。一日，安獨坐，忽聞異香。俄一美婢奔入，曰：「公主至。」即以長氈貼地，自門外直至榻前。方駭疑間，一女郎扶婢肩入；服色容光，映照四堵。婢即以繡墊設榻上，扶女郎坐。安倉皇不知所為，鞠躬便問：「何處神仙，勞降玉趾？」女郎微笑，以袍袖掩口。婢曰：「此聖后府中雲蘿公主也。聖后屬意郎君，欲以公主下嫁，故使自來相宅[4]。」安驚喜，不知置詞；女亦俯首。相對寂然。

安故好棋，楸枰[5]嘗置坐側。一婢以紅巾拂塵，移諸案上，曰：「主日耽此，不知與粉侯[6]孰勝？」安移坐近案，主笑從之。甫三十餘著[7]，婢竟亂之，曰：「駙馬負矣！」斂子入盒，曰：「駙馬當是俗間高手，主僅能讓六子。」乃以六黑子實局中[8]，主亦從之。主坐次，輒使婢伏坐下，以背受足；左足踏地，則更一婢右伏。又兩小鬟夾侍之；每值安凝思時，輒曲一肘伏肩上。局闌未結[9]，小鬟笑云：「駙馬負一子。」進曰：「主惰，宜且退。」女乃傾身與婢耳語。婢出，少頃而還，以千金置榻上，告生曰：「適主言居宅湫隘[10]，煩以此少致修飾，落成相會也。」一婢曰：「此月犯天刑[11]，不宜建造；月後吉。」女起；生遮止，閉門。婢出一物，狀類皮排[12]，就地鼓之；雲氣突出，俄頃四合，冥不見物，索之已杳。

母知之，疑以為妖。而生神馳夢想，不能復捨。急於落成，無暇禁忌；刻日敦迫[13]，廊舍一新。先是，有灤州[14]生袁大用，僑寓鄰坊，投刺[15]於門；生素寡交，託他出，又窺其亡而報之[16]。後月餘，門外適相值，二十許少年也。宮絹[17]單衣，絲帶烏履，意甚都雅[18]。略與傾談，頗甚溫謹。悅之，揖而入。請與對弈，互有贏虧。已而設酒留連，談笑大懽[19]。明日，邀生至其寓所，珍肴雜進，相待殷渥。有小童十二三許，拍板清歌，又跳擲[20]作劇[21]。生大醉，不能行，便令負之。生以其纖弱，恐不勝。袁強之。僮綽有餘力，荷送而歸。生奇之。次日，犒以金，再辭乃受。由此交情款密，三數日輒一過從[22]。

袁為人簡默[23]，而慷慨好施。市有負債鬻女者，解囊代贖，無吝色。生以此益重之。過數日，詣生作別，贈象箸[24]、楠珠[25]等十餘事，白金五百，用助興作。生反金受物，報以束帛[26]。後月餘，樂亭[27]有仕宦而歸者，橐貲充牣[28]。盜夜入，執主人，燒鐵鉗灼，劫掠一空。家人識袁，行牒[29]追捕。

鄰院屠氏，與生家積不相能[30]，因其土木大興，陰懷疑忌。適有小僕竊象箸，賣諸其家，知袁所贈，因報大尹[31]。尹以兵繞舍，值生主僕他出，執母而去。母衰邁受驚，僅存氣息，二三日不復飲食。尹釋之。生聞母耗[32]，急奔而歸，則母病已篤，越宿遂卒。收殮甫畢，為捕役執去。尹見其年少溫文，竊疑誣枉，故恐喝之。生實述其交往之由。尹問：「何以暴富？」生曰：「母有藏鏹，因欲親迎，故治昏室[33]耳。」尹信之，具牒解郡。鄰人知其無事，以重金賂監者，使殺諸途。路經深山，被曳近削壁，將推墮之。計逼情危[34]，時方急難，忽一虎自叢莽中出，嚙二役皆死，啣生去。至一處，重樓疊閣，虎入，置之。見雲蘿扶婢出，淒然慰弔：「妾欲留君，但母喪未卜窀穸[35]。可懷牒去，到郡自投，保無恙也。」因取生胸前帶，連結十餘扣，囑云：「見官時，拈此結而解之，可以弭禍。」生如其教，詣郡自投。太守喜其誠信，又稽牒知其冤，銷名令歸。至中途，遇袁，下騎執手，備言情況。袁憤然作色，默不一語。生曰：「以君風采，何自污也？」袁曰：「某所殺皆不義之人，所取皆非義之財。不然，即遺於路者，不拾也。君教我固自佳，然如君家鄰，豈可留在人間耶！」言已，超乘而去。生歸，殯母已，柴門謝客。

忽一夜，盜入鄰家，父子十餘口，盡行殺戮，止留一婢。席卷貲物，與僮分攜之。臨去，執燈謂婢：「汝認之，殺人者我也，與人無涉。」並不啟關，飛簷越壁而去。明日，告官。疑生知情，又捉生去。邑宰詞色甚厲。生上堂握帶，且辨且解，宰不能詰，又釋之。既歸，益自韜晦[36]，讀書不出，一跛嫗執炊[37]而已。服既闋[38]，日掃階庭，以待好音。

一日，異香滿院。登閣視之，內外陳設煥然矣。悄揭畫簾，則公主凝妝[39]坐。急拜之。女挽手曰：「君不信數，遂使土木[40]為災；又以苫塊[41]之戚，遲我三年琴瑟：是急之而反以得緩，天下事大抵然也。」生將出貲治具。女曰：「勿復須。」婢探櫝[42]，肴羹熱如新出於鼎[43]，酒亦芳冽[44]。酌移時，日已投暮，足下所踏婢，漸都亡去。女四肢嬌惰，足股屈伸，似無所著。生狎抱之。女曰：「君暫釋手。今有兩道，請君擇之。」生攬項問故。曰：「若為棋酒之交，可得三十年聚首；若作床第之歡，可六年諧合耳。君焉取？」生曰：「六年後再商之。」女乃默然，遂相燕好。女曰：「妾固知君不免俗道，此亦數也。」因使生蓄婢媼，別居南院，炊爨紡織，以作生計。

北院中並無煙火，惟棋枰、酒具而已。戶常闔，生推之則自開，他人不得入也。然南院人作事勤惰，女輒知之，每使生往譴責，無不具服。女無繁言[45]，無響笑，與有所談，但俯首微哂。每駢肩坐，喜斜倚人。生舉而加諸膝，輕如抱嬰。生曰：「卿輕若此，可作掌上舞[46]。」曰：「此何難！但婢子之為，所不屑耳。飛燕原九姊侍兒，屢以輕佻獲罪，怒謫塵間，又不守女子之貞[47]；今已幽[48]之。」閣上以錦布滿，冬未嘗寒，夏未嘗熱。女嚴冬皆著輕縠[49]；生為製鮮衣[50]，強使著之。逾時解去，曰：「塵濁之物，幾於壓骨成勞[51]！」一日，抱諸膝上，忽覺沉倍曩昔，異之。笑指腹曰：「此中有俗種矣。」◆過數日，顰黛不食，曰：「近病惡阻[52]，頗思煙火之味[53]。」生乃為具甘旨。從此飲食遂不異於常人。一日曰：「妾質單弱，不任生產。婢子樊英頗健，可使代之。」乃脫衷服[54]衣英，閉諸室。少頃，聞兒啼。啟扉視之，男也。喜曰：「此兒福相，大器也！」因名大器。繃[55]納生懷，俾付乳媼，養諸南院。女自免身[56]，腰細如初，不食煙火矣。忽辭生，欲暫歸寧。問返期，答以：「三日。」鼓皮排如前狀，遂不見。至期不來；積年餘，音信全渺，亦已絕望。

生鍵戶下幃[57]，遂領鄉薦[58]。終不肯娶；每獨宿北院，沐其餘芳。一夜，輾轉在榻，忽見燈火射窗，門亦自闢，群婢擁公主入。生喜，起問爽約之罪。女曰：「妾未愆期[59]，天上二日半耳。」生得意自詡，告以秋捷[60]，意主必喜。女愀然曰：「烏用是儻來[61]者為！無足榮辱，止折人壽數耳。三日不見，入俗幛[62]又深一

◆**但明倫評點：**雖是俗種，卻是仙胎，不仙不俗之間，方是福相，方是大器。

雖然是凡人的種，卻是仙人所孕育的胎兒，介於仙人與凡夫之間，才有福相，才能成就大器。

層矣。」生由是不復進取。過數月，又欲歸寧。生殊悽戀。女曰：「此去定早還，無煩穿望[63]。且人生合離，皆有定數，撙節[64]之則長，恣縱之則短也。」既去，月餘即返。從此一年半歲輒一行，往往數月始還，生習為常，亦不之怪。又生一子。女舉之曰：「豺狼也！」立命棄之。生不忍而止，名曰可棄。甫周歲，急為卜婚。諸媒接踵，問其甲子[65]，皆謂不合。曰：「吾欲為狼子治一深圈，竟不可得，當令傾敗六七年，亦數也。」囑生曰：「記取四年後，侯氏生女，左脅有小贅疣，乃此兒婦。當婚之，勿較其門地[66]也。」即令書而誌之。後又歸寧，竟不復返。

生每以所囑告親友。果有侯氏女，生有疣贅，侯賤而行惡，眾咸不齒，生竟媒定焉。大器十七歲及第，娶雲氏，夫妻皆孝友。父鍾愛之。可棄漸長，不喜讀，輒偷與無賴博賭，恆盜物償戲債[67]。父怒，撻之，卒不改。相戒提防，不使有所得。遂夜出，小為穿窬[68]。為主所覺，縛送邑宰。宰審其姓氏，以名刺送之歸。父兄共縶之，楚掠慘棘[69]，幾於絕氣。兄代哀免，始釋之。

父忿恚得疾，食銳減。乃為二子立析產書，樓閣沃田，盡歸大器。可棄怨怒，夜持刀入室，將殺兄，悞[70]中嫂。先是，主有遺袴，絕輕耎，雲拾作寢衣。可棄斫之，火星四射，大懼，奔出。父知，病益劇，數月尋卒。可棄聞父死，始歸。兄善視之，而可棄益肆。年餘，所分田產略盡，赴郡訟兄。官審知其人，斥逐之。兄弟之好遂絕。又逾年，可棄二十有三，侯女十五矣。兄憶母言，欲急為完婚。召至家，除佳宅與居；迎婦入門，以父遺良田，悉登籍[71]交之，曰：「數頃薄產，為若蒙死守之，今悉相付。吾弟無行，寸草與之，皆棄也。此後成敗，在於新婦。能令改行，無憂凍餓；不然，兄亦不能填無底壑[72]也。」侯雖小家女，然固慧麗，可棄雅畏愛之，所言無敢違。每出，限以晷刻[73]，過期，則詬厲不與飲食，可棄以此少斂。

年餘，生一子。婦曰：「我以後無求於人矣。膏腴[74]數頃，母子何患不溫飽？無夫焉，亦可也。」會可棄盜粟出賭，婦知之，彎弓於門以拒之。大懼，避去。窺婦入，逡巡亦入。婦操刀起。可棄反奔，婦逐斫之，斷幅傷臀，血沾襪履。忿極，往訴兄，兄不禮焉，冤慚而去。過宿復至，跪嫂哀泣，求先容於婦，婦決絕不納。可棄怒，將往殺婦，兄不語。可棄忿起，操戈直出。嫂愕然，欲止之。兄目禁之。俟其去，乃曰：「彼固作此態，實不敢歸也。」使人覘[75]之，已入家門。兄始色動，將奔赴之，而可棄已坌息[76]入。蓋可棄入家，婦方弄兒，望見之，擲兒床上，覓得廚刀；可棄懼，曳戈反走，婦逐出門外始返。兄已得其情，故詰之。可棄不言，惟向隅泣，目盡腫。兄憐之，親率之去，婦乃納之。俟兄出，罰使長跪，要以重誓，而後以瓦盆賜之食。自此改行為善。婦持籌握算，日致豐盈，可棄仰成[77]而已。後年七旬，子孫滿前，婦猶時捋[78]白鬚，使膝行焉。

異史氏曰：「悍妻妒婦，遭之者如疽[79]附於骨，死而後已，豈不毒哉！然砒、附[80]，天下之至毒也，苟得其用，瞑眩[81]大瘳[82]，非參、苓[83]所能及矣。而非仙人洞見臟腑[84]，又烏敢以毒藥貽子孫哉！」

章丘[85]李孝廉善遷，少倜儻不泥，絲竹詞曲之屬皆精之。兩兄皆登甲榜[86]，而孝廉益佻脫。娶夫人謝，稍稍禁制之。遂亡去，三年不返，遍覓不得。後得之臨清句闌[87]中。家人入，見其南向坐，少姬十數左右侍，蓋皆學音藝而拜門牆者也。臨行，積衣累笥[88]，悉諸姬所貽。既歸，夫人閉置一室，投書滿案。以長繩繫榻足，引其端自櫺[89]內出，貫以巨鈴，繫諸廚下。凡有所需，則躡繩；繩動鈴響，則應之。夫人躬設典肆[90]，垂簾納物[91]而估其直；左持籌[92]，右握管[93]；老僕供奔走而已。由此居積致富。每恥不及諸姒[94]貴。錮閉三年，而孝廉捷。喜曰：「三卵兩成[95]，吾以汝為鰕[96]矣，今亦爾耶？」

又耿進士崧生，亦章丘人。夫人每以績火[97]佐讀，績者不輟，讀者不敢息也。或朋舊相詣，輒竊聽之。論文則瀹茗[98]作黍；若恣諧謔，則惡聲逐客矣。每試得平等[99]，不敢入室門；超等，始笑迎之。設帳[100]得金，悉內獻，絲毫不敢隱匿。故東主餽遺，恆面較錙銖。人或非笑之，而不知其銷算良難也。後為婦翁延教內弟。是年遊泮[101]，翁謝儀十金。耿受榼[102]返金。夫人知之曰：「彼雖周親[103]，然舌耕[104]謂何也？」追之返而受之。耿不敢爭，而心終歉焉，思暗償之。於是每歲館金，皆短其數以報夫人。積二年餘，得如干數。忽夢一人告之曰：「明日登高，金數即滿。」次日，試一臨眺，果拾遺金，恰符缺數，遂償岳。後成進士，夫人猶訶譴之。耿曰：「今一行作吏[105]，何得復爾？」夫人曰：「諺云：『水長則船亦高。』即為宰相，寧便大耶？」

1 盧龍：古代縣名，今河北省盧龍縣。
2 無儔：沒有伴侶。儔，讀作「愁」，伴侶、夥伴。
3 尚主：娶公主為妻。尚，仰攀婚姻。
4 相宅：察看宅第。相，審視、察看。
5 楸枰：以楸木製成的棋盤。楸，讀作「邱」；枰，讀作「平」，棋盤。
6 粉侯：駙馬的代稱。三國魏何晏，娶魏公主為妻，因他生得美貌、面如傳粉，故得名。
7 著：讀作「卓」，下棋行子。
8 實局中：放在棋盤上。局，棋盤。
9 局闌未結：棋局勝負未結算。局，此指一盤棋。
10 湫隘：讀作「繳愛」，住處低溼狹小。
11 犯天刑：星象術語。即天刑星入命，意謂主凶兆，會有災禍臨身。天刑，即天罰。
12 皮排：古代鼓風吹火的器具，用皮革製成。
13 刻日敦迫：訂下日期，大力督促。
14 灤州：古代地名，今河北省灤縣。灤，讀作「巒」。
15 剌：拜帖。古代以竹簡刻上姓名作為拜見的名帖。
16 又窺其亡而報之：等他不在家時而去回訪他，故意不與他見面。亡，外出、不在家。
17 宮絹：宮中所用的絲絹，非常名貴。
18 都雅：優美文雅的樣子。
19 懽：同今「歡」字，是歡的異體字。
20 跳擲：跳躍。
21 作劇：此指雜耍等表演。
22 過從：往來。
23 簡默：沉默少言。

24 象箸：象牙製成的筷子。
25 楠珠：以伽南香木製成的串珠，以供念佛記數之用。
26 束帛：帛五匹為一束。
27 樂亭：古代縣名，今河北省樂亭縣。
28 充牣：充滿。牣，讀作「刃」。
29 牒：讀作「蝶」，官府發布的公文或證明文書。
30 積不相能：素來水火不容。
31 大尹：古代對縣令的敬稱。
32 耗：音訊。
33 昏室：婚房。昏，同「婚」。嫁娶之事。
34 計逼情危：將施以陰謀詭計，情勢非常危急。
35 窀穸：讀作「諄細」，墓穴。
36 韜晦：隱匿蹤跡，不使人知曉。
37 執炊：生火煮飯。
38 服既闋：三年守喪期滿即除服。闋，讀作「確」。
39 凝妝：盛打扮妝。
40 土木：指興建房屋宅第。
41 苫塊：古代服喪時睡在乾草上，頭枕土塊。此指服喪。苫，讀作「山」。
42 櫝：讀作「獨」，木盒子。
43 鼎：古代以金屬製成，用以烹煮食物的器具。
44 芳冽：香氣濃郁。
45 繁言：話多的樣子。
46 掌上舞：傳說漢朝趙飛燕體態輕盈，能站立於手掌上跳舞，比喻女子舞姿輕盈。
47 不守女子之貞：相傳趙飛燕與宮奴赤鳳私通，不守婦道。

48幽：囚禁。
49縠：讀作「胡」，皺紗。
50鮮衣：新衣服。
51勞：通「癆」，因結核菌所引起的傳染病。
52惡阻：婦人懷孕後，出現噁心、嘔吐的妊娠（讀作「認深」）反應。
53煙火之味：指凡人所吃的五穀雜糧。
54衷服：指貼身內衣。
55繃：襁褓，背負幼兒的布條。
56免身：分娩。免，通「娩」。
57鍵戶下幃：指關上門來刻苦讀書。鍵戶，將門閂上；下幃，放下幃幕。幃，讀作「維」。
58領鄉薦：指考中舉人。唐代科舉制度，參加進士考試者，依例由地方官員推薦，稱為鄉舉或鄉薦。後代考中舉人稱為領鄉薦，或簡稱領薦。
59愆期：誤期、過期。愆，讀作「千」。
60秋捷：鄉試告捷，即考中舉人。鄉試在秋天舉行，稱「秋闈」。
61儻來：偶然得到或意外而來的，此指功名富貴。儻，讀作「躺」。
62俗幛：佛家語，指塵世的貪嗔癡會妨礙修行，是證成涅槃路上的阻礙。幛，同「障」。
63穿望：形容深切的企盼。
64撙節：節省、節約。撙，讀作「尊」的三聲。
65甲子：指生辰八字。
66門地：猶言「門第」。
67戲債：賭債。戲，指賭博。
68穿窬：穿牆越壁到別人家中偷竊。窬，通「逾」，翻越。
69慘棘：執行法令嚴苛峻急。棘，通「急」。
70悞：同今「誤」字，是誤的異體字。
71登籍：登記在名冊上，以備考察之用。
72無底壑：即無底洞之意。
73晷刻：時刻，此指計算時間。晷，讀作「軌」，日影，此指時間。
74膏腴：良田，肥沃的土地。
75覘：讀作「沾」，觀看、察視。
76坌息：形容上氣不接下氣，十分狼狽，此處用以形容惱怒的樣子。坌，讀作「笨」。
77仰成：仰頭等待別人將事情完成，比喻不出勞力而享受成果。
78捋：此處讀作「羅」的一聲，以手抓取某物。
79疽：讀作「居」，毒瘡的一種，生在皮肉深處。
80砒、附：砒霜和附子，皆為毒藥。
81瞑眩：服藥後產生頭暈目眩的反應，今之所謂副作用。
82瘳：讀作「抽」，病痊癒。
83參、苓：指人蔘和茯苓，都是溫和滋補的藥材。
84洞見臟腑：比喻看穿人的本質。
85章丘：古代縣名，今山東省章丘縣。
86登甲榜：指會試考試及格。
87臨清句闌：臨清，今山東臨清縣。句闌，即勾闌，指妓院；或指宋、元時代戲劇表演或賣藝場所。
88笥：讀作「四」。用竹子編成，用來裝衣物或食物的方箱。

89 櫺：讀作「凌」。窗戶框上或欄杆上的雕花格子。

90 典肆：當鋪。

91 納物：指收受典當的物品。

92 籌：籌碼，代指算盤。

93 管：毛筆。

94 姒：讀作「四」。古代弟妻對兄妻的稱呼。

95 三卵兩成：指李氏兄弟三人之中，只有兩人會試考試及格。

96 毈：讀作「段」。孵不出小鳥。典出《淮南子．原道》：「獸胎不殰（讀作「讀」），鳥卵不毈。」漢代高誘作註：「卵不成鳥曰毈。」此處借以比喻李善遷科舉落榜。

97 績火：晚上紡織時用以照明的燈火。績，把絲麻梳理好，紡成紗線，代指織布、紡織。

98 瀹茗：燒水泡茶。瀹，讀作「越」，烹煮。

99 平等：明清時科舉考試所分的等級其一，平等既無升級亦無懲處。

100 設帳：開館授徒。此指私塾老師。

101 遊泮：指考中秀才。泮，讀作「盼」，意為「入泮」，俗稱考中秀才。古代學宮內有泮池（半月形的水池），故稱學宮為「泮宮」，童生入縣學為生員，即稱「入泮」。

102 榼：讀作「克」，古代裝食物的盒類容器。

103 周親：至親。語出《論語．堯曰》：「雖有周親，不如仁人。」

104 舌耕：用舌頭耕種，比喻以教書為生。典出《幼學瓊林．卷二．師生類》：「謙教館曰餬口，又曰舌耕。」

105 一行作吏：一經擔任官職。三國魏．嵇康〈與山巨源絕交書〉：「遊山澤，觀魚鳥，心甚樂之，一行作吏，此事便廢。」

白話翻譯

安大業，河北盧龍縣人。他一出生就會說話，安母餵他喝狗血才停止。長大成人後，相貌俊美，舉世無雙，生性聰明又喜歡讀書，名門閨秀都爭著想嫁他。安母晚上做了一個夢，夢中有人對她說：「令郎命中註定娶公主爲妻。」從此深信不疑，到了安大業十五、六歲，眞命天女仍未出現，安母也後悔不該輕信夢中人之言。

雲蘿公主
土木為災莫漫嗟六年琴
瑟樂無涯早為狼子謀深
慮始信仙人善作家

有一天，安大業獨坐房中，忽然聞到一股奇香，接著一個婢女跑進來說：「公主到了！」立刻鋪了一條長毯在地上，從門外直鋪到椅子前。安大業正在驚疑，就看到一名女子扶著婢女的肩走了進來。她的容貌美豔絕倫，穿著光鮮亮麗的服飾，連屋內牆壁都映照著她衣飾上的光輝。婢女把一個繡墊放在坐榻上，扶女子坐在上面，安大業一時驚慌失措，鞠躬問：「敢問姑娘仙府何處，勞您紆尊降貴親臨寒舍？」女郎掩嘴輕笑，身邊婢女則說：「這是聖后府裡的雲蘿公主，聖后選中你當他的女婿，要把公主下嫁予你，故讓公主自己來看看住處。」安大業一聽又驚又喜，不知說什麼好，女郎也低著頭，兩人都默不出聲。

安大業喜歡下圍棋，棋盤和棋子經常放在自己座位旁。一個婢女用紅色手巾擦去灰塵，把棋盤拿來放到桌上，說：「公主也喜歡下棋，不知與駙馬相比誰更勝一籌？」安大業起身走到桌邊，公主也笑著走過來。他們剛下了三十幾子，婢女竟把盤中棋子攪亂，說：「駙馬輸了！」撿起棋子就放在盒子裡。又說：「駙馬是人間的棋藝高手，公主只能讓你六子。」於是，又把六顆黑子先放入棋局中，公主也按照婢女擺的棋局，與安大業繼續下棋。公主坐著時，一個婢女就趴在座位下，讓公主把腳踩在她背上；如果是左腳踩在地上，便換一個婢女伏在右邊，承受她的右腳。此外，還有兩個小丫鬟在左右攙扶。每當安大業思考下一步要如何走，公主就把手肘搭在小丫鬟肩上。棋局尚未分出勝負，小丫鬟笑道：「駙馬輸了一子！」接著，身旁服侍的婢女上前說：「公主累了！我們該打道回府了。」公主彎腰在婢女耳邊嘀咕幾句，婢女便走出門去，等她回來時，竟把一千兩銀子放在床上，對安大業說：「公主說這座宅院太破舊，這些錢是給你裝修房子的，等你修好後再來相會。」另一個婢女說：「這個月不適合興建土木，下個月才是黃道吉日。」公主起身要走，安大業攔住她，把門關上，不讓她離去，一個婢女卻拿出一件很像鼓風皮囊的東西，立刻吹響，霎時冒出一團霧氣，屋內雲霧瀰漫，伸手不見五指。等濃霧散去，公主也失去蹤影。

安母得知此事，疑心這位公主是妖怪。安大業卻魂牽夢縈，日思夜想，一心只想早點把房子裝修完畢，不管任何忌諱，日夜催促工人趕工，終於把宅院修繕完畢。先前，有位灤州書生名叫袁大用，與安大業是鄰居。他曾多次遞名帖要上門拜訪安大業。安大業一向很少與人來往，藉口不在家，避不見面。出於禮貌，他暗中觀察，等袁大用外出時，才故意去回訪。過了一個多月，兩人恰好在門外偶遇。

袁大用年約二十，穿著名貴絲絹織成的薄衫，頭上綁著絲帶，腳穿一雙黑鞋，舉止文雅，安大業與他談得投機，邀他入屋，兩人下了幾盤棋，各有勝負。安大業接著設宴款待，兩人相談甚歡。第二天，袁大用回請他，宴席上盡是山珍海味，殷勤款待。袁家有個十二、三歲的小孩子，在席前擊板清唱、跳躍表演，以助酒興。安大業喝得醉醺醺，無法回家，袁大用就叫這小孩背他回家，安大業看小孩身形瘦弱，怕他背不動。袁大用堅持要他背，小孩就將他背起來，並不費力，安大業很驚訝。第二天，安大業給小孩賞錢，孩子一再推辭後才收下。從此，安大業和袁大用的交情更加深厚，每隔三兩天就要來往一次。

袁大用爲人坦率誠實、沉默寡言，並且施捨大方。有一次見到市集上有賣女兒還債的，就慷慨解囊替人還債，安大業從此更加敬重他。幾天後，袁大用向安大業辭行，送他象牙筷子、楠木珠等十幾件貴重禮物，此外又送了五百兩銀子幫助他修建宅院。安大業只留下禮物，退還銀子，並回贈一些絹帛做爲謝禮。這件事過後一個月，樂亭縣有一個退休官員，家中藏有大量搜刮來的金錢，某天夜晚，忽有強盜闖空門，把他抓住，用燒紅的鐵鉗子燙他，把他所有錢財洗劫一空。他的家中有一個僕人，認出強盜就是袁大用，向官府報案，官府隨即下了令通緝他。

安家有個鄰居屠某，與安家素來不睦。看到安家大興土木，修造宅院，心中嫉妒。這時，安家有個小僕人把象牙筷子偷出來，賣給屠家。姓屠的得知這雙筷子是袁大用所贈，以此爲證據，向官府告發安大業。官府派衙吏包圍安家，正好安大業有事外出。衙吏就把安母抓去官府對質。安母年老體衰，受了驚嚇，奄奄一息，兩、三天不飲不食，縣官見狀就將她釋放。安大業聽到這個消息，急忙趕回家，安母已臥病在床，隔天晚上就過世了。他將母親的屍體收殮完畢，就被捕快抓到官府。縣官見安大業又年輕又斯文，懷疑他是被人陷害誣告，故意嚇唬他，讓他從實招來。安大業就交代他與袁大用往來的經過。縣官又問：「你家怎麼突然富裕起來了？」安大業回答：「先親原來有些積蓄，我打算娶媳婦，她就拿錢給我裝修房子。」縣官採納他的供詞，發公文把安大業押送到郡府。屠某得知安大業沒有被判刑，就花錢收買押送的官差，要他們在半路殺害安大業。

押送的隊伍行經深山時，安大業被官差拉到山崖旁，想把他推下去，正在萬分危急之時，忽有一隻老虎從草叢裡衝出來，咬死兩個官差，叼起安大業就跑了。老虎來到一處樓閣連綿的宅院前，一進屋就把安大業放到地上。這時，只見婢女攙扶著雲蘿公主出來，哀傷地安慰他：「我想留你下來過夜，但婆婆去世尚未安葬。爲今之計，只能由你自己拿著公文到郡府衙門去報到，只要你照著去做，定能安然無恙。」說完，取下安大業胸前的帶子，連續打上十多個結，囑咐他：「你見到官員時，就把帶子上的結解開，可以消災解厄。」安大業按照公主的囑咐，到府衙去自首。知府覺得安大業爲人誠懇，又查看了公文，知道他是被冤枉的，便將他無罪釋放。

安大業在回家路上巧遇袁大用，下馬與他握手見禮。他向袁大用說明近況，袁大用聽罷十分生氣，默然無語。安大業說：「憑您的才華，爲何要做這種勾當，讓自己蒙羞？」袁大用說：「我所殺的都是貪官汙吏，若非如此，就是錢掉在路上，我也不屑一顧。你勸解我的話，固然出自一番好意。然而，像屠某這種敗類，難道可以姑息他嗎？」說完，袁大用就騎馬離去。安大業回到家，將母親遺體下葬，從此閉門謝客。

一天夜裡，有個強盜闖入鄰居家，把屠某人全家都殺死，只留下一個婢女。屠某的全部財物，都被強盜與同夥的小孩子一起拿走。臨走時，強盜提著燈火，對婢女說：「你看清楚！殺人的是我，與其他人無關！」說完，強盜不從大門離去，直接施展輕功跳牆離開。天亮後，有人去官府報案，縣官懷疑安大業知道內情，又把他抓去。縣官嚴厲審問，安大業到了公堂後，一面解開胸前帶上的結，一面申辯，縣官也審不出什麼，再次將他釋放。安大業回家後，更加守規矩，整天閉門讀書，家裡只留一名跛腳的老媽子負責煮飯。安母的喪期滿後，他就天天打掃宅院，等待公主的到來。

有一天，一股異香氣充滿庭院，安大業到閣樓一觀，裡面裝潢得美輪美奐。他悄悄掀開簾子去窺視，只見公主盛裝坐在椅子上。安大業急忙上前拜見，公主拉住他的手說：「你不相信吉凶，偏要在凶時整修房子，為你家招來橫禍。你要替婆婆守孝，將我們成婚的日子延後三年，這就是欲速則不達。世間之事大多如此。」安大業想要去買些酒菜，公主說：「不用了！」只見一個婢女把手伸到櫃子裡，端出菜和湯，宛如剛烹調好一般熱騰騰的，酒也相當醇厚可口。兩人對飲一會兒，等到太陽西沉，婢女們也退下了，公主伸伸懶腰，整個人都懶洋洋的。安大業抱著她親熱，公主說：「你先放開我！現今有兩條路要你來選。」安大業摟著她的粉頸詢問，公主說：「我們要是只對弈飲酒，可以互有往來三十年，若是男歡女愛，只有六年緣份，你要選那一種？」安大業答：「那就等六年後再說。」公主於是不再出聲，與他上床交歡，接著說：「我猜想你就是難免於塵俗，這也是天意！」公主要安大業招攬一些婢女和僕婦，讓他們住在南院，不與公主同住一院。每天命她們煮飯、紡紗、織布來維持日常開銷。

公主居住的北院沒有廚房，只有棋盤、酒器一類的器具，經常閉門不出。安大業來時，一推門就自動打開，別人卻無法進入。即使公主從不出戶，南院若有僕人懈怠偷懶，公主都能知道，經常叫安大業去責備他們，被責備的奴僕都心服口服。公主寡言，說話輕聲細語，與她說話，她只是低頭微笑，每當與安大業並肩同坐，她喜歡斜倚在安大業身側。安大業把她抱起來放在自己膝上，體重輕得宛如嬰兒。安大業說：「你的體態輕盈，難不成也能像趙飛燕一樣在掌上起舞！」公主說：「這有何難？但是跳舞是下人所做之事，我是不屑做的。飛燕本是我九姊的婢女，常常因為輕佻受到責備，九姊一怒之下，貶她下凡，但她又不守婦道，如今，她已被拘禁起來了。」公主住的閣樓裡到處裝飾著錦緞，冬天不冷，夏天不熱，公主即便是冬天也只穿一件薄紗衣。安大業替她裁製新衣，逼她穿上，她穿上不久，又脫了下來，說：「這種塵世間的汙穢之物，讓我全身都不舒服。」

有一天，安大業又把她抱在膝上，覺得比平時沉重些許，他覺得很奇怪。公主笑著指指肚子，道：「我懷了你的骨肉。」又過幾天，公主表情痛苦，蹙著眉，食不下嚥。她說：「我現在身體不適，想吃點人間的食物。」安大業就吩咐廚房為她烹煮食物，從此，她與一般人一樣飲食。有一天，她說：「我的體質柔弱，恐難承擔分娩之苦，婢女樊英身體健壯，可以讓她代替我。」於是，公主脫下內衣給樊英穿上，並叫她留在屋內不要外出，不久就聽到嬰兒啼哭之聲，開門進去一看，生了一個男孩。公主高興地說：「這孩子很有福相，將來一定能有所作爲。」於是給他取名叫大器。公主以襁褓將嬰兒包裹好，放到安大業懷中，叫他把孩子交給奶媽，放在南院撫養。

公主生產後，體態又恢復如初，不再吃凡間飲食。有一天，她突然向安大業辭行，說是想回娘家探視。安大業問她何時回來，公主答：「三天。」說完就把皮囊吹鼓，冒出一陣煙霧後消失了。然而，三天後也沒回來，一年多仍音信全無，安大業最後便絕望了。

他緊閉家門，發憤苦讀，考中了舉人。但他沒有再娶，經常獨自睡在北院，回想以前與公主相處的美好時光。一晚，安大業正輾轉難眠，忽有燈光照射窗戶上，門也自動打開，看見一群婢女簇擁著公主走進來。安大業喜出望外地從床上一躍而起，埋怨她失約。公主說：「我並未失約，天上只過了兩天半。」安大業向她炫耀考中舉人的事情，他以爲公主會爲他感到高興，公主反而懊惱地說：「你何必要追求這些虛名呢？追求功名只會減少你的陽壽，並不能爲你帶來好處。三天不見，你入世更深了。」安大業從此不再追求功名。幾個月後，公主又要回娘家，安大業非常依依不捨。公主說：「這次一定早些回來，不讓你等待太久。人生的聚散離合皆有定數，若是不隨意虛度，能珍惜相聚的時光，那麼聚首的時間就不會太短。」公主只過了一個多月就回來了。從此每隔一年半載，她就回娘家一次，往往住上幾個月才回來。安大業對此也習以爲常，不再介意了。

公主又生了一個兒子。孩子誕生後，公主把他抱起來道：「這孩子是個豺狼。」叫安大業把他拋棄。安大業於心不忍，把他留下來撫養，給他取名爲可棄。可棄剛滿周歲，公主就急忙要給他定親，許多媒人上門來提親，公主問了生辰八字，都不合適，便說：「我想把這豺狼關在籠子裡，奈何遍尋不得。看來命中註定，要被他敗家個六、七年。」隨即囑咐安大業：「你要牢記住，四年以後有個姓侯的人家，生個女孩左腋下有顆小贅疣，她就是可棄的媳婦。一定要把她娶過來，不要計較是否門當戶對。」說完還讓安大業把這事記下，以免他忘了。後來，公主又回娘家去，從此再也沒回來。

安大業把這件事告訴親朋好友，請他們幫忙留意。四年後，果然有一戶姓侯的，女兒一生下來，腋窩就有顆贅疣。這戶人家很貧窮，品行不端，大家都看不起他們。安大業不在乎這些，直接請媒人上門提親。大器十七歲就考中舉人，娶了雲家的女兒，夫妻倆對父親很孝順，對弟弟很友愛，父親很喜歡他們倆。可棄逐漸長大，平時不愛讀書，卻偷偷和一些地痞無賴賭博，經常偷家中的財物去還賭債。父親生氣責打，他卻始終不改。家裡人都怕他，不讓他從家裡拿走東西。於是，可棄晚上便打洞鑽牆去偷盜，被別人捉住了，綁起來送交官府。縣官一經審問，知道他是安家的兒子，便以自己的名帖把他送回去讓家裡管教。父兄一起把他綁起來痛打一頓，打得他都快斷氣了。兄長於心不忍，向父親求情，這才饒恕了他。

父親因爲這事，氣得生了場病，食不下嚥，於是提出從此分家。他把家產分給兩個兒子，大器分得的盡是樓房與良田，可棄怨恨父親分產不公，晚上拿著刀，潛進大器房間想要砍死他，卻誤砍中嫂子。先前，公主留下一條褲子，非常輕軟，雲氏拿來做了睡衣。可棄一刀砍上去，正好砍到這件衣服上，只見火光四射，嚇得他逃出家門。安大業得知此事，病得更重了，過了幾個月就去世，可棄聽到父親死去的消息才回家來。大器不計前嫌，對他照顧有加，可棄卻更加膽大妄爲，過了一年多，就把他所分到的田產都敗光了。之後，他又去官府控告兄長。縣官一提審，了解事情始末，把他責備一番，將他趕出衙門，兄弟之間從此斷絕往來。

一年後，可棄二十三歲，侯氏女也已十五歲，大器想起母親的叮囑，趕緊準備讓可棄成親，就把可棄叫來，分出一座上好的宅院給他。等侯氏一過門，大器就把父親留下來的良田都登記造冊，一併交給弟媳。大器說：「這幾畝田地，是我拚命守下來的，現在全部交給你，我的兄弟品行不端，就是一寸草地給了他，也會被他敗光。今後你們家的興衰，全都落在弟妹你一人身上了。你若能叫他改過自新，你們就能衣食無憂；否則，我這個做兄長的，也無法老是替他收爛攤子。」侯氏雖是小戶人家出身，卻很賢慧美貌，可棄對她又愛又懼，對她的吩咐百依百順。侯氏在他每次外出時都規定必須在限定的時間內回來，否則就是一頓斥罵，且不給他飯吃。因此，可棄的行爲才有所收斂。

兩人結婚一年多，侯氏生了個兒子，她說：「我今後不用求人了，有幾頃好田地，我們母子不怕挨餓受凍了，就算沒有丈夫也無所謂。」恰巧有一次，可棄偷拿糧食去賭博，侯氏知道後，張弓在門口等著不讓他回家。可棄嚇得急忙逃走，在外面窺視，等她進門了，才偷偷摸摸跑回家。侯氏一見他回來，拿起一把刀，作勢要砍他，可棄轉身便跑。侯氏追上去就砍，一刀劃破他衣服，割傷了他的屁股，血都流到襪子和鞋裡。可棄很生氣，跑到大器家去告狀，大器也不理睬他。他只好羞愧滿面地離去。過了一夜，他又跑到大器家，跪在嫂子面前傷心痛哭，懇求嫂子幫他向侯氏求情。嫂子讓他先回家，侯氏依舊不肯讓他進屋，可棄大怒，揚言要殺死妻子，大器也不勸阻，可棄氣得起身拿著刀槍跑出去，嫂嫂害怕他眞的會去砍了侯氏，想要去阻攔，大器對她使個眼色，要她別多管閒事。等可棄出門後，大器才說：「他這是故意說給我們聽的，他才不敢回家。」嫂嫂不放心，派人跟隨在後，僕人回報說已經進了家門。

大器心中有點害怕，準備去勸架，就在此時，可棄灰頭土臉地回來。原來，可棄剛進家門的時候，侯氏正在逗兒子玩。一看他來了，就把孩子扔到床上，撿起廚房的菜刀，可棄一看，嚇得拖著刀槍轉身就逃，侯氏直到把他趕出門外才進屋。大器早已知道這件事，故意裝作不知，問弟弟事情經過，可棄不敢吭氣，轉過頭對著牆壁痛哭，把眼睛都哭腫了。大器覺得他可憐，親自把他送回家去，侯氏看到大器出面，才給面子收留了可棄。等大器一走，侯氏就罰他跪著好長一段時間，逼他發下重誓，保證以後再也不賭博，這才用瓦盆裝飯給他吃。從此以後，可棄終於改過向善。侯氏打理家務，把家業經營得很富裕，可棄只不過是依賴妻子，坐享其成罷了。後來，當他活到七十多歲，已然子孫滿堂，侯氏還是時常揪著他的白鬍子罰他跪。

記下奇聞異事的作者如是說：「遇到凶悍的妻子和善妒的女人，就如同附骨之疽，到死才能解脫，實在是令人畏懼啊！然而，砒霜、附子這種天下最毒的東西，倘若使用得當，再嚴重的病都可以治癒，它的功效不是人參、茯苓這種滋補的藥能做到的。要不是仙人能明察秋毫，又怎敢把毒藥留給子孫呢！」

在章丘這個地方有個李孝廉，名善遷，年輕時風流不羈。他精通音律，兩個兄長都考上舉人，李孝廉的舉止卻更加放蕩。娶了位謝氏爲妻，對他管得稍微嚴格些，他就離家出走，三年沒有音信，遍尋不得。後來，在山東臨清的妓院裡找到他。僕人進去後，看見他面南而坐，十幾個年輕女人圍在左右侍候，都是向他學習唱歌彈琴的徒弟。回家時，他的衣服有好幾箱，都是這些妓女所贈。謝氏把他關在一間房子裡，放了滿桌的書，用一條長繩子綁在床腳，另一頭從窗戶邊垂墜下去，繩子另一端拴了個大鈴鐺，綁在廚房裡。但凡他有所需求就踩繩子，繩一動鈴鐺就響，他的要求就能被滿足。謝氏則自己經營當鋪，在簾後對典當的東西進行估價，左手拿算盤，右手握著筆，老僕人只是跑跑腿而已，就這樣存了點積蓄，生活愈加富裕，但她時常感到遺憾沒能受封誥命夫人。把李孝廉關了三年，他終於金榜題名，謝氏高興地說：「三個蛋，兩個能孵出小鳥來。還以爲你這個蛋孵不出小鳥，想不到今天也成功了！」

另有一個故事，耿進士，名嵩生，也是章丘人。他的妻子經常借著紡織來陪他夜讀，紡織的人不停下來，讀書的人也不敢休息。有時有朋友到家裡來，夫人都偷偷在旁邊聽著，耿生若是與朋友談經論道，就上茶做飯，若無事閒聊，夫人就沒好氣地趕走客人。耿生每次考試成績中等，就不敢進家門，若是得到優等的成績，夫人便笑著迎接他。他開館教授學生，所得的收入全部交給夫人，不敢藏私。所以，凡東家有所饋贈，常常當面點算清楚。有人笑話他，他只道這些所得都得回去稟告給夫人盤查，絲毫馬虎不得。後來，他被岳父請去教小舅子學業。那一年，岳父送給他十兩酬金。耿生心領，把錢退還回去。夫人得知此事後，說：「他雖然是親戚，但你是靠教書維生的，怎能不收呢？」就要他回去，把酬金收下。耿生不敢與夫人爭辯，內心始終覺得有所虧欠，想在暗中補償岳父。於是，每年教書的酬金都會向夫人少報些數目。攢了兩年多的私房錢，忽然夢到一個人告訴他：「明天登高，錢就夠了。」第二天，他試著去登高，果然撿到一筆錢，恰好是所缺的數目。於是，他就把錢還給岳父，後來，耿生考中了進士，夫人還是責備他。耿生說：「如今我已有了地位，你怎麼還是和以前一樣對待我？」夫人說：「俗話說，『水漲船高』，就是你當了宰相，難道就能託大了？」

鳥語

中州[1]境有道士，募食鄉村。食已，聞鸝[2]鳴，因告主人使慎火。問故，答曰：「鳥云：『大火難救，可怕！』」眾笑之，竟不備。明日，果火，延燒數家，始驚其神。好事者追及之，稱為仙。道士曰：「我不過知鳥語耳，何仙也！」

適有皂花雀[3]鳴樹上，眾問何語。曰：「雀言：『初六養之，初六養之；十四、十六殤之。』想此家雙生矣。今日為初十，不出五六日，當俱死也。」詢之，果生二子；無何，並死，其日悉符。

邑令聞其奇，招之，延為客。時群鴨過，因問之。對曰：「明公內室，必相爭也。鴨曰：『罷罷！偏向他！偏向他！』」令大服，蓋妻妾反脣，令適被喧聒而出也。因留居署中，優禮之。

時辨鳥言，多奇中。而道士樸野[4]，肆言輒無所忌。令最貪，一切供用諸物，皆折為錢以入之。一日，方坐，群鴨復來，令又詰之。答曰：「今日所言，不與前同，乃為明公會計耳。」問：「何計？」曰：「彼云：『蠟燭一百八，銀朱[5]一千八。』」令慚，疑其相譏。道士求去，令不許。

逾數日，宴客，忽聞杜宇[6]。客問之。答曰：「鳥云：『丟官而去。』」眾愕然失色。令大

怒，立逐而出。未幾，令果以墨[7]敗。嗚呼！此仙人儆戒之，而惜乎危厲熏心[8]者，不之悟也。◆

齊俗呼蟬曰「稍遷」，其綠色者曰「都了」。邑有父子，俱青、社生[9]，將赴歲試，忽有蟬集襟上。父喜曰：「稍遷，吉兆也。」一僮視之，曰：「何物稍遷，都了而已。」父子不悅。已而果皆被黜。

1中州：位於今河南省境內。
2鸝：讀作「離」，黃鶯。
3皂花雀：類似麻雀，體型較小，有黑色花紋。
4樸野：純樸耿直，說話肆無忌憚。
5銀朱：顏料名稱，鮮紅色，由硃砂製成。
6杜宇：即杜鵑鳥。
7墨：貪污收受賄賂。
8危厲熏心：此處是指縣令貪心，而去做危險的事情。
9青、社生：指青衣、發社，兩者都是劣等的秀才。明清科舉制度，秀才分五等，分別為廩生、增生、附生、青衣、發社。歲試五等的生員，附生降為青衣，青衣降為發社。發社，謂發往社學肄業。

◆**但明倫評點：**於無足重輕之事，使其言皆信而有徵，庶幾直言規戒，可以信而悟，悟而改也。仙人其借鳥語以施其婆心者耶？疑之，怒之，逐之，利令智昏，有如是矣夫？

對於不足為道的事情，都能讓鳥說的話有理有據，幾乎是直言規勸，應當相信而覺悟，覺悟後就應改過。仙人難道是藉著鳥語好心的警示人們嗎？縣令對鳥語起疑，勃然大怒，將道士趕出去，利慾薰心而喪失理智，難道真有這樣愚蠢的人嗎？

白話翻譯

河南境內有位道士在鄉村化緣。吃完飯後，聽見黃鶯叫，便告訴這家主人，要小心火災。主人問他原因，道士答：「鳥說：『大火難救，可怕！』」眾人都大笑，全然沒有防備。第二天，果然發生火災，大火蔓延好幾戶人家遭到波及，大家才知道道士的預言非常神準。多管閒事的人追上道士，稱他爲神仙。道士說：「我不過是聽得懂鳥語而已，並不是神仙！」

剛好有隻黑花雀在樹上啼叫，眾人問他鳥兒說什麼。他說：「雀說：『初六養之，初六養之；十四、十六殤之。』想必這戶人家生了雙胞胎，今天是初十，不出五、六天，兩個孩子都會死。」大家前往詢問，這戶人家果然生了一對雙胞胎；不多久，兩個嬰兒都死了，和預測的時間正好符合。

縣令聽說道士神準的預言事蹟後，派人請他前來，奉爲上賓。剛好有一群鴨子經過，就問道士鴨子說了什麼。道士回答：「你的妻妾必定互相爭吵。鴨子說：『罷罷！偏向他！偏向他！』」縣令很佩服。因

爲剛才妻妾正爭吵不休，縣令受不了吵鬧才走了出來。他就把道士留在官邸，對他十分禮遇。

道士不時翻譯鳥說的話，大多都非常準確，加之性情耿直純樸，說話毫無顧忌。而此縣縣令十分貪心，所有供應衙門的物品，都要折成現金放進自己口袋裡。一天，兩人正在閒坐，鴨群又走過去，縣令問道士鴨子說了什麼。道士說：「今天說的，和以前不同，是在替大人記帳呢。」縣令問：「記什麼帳？」道士說：「牠們說：『蠟燭一百八，銀珠一千八。』」縣令感到很慚愧，懷疑道士借著鴨子之口嘲笑譏諷自己。道士想要告辭離去，縣令不允許。

過了幾天，縣令請客，忽聽杜鵑啼叫。客人問道士杜鵑在說什麼，道士答：「鳥兒說：『丟官而去。』」眾人皆大驚失色，縣令很生氣，命人把道士逐出衙門。不久，縣令貪污的事情就被人揭發而丟了官。唉！這是仙人在警告他，只可惜利慾薰心的人，不能及時省悟。

山東人俗稱蟬爲「稍遷」，其中綠色的叫「都了」。本縣有一對父子，都是劣等的秀才，將要去參加歲試。忽然有隻蟬落在衣襟上，父親很高興地說：「『稍遷』，是吉兆！」一個僮僕一看說：「什麼『稍遷』，只是『都了』而已。」父子皆不悅。後來，父子倆因成績太差，連秀才身分都被革除了。

天宮

郭生，京都人。年二十餘，儀容修美。一日，薄暮，有老嫗貽尊[1]酒。怪其無因。嫗笑曰：「無須問；但飲之，自有佳境。」遂逕去。揭尊微嗅，冽香[2]四射，遂飲之。忽大醉，冥然罔覺。及醒，則與一人並枕臥。撫之，膚膩如脂，麝蘭[3]噴溢，蓋女子也。問之，不答。遂與交。交已，以手捫[4]壁，壁皆石，陰陰有土氣，酷類墳冢。大驚，疑為鬼迷。因問女子：「卿何神也？」女曰：「我非神，乃仙耳。此是洞府。與有夙緣，勿相訝，但耐居之。再入一重門，有漏光處，可以溲便[5]。」既而女起，閉戶而去。久之，腹餒，遂有女僮來，餉以麵餅[6]、鴨臛[7]，使捫啖之。黑漆不知昏曉。無何，女子來寢，始知夜矣。郭曰：「晝無天日，夜無燈火，食炙不知口處；常常如此，則姮娥[8]何殊於羅剎，天堂何別於地獄哉！」◆女笑曰：「為爾俗中人，多言喜泄，故不欲以形色相見。且暗摸索，妍媸[9]亦當有別，何必燈燭！」居數日，幽悶異常，屢請暫歸。女曰：「來夕與君一遊天宮，便即為別。」

次日，忽有小鬟籠燈入，曰：「娘子伺郎久矣。」從之出。星斗光中，但見樓閣無數。經幾曲畫廊，始至一處，堂上垂珠簾，燒巨燭如晝。入，則美人華妝南向坐，年約二十許；錦袍眩目；頭上明珠，翹顫[10]四垂；地下皆設短燭，裙底皆照：誠天人也。郭迷亂失次，不覺屈膝。女令婢扶曳入坐。俄頃，八珍羅列。女行酒曰：「飲此以送君行。」郭鞠躬曰：「向覲面[11]不識仙人，

實所惶悔；如容自贖，願收為沒齒不二[12]之臣。」女顧婢微笑，便命移席臥室。室中流蘇繡帳，衾褥香軟。使郭就榻坐。飲次，女屢言：「君離家久，暫歸亦無妨。」更盡一籌，郭不言別。女喚婢籠燭送之。郭不言，偽醉眠榻上，抗[13]之不動。女使諸婢扶裸之。一婢排私處曰：「箇男子容貌溫雅，此物何不文也！」舉置床上，大笑而去。女亦寢，郭乃轉側。女問：「醉乎？」曰：「小生何醉！甫見仙人，神志顛倒耳。」女曰：「此是天宮。未明，宜早去。如嫌洞中怏悶，不如早別。」郭曰：「今有人夜得名花，聞香捫幹，而苦無燈燭，此情何以能堪？」女笑，允給燈火。漏下四點[14]，呼婢籠燭抱衣而送之。入洞，見丹堊[15]精工，寢處褥革棕氈尺許厚。郭解履擁衾，婢徘徊不去。郭凝視之，風致娟好，戲曰：「謂我不文者，卿耶？」婢笑，以足蹴枕曰：「子宜僵[16]矣！勿復多言。」視履端嵌珠如巨菽[17]。捉而曳之，婢仆於懷，遂相狎，而呻楚不勝。郭問：「年幾何矣？」笑答云：「十七。」問：「處子亦知情否？」曰：「妾非處子，然荒疏已三年矣。」郭研詰仙人姓氏，及其清貫[18]、尊行[19]。婢曰：「勿問！即非天上，亦異人間。若必知其確耗，恐覓死無地矣。」郭遂不敢復問。次夕，女果以燭來，相就寢食，以此為常。

一夜，女入曰：「期以永好；不意人情乖沮[20]，今將糞除天宮，不能復相容矣。請以卮酒[21]為別。」郭泣下，請得脂澤為愛[22]。女不許，贈以黃金一斤、珠百顆。三琖[23]既盡，忽已昏醉。既醒，覺四體如縛，糾纏甚密，股不得伸，首不得出。極力轉側，暈墮床下。出手摸之，則錦被囊裹，細繩束焉。起坐凝思，略見床櫺[24]，始知為己齋中。時離家已三月，家人謂其已死。郭初不敢明言，懼被仙譴，然心疑怪之。竊間[25]以告知交，莫有測其故者。被置床頭，香盈一室；拆視，則湖綿㉖雜香屑為之，因珍藏焉。後某達官聞而詰之，笑曰：「此賈后之故智㉗也。仙人烏得如此？雖然，此事亦宜慎祕，洩之，族矣！」有巫嘗出入貴家，言其樓閣形狀，絕似嚴東樓㉘家。郭聞之，大懼，攜家亡去；未幾，嚴伏誅，始歸。

異史氏曰：「高閣迷離，香盈繡帳；雛奴蹀躞㉙，履綴明珠：非權奸㉚之淫縱，豪勢之驕奢，烏有此哉！顧淫籌㉛一擲，金屋變而長門㉜；唾壺未乾，情田鞠為茂草㉝。空床傷意，暗燭銷魂。含顰玉臺㉞之前，凝眸寶幄之內。遂使糟丘臺㉟上，路入天宮；溫柔鄉中，人疑仙子。傖楚㊱之帷薄固不足羞，而廣田自荒㊲者，亦足戒已！」

◆**但明倫評點：**知確耗則恐無地，不慎密則致族滅，比之羅剎地獄，其有過之無弗及也。

知道確切情況恐怕死無葬身之地，不慎洩露口風就會遭到滅門之災，宛如下了十八層地獄，有過之而無不及。

1 尊：裝酒的器具，此指酒壺。
2 冽香：酒香醇厚。
3 麝蘭：婦女身上所散發的體香。
4 捫：讀作「門」，撫摸、觸摸。
5 溲便：排泄。溲，讀作「搜」，小便。
6 麵餅：以麵粉做的食物，例如饅頭、麵條等。
7 臛：讀作「或」，肉羹。
8 姮娥：嫦娥。漢人為避文帝諱，改「姮」為「嫦」。
9 妍媸：美醜。媸，讀作「癡」，貌醜之意。
10 翹顫：女子所戴的頭飾。翹，讀作「橋」。
11 覿面：當面、迎面。覿，讀作「迪」。
12 沒齒不二：忠貞不二，終身不懷異心。沒齒，形容年老力衰的樣子。
13 抗：讀作「演」，搖動。
14 漏下四點：四更天，夜裡一點到三點之間。
15 丹堊：油漆塗飾。堊，讀作「餓」，用白土塗飾牆壁。
16 僵：此指睡覺。
17 巨菽：大顆的豆粒。菽，讀作「叔」，豆類的總稱。
18 清貫：原指清高顯赫的官位，此指籍貫。
19 尊行：排行。
20 人情乖沮：事與願違。沮，讀作「舉」。
21 卮酒：一杯水酒。卮，讀作「之」，圓形的酒器。
22 脂澤為愛：意謂以貼身物品作為紀念。
23 琖：讀作「展」，玉製的酒杯。
24 櫺：讀作「凌」，窗戶框上或欄杆上的雕花格子。
25 竊間：趁機。

26湖綿：湖州製造的絲綢。
27賈后之故智：賈后所使用過的伎倆。賈后，西晉惠帝的皇后賈南風，賈充的女兒。傳言賈后長得很醜陋，時常把俊美男子藏在箱子裡運進皇宮淫穢。
28嚴東樓：嚴世蕃，號東樓，明朝宰相嚴嵩之子。
29蹀躞：讀作「蝶謝」，輕薄。
30權奸：擁有權勢的奸臣。
31淫籌：嚴世蕃和女子行房後，用白綾擦拭她們的下體，隨手丟在床下，年終計算數量，稱之為淫籌。
32金屋變而長門：受寵後轉而被冷落。長門，漢宮名，後引申為冷宮。
33情田鞠為茂草：情田荒蕪長滿野草，意指情海生變，受盡冷落。
34玉臺：鏡臺。
35糟丘臺：形容富豪權貴恣意淫蕩。糟丘，釀酒的酒糟堆積如山。
36傖楚：指粗俗鄙陋的人。魏晉南北朝時，吳人鄙視楚人，認為他們居於蠻荒之地，是未受教化的人，故稱楚地人為傖楚。後來變成一種罵人的話，譏諷粗鄙的人。傖，讀作「倉」。
37廣田自荒：有廣大的田地放任其荒蕪，比喻豢養姬妾無數的豪門權貴之家，放任那些姬妾們獨守空房。

白話翻譯

郭生是京都人，二十歲，容貌俊美。某一天黃昏時分，有位老婆婆送他一杯酒，郭生覺得奇怪，爲何無緣由就送酒給他？老婆婆笑道：「你別多問，只管喝了便是，自然會有奇遇。」說完就走了。郭生打開酒壺稍微聞了一下，酒香醇厚四溢，便喝下了。他忽然醉倒，失去知覺，等醒來後，發現和一個人躺在一起。伸手一摸，肌膚細膩如凝脂，身體的香味濃郁芬芳，想來是一名女子。郭生問她話，她也不回答，兩人隨即交合起來。

雲消雨散後，郭生用手摸牆壁，發覺都是石頭砌成的，隱隱有土味散發出來，像似墳墓。

郭生大驚失色，懷疑自己被鬼物迷惑，向女子問道：「你是何方神祇？」女子說：「我不是神，是仙女。這裡是我修練的洞府。我與你有宿世姻緣，你萬勿驚訝，只要耐心住在此地，再過去一道門，有光照射進來的地方，可以小解。」女子接著起床，關上門離去了。

過了許久，郭生感到腹中飢餓，有名侍女前來，端出麵食、肉羹以供享用，郭生便摸黑吃了下去。房中黑漆漆一片，無法得知時間。直到不久以後，女子前來就寢，才知已是晚上。郭生說：「這裡白天漆黑一片，晚上也不點燈，吃東西都不知道嘴在哪裡；若是習以爲常，即便你是嫦娥下凡也與羅刹鬼無異，天堂與地獄又有何分別呢！」女子笑道：「只因你是凡夫俗子，喜歡多嘴洩露秘密，所以我才不想讓你看見我的容貌。況且即便是在黑暗中摸索，美醜亦有分別，何必要燈燭才能分辨！」住了幾天，郭生覺得黑暗煩悶，屢次提出想要回家。女子說：「明天和你到天宮一遊，我們就此別過。」

第二天，忽然有個小丫鬟打著燈籠，進屋說：「夫人等郎君已經很久了。」郭生跟著她出去，在夜空星光的輝映下，只見亭臺樓閣一棟接一棟，經過幾條曲折的廊道才到一處，廳堂上掛著珠簾，一根粗大的蠟燭在燃燒，所見情景宛如白晝。進去後，堂裡一位美女身著華服，南面而坐，年約二十餘，錦袍燦爛奪目，頭上戴的的珍珠首飾款款垂落。地上放置成排的短蠟燭，連裙底都照得一清二楚，眞是天人啊！

郭生看得心亂神迷，言行舉止失常，不知不覺跪倒在地。女子命婢女扶他入席。不久，各

天宮
更從何處
認天宮來
去無端醉夢中
春色滿園關不
住幾人酣卧
小樓東

種山珍海味羅列眼前，女子向郭生敬酒道：「喝了這杯酒，就送你回家。」郭生鞠躬答：「以前不識仙人面貌，實在惶恐懊悔；倘若容許在下贖罪，我願作裙下臣，終身不渝。」女子看著婢女微笑，讓人把宴席移進寢室。寢室內掛著流蘇繡帳，被褥又香又軟，她命郭生坐到榻上。喝酒時，女子屢次說：「你離家已久，暫時回去無妨。」

初更過後，郭生並未提起要回家的事，女子卻喚來婢女提著燈籠送他回去。郭生不出聲，假裝喝醉躺在床榻上，推他也不動。女子命婢女將人扶起來，脫去衣物。一個婢女捏住他私處說：「這個男人容貌溫文爾雅，這東西爲何如此難看。」把他放到床上，大笑著離開。女子也上床休息，郭生這才轉過身。女子問：「喝醉了嗎？」郭生說：「小生哪裡是醉，剛才見到仙女，神魂顛倒罷了。」女子說：「這裡是天宮。天還沒亮，你應當趁早離去。如果嫌洞內鬱悶，不如快點回去。」郭生說：「現在有人在夜晚得到一株名花，聞香味摸弄枝幹，卻苦無燈燭看個清楚，叫人情何以堪？」女子笑了，答應給他點燈。

四更天時，女子呼喚婢女點起燈籠，拿起郭生的衣服送他出去。進入洞中，看到漆飾石壁，精工細巧，臥榻鋪上的皮褥和棕氈有一尺多厚。郭生脫鞋鑽進被褥，婢女徘徊不去。郭生仔細一看，瞧見婢女長得姿容秀麗，開玩笑地說：「剛才說我某處醜陋的人，就是你嗎？」婢女笑了，用腳踢枕頭說：「你該睡覺了！不要多言。」郭生看她鞋上綴的珠子如同豆粒一般大，抓住她用力一扯。婢女順勢撲倒在郭生懷裡，兩人親熱起來，婢女的嬌喘呻吟不絕於耳。

郭生問她：「你幾歲了？」婢女答：「十七。」郭生又問：「處女也知男女之情嗎？」婢女答道：「我非處女，只是已有三年沒與男子歡好了。」郭生又詢問仙女的姓名、籍貫、排行。婢女說：「你不要多問。這裡就算不是天上，也與人間殊異。你若要知道詳細，恐怕會死無葬身之地！」郭生於是不敢再問。第二天，女子果然帶著燈燭前來，與郭生幽會，往後便經常如此。

又是一天晚上，女子進到房中，說：「本想與你永遠歡好，不料事與願違，最近要清理天宮，不能再留你了。請飲下這杯酒，就此別過。」郭生哭泣，請求留件隨身之物聊以留念。女子不允，贈他黃金一斤、珍珠百顆。三杯酒過後，郭生忽然昏醉過去，等他醒來，覺得四肢像被綁住，而且纏得很緊，大腿無法伸直，頭也鑽不出來。他用力翻來覆去地掙扎，暈呼呼地跌到床底下。伸手一摸，發現身體被錦緞纏裹，細繩捆綁。郭生坐起來仔細回想，抬頭觀望床榻和窗戶，才知回到了自己的書齋。這時，郭生已離家三個月，家人以爲他已經死了。郭生剛開始也不敢說這段時間去了哪兒，害怕被仙人懲罰，後來越想越感到弔詭，偷偷把此事告訴知交好友，沒有人能猜出其中緣故。

郭生將那條錦被放在床頭，香氣充盈於室。拆開一看，是湖綿摻加香料末製成的，又把它珍藏起來。後來，某位達官貴人聽說此事，問了郭生的經歷，笑道：「這是晉惠帝賈皇后用過的伎倆，仙人怎會做這種事？雖說如此，這件事還是要保密，若是洩露，恐怕要株連九族！」

有個女巫經常出入顯貴的人家裡，說起裡面樓閣的情形，非常像嚴東樓家。郭生一聽，十分害怕，攜家帶眷地逃走了。不久，嚴東樓被朝廷處決，郭生才回來。

記下奇聞異事的作者如是說：「高閣樓房若隱若現，香滿繡帳，年輕的婢女舉止輕浮，鞋上綴著珍珠，若非是權貴的奸臣或奢華無度的豪門貴族，哪能有這樣的情景？然而春風一度，金屋嬌妻變爲長門怨婦，方寵幸不久，就被遺棄。她們夜夜獨守空閨，伴隨孤燈黯然消魂。坐在鏡臺前愁眉深鎖，躺在帷幄之中難以入眠。那些恣意淫蕩的的權貴之家，就成了前往天宮的階梯；在溫柔鄉中，以爲是天上仙女。像嚴世蕃這種無恥之徒固然不知羞恥，那些冷落家中姬妾的富豪之家，也當引以爲戒。」

喬女

平原[1]喬生，有女黑醜：壑一鼻[2]，跛一足。年二十五六，無問名[3]者。邑有穆生，四十餘，妻死，貧不能續，因聘焉。三年，生一子。未幾，穆生卒，家益索[4]，大困，則乞憐其母。母頗不耐之。女亦憤不復返，惟以紡織自給。有孟生喪偶，遺一子烏頭，才周歲，以乳哺乏人，急於求配，然媒數言，輒不當意。忽見女，大悅之，陰使人風示女。女辭焉，曰：「飢凍若此，從官人得溫飽，夫寧不願？然殘醜不如人，所可自信者，德耳；又事二夫，官人何取焉！」◆孟益賢之，向慕尤殷，使媒者函金加幣[5]，而說其母。

母悅，自詣女所，固要之；女志終不奪。母慚，願以少女字孟；家人皆喜，而孟殊不願。居無何，孟暴疾卒，女往臨[6]哭盡哀。孟故無戚黨，死後，村中無賴，悉憑陵[7]之，家具攜取一空。方謀瓜分其田產。家人亦各草竊[8]以去，惟一嫗抱兒哭帷[9]中。女問得故，大不平。聞林生與孟善，乃踵門而告曰：「夫婦、朋友，人之大倫[10]也。妾以奇醜，為世不齒，獨孟生能知我；前雖固拒之，然固已心許之矣。今身死子幼，自當有以報知己。然存孤易，禦侮難，若無兄弟父母，遂坐視其子死家滅而不一救，則五倫中可以無朋友矣。妾無所多須於君，但以片紙告邑宰；撫孤，則妾不敢辭。」林曰：「諾！」女別而歸。

◆**但明倫評點**：以德自信，則大義在我，雖殘醜，庸何傷？

對自己的品德有自信，大義則在我心中，雖然身體殘缺貌醜，又有何妨？

林將如其所教；無賴輩怒，咸欲以白刃相仇。林大懼，閉戶不敢復行。女聽之數日寂無音；及問之，則孟氏田產已盡矣。女忿甚，銳身自詣官。官詰女屬孟何人。女曰：「公宰一邑，所憑者理耳。如其言妄，即至戚無所逃罪；如非妄，即道路之人[11]可聽也。」官怒其言戇[12]，訶逐而出。女冤憤無以自伸，哭訴於搢紳之門。某先生聞而義之，代剖於宰。宰按之，果真，窮治諸無賴，盡返所取。或議留女居孟第，撫其孤；女不肯。扃其戶，使嫗抱烏頭，從與俱歸，另舍之。凡烏頭日用所需，輒同嫗啟戶出粟，為之營辦；己錙銖無所沾染，抱子食貧[13]，一如曩日。

積數年，烏頭漸長，為延師教讀；己子則使學操作。嫗勸使並讀。女曰：「烏頭之費，其所自有；我耗[14]人之財以教己子，此心何以自明？」又數年，為烏頭積粟數百石，乃聘於名族，治其第宅，析令歸。烏頭泣要[15]同居，女乃從之；然紡績[16]如故。烏頭夫婦奪其具。女曰：「我母子坐食，心何安矣？」遂早暮為之紀理，使其子巡行阡陌，若為傭然。烏頭夫妻有小過，輒斥譴不少貸；稍不悛[17]，則怫然欲去。夫妻跪道悔詞，始止。未幾，烏頭入泮，又辭欲歸。烏頭不可，捐聘幣，為穆子完婚。女乃析子令歸。烏頭留之不得，陰使人於近村為市恆產百畝而後遣之。後女疾求歸。烏頭不聽。病益篤，囑曰：「必以我歸葬！」烏頭諾。既卒，陰以金啗穆子，俾合葬於孟。及期，棺重，三十人不能舉。穆子忽仆，七竅血出，自言曰：「不肖兒，何得遂賣汝母！」烏頭懼，拜祝之，始愈。乃復停數日，修治穆墓已，始合厝[18]之。

異史氏曰：「知己之感，許之以身[19]，此烈男子之所為也。彼女子何知，而奇偉如是？若遇九方皋[20]，直牡視[21]之矣。」

1平原：古代縣名。今山東省平原縣。
2壑一鼻：一邊鼻孔有缺陷。
3問名：此指提親。古代婚嫁禮俗其中之一，由男方派人到女方家，詢問女方的姓名及生辰八字。
4索：蕭條、敗落。
5函金加幣：把銀兩包在信封中，外加一份禮物。
6臨：弔唁死者。
7憑陵：倚仗自己的勢力欺壓別人。
8草竊：盜竊，謂乘機打劫。
9帷：指靈堂。靈堂上設葬禮用的帷幕，用來分隔內外。
10大倫：父子、夫婦、君臣、長幼、朋友等五倫。
11道路之人：素昧平生的陌生人。
12戇：讀作「撞」，形容性情魯莽，說話不懂得拐彎抹角。
13食貧：過著貧苦的生活。
14耗：花費。
15要：要求。
16績：把絲麻梳理好，紡成紗線，代指紡織。
17不悛：悛，讀作「圈」，不肯悔改過錯。
18合厝：合葬在一個墓穴中，此指安葬。厝，讀作「錯」，安置。
19知己之感，許之以身：感念知己，以身相許。
20九方皋：春秋時代善於相馬的人。九方皋相馬只重內在，外表全不在意。皋，讀作「高」。
21牡視：看做男人。

白話翻譯

喬生是平原縣人，他有個女兒，又黑又醜，鼻子塌一邊、腿瘸一條。二十五、六歲了，從沒有人來提親。當地有個穆生，四十多歲，妻子過世，家中貧窮無法再娶，就聘娶了喬女。喬女過門三年，生下一個兒子。不久，穆生過世，家中更加蕭條，生活十分艱困，喬女就回娘家向母親求助。母親感到很不耐煩，喬女也很氣憤地不再回娘家，只靠紡紗、織布自給自足。

有個孟生喪妻，留下一個孩子叫烏頭，剛滿周歲，因爲孩子沒人餵養，孟生急著找配偶。但媒人說了幾家婚事，都不合他心意，偶然見到喬女，很喜歡她，暗中派人向她透露口風，喬女拒絕道：「我又餓又凍，嫁給孟生能夠得以溫飽，怎會不願？我既殘廢容貌又醜陋，唯一令我驕傲的，只有我的婦德；我現在如果改嫁，就連婦德都失去了，對於孟生來說，我還有什麼優點呢？」孟生更加覺得她賢慧，更加傾慕於她，派媒人封了紅包加上禮物去遊說喬女的母親。

喬母很高興，就到女兒家，逼迫她接受這門婚事。喬女不肯改變主意，喬母感到慚愧，想把小女兒嫁給孟生；孟家的人都很高興，只有孟生不答應。不久，孟生突然罹患急病死了，喬女前往弔喪。孟生沒有多少親人，在他死後，村中流氓乘機欺壓，把孟家的家具全都搬走，正在計畫瓜分孟生的田產。家僕也順手牽羊逃跑了，只剩一個乳母抱著幼子在靈堂哭泣。喬女詢問原由，爲孟生打抱不平，聽說林生與孟生交好，就上門拜訪，說：「夫婦、朋友，是五倫的其中之二。我因容貌醜陋被世人看輕，只有孟先生是我的知音；生前雖然拒絕他的求婚，心中卻已暗許。如今孟生過世，孩子還這麼小，我願意替他撫養孩子以報他的知遇之恩。然而撫養遺孤容易，想抵禦別人的侮辱卻很困難；孟生沒有兄弟父母，若是坐視不理，看著他的孩子被欺侮，家門被滅亡而不伸出援手，那麼他連五倫中的朋友都沒有了。我對你沒有過多要求，只希望你能寫一張狀紙告到縣太爺那裡；撫養幼子的事情，就交給我。」林生說：「好。」喬女

喬女
阿那醜
女竟如名
何意傾心有
孟生變悔存
孤報知己居然
節義一身并

就告辭回去了。

林生按照喬女的吩咐寫了狀紙，那些地痞流氓很憤怒，要拿刀前去找林生報仇。林生恐懼不已，緊閉門戶，不敢出去。喬女等了數日，沒有得到音訊，一打聽才知孟生的田產已經被瓜分殆盡。喬女很憤怒，挺身而出，親自去報官。縣太爺問喬女是孟生的什麼人。喬女說：「大人掌管一縣，所依憑的就是公理。如果我有半句謊話，就算我是他的至親也無法脫罪；如果我說的是事實，那麼就算是陌生人也可來評理。」縣太爺對她的直言不諱感到憤怒，把她罵了一頓趕出去。喬女氣憤有冤無處可訴，到鄉紳家裡去哭訴。某先生聽說了，見義勇爲地替她去向縣太爺說明事情原委。縣太爺前往徹查此事，果然屬實，就把那些地痞流氓都懲治一番，把他們從孟生那裡偷走的錢都還給孟家。

有人提議喬女留在孟家居住，以便撫養遺孤；喬女不肯依從，把孟家的門鎖上，叫乳母抱著烏頭和她一起回去。到家後，安排他們住在別院。凡是烏頭日用所需，喬女都會遣乳母開門，拿出糧食換成錢，再替他置辦；自己卻分文不取，帶著自己的孩子貧困度日。

過了數年，烏頭逐漸長大，喬女請來先生教他讀書識字；自己的兒子卻叫他學習勞力的工作。乳母勸喬女讓她的孩子和烏頭一起讀書。喬女說：「烏頭日用花費，是他自己的錢；我拿別人的錢來教育自己孩子，豈不是讓人懷疑我居心不良嗎？」又過幾年，喬女替烏頭積累了幾百石糧食，替他聘娶一位名門閨秀，修繕宅院，把產業交還給他，叫他回自己家去。烏頭哭著要喬女和他同住，喬女這才答應。她仍然以紡紗、織布維生，烏頭夫婦奪走她的紡紗機器，喬女說：「我母子倆白吃白喝，如何能夠安心？」於是她早晚替烏頭打理家務，讓兒子到孟家田裡巡視，就像傭工一樣。烏頭夫婦犯了小錯，喬女就會嚴加斥責不肯輕饒；若稍有再犯，她就憤怒地說要離去，烏頭夫妻跪下懺悔，她才肯留下。

不久，烏頭考中秀才，喬女又想回自己的家。烏頭不肯，他拿出一筆錢，替穆生的兒子娶了一房媳婦。喬女就叫兒子帶著媳婦回自己家去住。烏頭無法挽留，暗中派人在鄰近的村子給他置辦一百畝田產，這才讓他回去。後來，喬女生病，要求回家，烏頭不肯。喬女病情日漸嚴重，囑咐他：「一定要把我和穆生合葬在一起！」烏頭允諾。喬女死後，烏頭暗中送錢給穆生的兒子，要將喬女與孟生合葬。到了出殯那天，棺材變得很沉重，三十幾個人都抬不動。穆生的兒子竟忽然倒地，七孔流血，喃喃自語：「不孝的兒子，怎麼能賣你母親！」烏頭懼怕，跪拜祈禱，穆生的兒子才痊癒。又停棺數日，把穆生的墓地修繕完畢，才把喬女下葬。

記下奇聞異事的作者如是說：「感念知遇之恩，以身相許，這是豪傑男兒才做得出來的事。喬女只是個婦道人家又懂什麼道理，卻能如此仗義。她若遇到九方皋，一定會被當成男人。」

蛤

東海有蛤[1]，飢時浮岸邊，兩殼開張；中有小蟹出，赤線繫之，離殼數尺，獵食既飽，乃歸，殼始合。或潛斷其線，兩物皆死。亦物理[2]之奇也。

1蛤：讀作「格」，一種形似蚌的軟體動物，外面有兩片硬殼，可開合。
2物理：事物之理，此指自然界的動物現象。

白話翻譯

東海海域有一種蛤，餓的時候浮到岸邊，張開上下兩片硬殼，裡面就會有隻小螃蟹跑出來。螃蟹身上被紅線繫住，走得離殼數尺遠去追捕獵物，吃飽後回到殼裡，蛤的硬殼又合上。有人偷偷把紅線剪斷，蛤和螃蟹都死了。自然界的動物現象眞奇妙啊！

劉夫人

廉生者，彰德[1]人。少篤學；然早孤，家窶[2]貧。一日他出，暮歸失途。入一村，有媼來謂曰：「廉公子何之？夜得毋深乎？」生方皇懼，更不暇問其誰何，便求假榻[3]。媼引去，入一大第。有雙鬟籠燈，導一婦人出，年四十餘，舉止大家[4]。媼迎曰：「廉公子至。」生趨拜。婦喜曰：「公子秀發[5]，何但作富家翁乎！」即設筵，婦側坐，勸酹[6]甚殷，而自己舉杯未嘗飲，舉箸亦未嘗食。生惶惑，屢審閥閱[7]。笑曰：「再盡三爵[8]告君知。」生如命已。婦曰：「亡夫劉氏，客江右[9]，遭變遽殞。未亡人獨居荒僻，日就零落。雖有兩孫，非鴟鴞[10]，即駑駘[11]耳。公子雖異姓，亦三生骨肉[12]也；且至性純篤，故遂腆然相見。無他煩，薄藏數金，欲倩[13]公子持泛江湖，分其贏餘，亦勝案頭螢枯死[14]也。」生辭以少年書癡，恐負重託。婦曰：「讀書之計，先於謀生。公子聰明，何之不可？」遣婢運貲出，交兑八百餘兩。生惶恐固辭。婦曰：「妾亦知公子未慣懋遷[15]，但試為之，當無不利。」生慮重金非一人可任，謀合商侶。婦曰：「勿須。但覓一樸愨[16]諳練之僕，為公子服役足矣。」遂輪纖指一卜之曰：「伍姓者吉。」命僕馬囊金送生出，曰：「臘盡滌琖，候洗寶裝[17]矣。」又顧僕曰：「此馬調良，可以乘御，即贈公子，勿須將回。」

生歸，夜纔[18]四鼓，僕繫馬自去。明日，多方覓役，果得伍姓，因厚價招之。伍老於行旅，又為人戇[19]拙不苟，貲財悉倚付之。往涉荊襄[20]，歲杪[21]始得歸，計利三倍。生以得伍力多，於常格

外，另有餽賞，謀同飛灑[22]，不令主知。甫抵家，婦已遣人將迎，遂與俱去。見堂上華筵已設；婦出，備極慰勞。生納貲訖，即呈簿籍；婦置不顧。少頃即席，歌舞鞺鞳[23]，伍亦賜筵外舍，盡醉方歸。因生無家室，留守新歲。次日，又求稽盤[24]。婦笑曰：「後無須爾，妾會計久矣。」乃出冊示生，登誌甚悉，並給僕者，亦載其上。生愕然曰：「夫人真神人也！」過數日，館穀[25]豐盛，待若子姪。一日，堂上設席，一東面，一南面；堂下一筵向西。謂生曰：「明日財星[26]臨照，宜可遠行。今為主价[27]粗設祖帳[28]，以壯行色。」少間，伍亦呼至，賜坐堂下。一時鼓鉦鳴聒。女優進呈曲目，生命唱《陶朱富[29]》。婦笑曰：「此先兆也，當得西施作內助[30]矣。」宴罷，仍以全金[31]付生，曰：「此行不可以歲月計，非獲巨萬勿歸也。妾與公子，所憑者在福命，所信者在腹心，勿勞計算，遠方之盈絀[32]，妾自知之。」生唯唯而退。

往客淮上[33]，進身為鹾賈[34]，逾年，利又數倍。然生嗜讀，操籌不忘書卷；所與游，皆文士，所獲既盈，隱思止足[35]，◆漸謝任[36]於伍。桃源[37]薛生與最善；適過訪之，薛一門俱適別業，昏暮無所復之[38]。閽人[39]延生入，掃榻作炊。細詰主人起居，蓋是時方訛傳朝廷欲選良家女犒邊庭[40]，民間騷動。聞有少年無婦者，不通媒妁，竟以女送諸其家，至有一夕而得兩婦者。薛亦新婚於大姓，猶恐輿馬喧動，為大令所聞，故暫遷於鄉。初更向盡，方將掃榻就寢，忽聞數人排闥[41]入。閽人不知何語，但聞一人云：「官人既不在家，秉燭者何人？」閽人答：「是廉公子，遠客也。」俄而問者已入，袍帽光潔，略一舉手，即詰邦族[42]。生告

◆**但明倫評點：**知足不辱，知止不殆。操籌不忘書卷，又能知足，天既富之，更當予以賢內助矣。

知足不會受辱，知止能夠保全自身。做買賣仍不忘讀書，又懂得知足，上天既然讓他致富，也定會給他一個賢妻幫助他。

之。喜曰：「吾同鄉也。岳家誰氏？」答云：「無之。」益喜，趨出，急招一少年同入，敬與為禮。卒然曰：「實告公子：某慕姓。今夕此來，將送舍妹於薛官人，至此方知無益。進退維谷之際，適逢公子，寧非數乎！」生以未悉其人，故躊躇不敢應。慕竟不聽其致詞，急呼送女者。少間，二媪扶女郎入，坐生榻上。睨之，年十五六，佳妙無雙。生喜，始整巾向慕展謝；又囑閽人行沽，略盡款洽。慕言：「先世彰德人；母族亦世家，今陵夷矣。聞外祖遺有兩孫，不知家況何似。」生問：「伊誰？」曰：「外祖劉，字暉若，聞在郡北三十里。」生曰：「僕郡城東南人，去北里頗遠；年又最少，無多交知。郡中此姓最繁，止知郡北有劉荊卿，亦文學士，未審是否，然貧矣。」慕曰：「某祖墓尚在彰郡，每欲扶兩櫬[43]歸葬故里，以資斧未辦，姑猶遲遲。今妹子從去，歸計益決矣。」生聞之，銳然自任。二慕俱喜。酒數行，辭去。生卻僕移燈，琴瑟之愛，不可勝言。

次日，薛已知之，趨入城，除[44]別院館生。生詣淮，交盤[45]已，留伍居肆，裝貲返桃源，同二慕啟岳父母骸骨，兩家細小，載與俱歸。入門安置已，囊金詣主。前僕已候於途。從去，婦逆見，色喜曰：「陶朱公載得西子來矣！前日為客，今日吾甥婿也。」置酒迎塵，倍益親愛。生服其先知，因問：「夫人與岳母遠近？」婦云：「勿問，久自知之。」乃堆金案上，瓜分為五：自取其二曰：「吾無用處，聊貽長孫。」生以過多，辭不受。悽然曰：「吾家零落，宅中喬木，被人伐作薪；孫子去此頗遠，門戶蕭條，煩公子一營辦之。」生諾，而金止受其半。婦強納之。送生出，揮涕而返。生疑怪間，回視第宅，則為墟墓。始悟婦即妻之外祖母也。既歸，贖墓田[46]一頃，封植[47]偉麗。劉有二孫，長即荊卿；次玉卿，飲博無賴，皆貧。兄弟詣生申謝，生悉厚贈之。由此往來最稔。

生頗道其經商之由，玉卿竊意冢中多金，夜合博徒數輩，發墓搜之，剖棺露胔[48]，竟無少獲，失望而散。生知墓被發，以告荊卿。荊卿詣生同驗之，入壙[49]，見案上纍纍，前所分金具在。荊卿欲與生共取之。生曰：「夫人原留此以待兄也。」荊卿乃囊運而歸，告諸邑宰，訪緝甚嚴。後一人賣墳中玉簪，獲之，窮訊其黨，始知玉卿為首。宰將治以極刑；荊卿代哀，僅得賒死[50]。墓內外兩家並力營繕[51]，較前益堅美。由此廉、劉皆富，惟玉卿如故。生及荊卿常河潤[52]之，而終不足供其賭博。一夜，盜入生家，執索金貲。生所藏金，皆以千五百為箇[53]，發示之。盜取其二，止有鬼馬[54]在廄，用以運之而去。使生送諸野，乃釋之。村眾望盜火[55]未遠，譟逐之；賊驚遁。共至其處，則金委路側，馬已倒為灰燼。始知馬亦鬼也。是夜止失金釧[56]一枚而已。先是，盜執生妻，悅其美，將就淫之。一盜帶面具，力呵止之，聲似玉卿。盜釋生妻，但脫腕釧而去。生以是疑玉卿，然心竊德之。後盜以釧質賭[57]，為捕役所獲，詰其黨，果有玉卿。宰怒，備極五毒[58]。兄與生謀，欲為賄脫之，謀未成而玉卿已死。生猶時卹其妻子。生後登賢書[59]，數世皆素封[60]焉。嗚呼！「貪」字之點畫形象，甚近乎「貧」。如玉卿者，可以鑒矣！

劉夫人
藏金莫笑祇
區〻利市從
知福命殊地
下苦無營運
耍卻來人世
覓陶朱

1彰德：古代府名，今河南省安陽市。
2綦：讀作「其」，極、甚之意。
3假榻：借宿。
4舉止大家：行為舉止、儀態風采似大家閨秀。
5秀發：脫穎而出。指人的氣度非凡。
6酹：讀作「類」，原意以酒灑地祭祀鬼神，此處泛指酒。
7閥閱：此指世家門第。
8爵：古代飲酒的器具，以三隻腳立起。此處泛指酒杯。
9江右：長江下游西部地區，今江西省。
10鴟鴞：讀作「吃消」，貓頭鷹，喻窮凶極惡之人。
11駑駘：駑、駘都是品種低劣的馬，比喻資質駑鈍、才能庸碌之輩。駘，讀作「臺」。
12三生骨肉：孫子一輩的親人。此處暗指廉生將成為劉夫人的外甥女婿。
13倩：此作動詞用，請人代行其勞之意。
14案頭螢枯死：比喻書生一輩子窮困潦倒，沒有平步青雲的一天。
15懋遷：貿易。
16愨：讀作「卻」，誠實懇切。
17臘盡滌琖，候洗寶裝：臘盡，年底。滌琖（讀作「盞」）、洗寶裝皆指接風洗塵，宴請遠道而來的客人。
18纔：讀作「才」，僅、只之意。
19戇：讀作「撞」，形容性情耿直，說話不懂得拐彎抹角。
20荊襄：荊州（今湖北省荊州市）和襄陽（今湖北省襄陽市）。

21歲杪：年終之時。杪，讀作「秒」，原意為樹梢。
22飛灑：把整筆支出金額，分散登記在各支出項目之下。
23鞺鞳：讀作「掌榻」，又作「鏜鞳」，鐘鼓的聲音。
24稽盤：查帳。
25館穀：本謂居其館，食其穀，此指主人提供住處與食物給客人。
26財星：又名財寶星，是財神的星座。道教奉趙公明為財神，民間傳說的財神則是掌管天下錢財的神祇。
27主价：猶言店東和夥計，此指廉生和伍某。价，讀作「介」，僕人、僕役。
28祖帳：餞行時四周所設的帳幕，此處借指餞行筵席。
29陶朱富：此指戲曲名，講述陶朱公經商致富的故事。陶朱，即范蠡，字少伯。春秋時期楚國宛（今河南南陽）人，與文種一同輔佐越王勾踐。越國被吳國所敗，便跟隨勾踐到吳國當人質。後來吳國滅亡，范蠡被封為上將軍，他認為名利權勢太高，難以持久，便乘船到齊國去，從此退隱江湖，化名陶朱公，善於經商買賣，成為大富豪。
30西施作內助：西施，春秋時代越國美女。相傳范蠡與西施是一對情侶，為了光復越國，不得已獻上西施給吳王施行美人計，後來吳王被西施迷惑，變得昏庸無能，輕信小人枉殺功臣。越王勾踐最後在范蠡和文種的幫助之下，成功消滅吳國，復興越國。范蠡眼看功成，便與西施同泛五湖而去。事見《吳越春秋》。
31全金：全部資金，包含本金和利潤。
32盈絀：盈虧，指盈利或虧損。
33淮上：今江蘇省淮安市淮陰區。

34 鹾賈：鹽商。鹾，讀作「搓」的二聲，鹽。
35 止足：謂知足而止。賺夠錢就罷手。
36 謝任：通「卸任」，卸下工作。
37 桃源：古代縣名，今湖南省桃源縣。
38 昏暮無所復之：傍晚無處可去。
39 閽人：守門人。
40 犒邊庭：慰勞邊關士兵，即勞軍。犒，慰勞之意。邊庭，邊疆。
41 排闥：推開門。闥，讀作「踏」，門。
42 邦族：籍貫家世。
43 櫬：讀作「趁」，棺材。
44 除：打掃。
45 交盤：移交盤點。
46 墓田：墓園。
47 封植：把土堆高做墳，並在旁邊種樹。
48 露胔：露出腐爛的屍體。胔，讀作「自」，腐爛的肉。
49 壙：讀作「況」，墓穴。
50 賒死：延緩執行死刑。
51 營繕：營建整修。
52 河潤：拿錢財資助人。
53 以千五百為箇：以一千兩或五百兩為一個單位。箇，讀作「各」，量詞，指獨立的單位。
54 鬼馬：指劉夫人先前贈送給廉生的馬。
55 盜火：強盜的同夥。
56 釧：讀作「串」，手鐲。
57 質賭：典當作為賭資。
58 五毒：指各種殘酷的刑罰。五，虛數，指很多種，並非是有五種刑罰。
59 登賢書：指鄉試中舉。賢書，舉薦賢能之人的名冊。
60 素封：指無官爵封邑，然財產富裕之人。

白話翻譯

廉生是河南彰德人，自小即勤奮好學，但父親在他年幼時就過世，家境很貧窮。一日，廉生外出，傍晚回家時迷路，偶然來到一個村子，有個老婦前來說：「廉公子要往何處？時間難道還不夠晚嗎？」廉生正在驚慌憂懼，無暇詢問老婦何人便請求借宿。老婦引他進了一座大宅院。兩名丫鬟提著燈籠，引領一位夫人走出，這位夫人四十多歲，舉止宛如大家閨秀。

老婦迎上前說：「廉公子到了。」廉生趕忙上前拜見。夫人高興地說：「公子神采出眾，將來何止是做個富家翁啊！」隨即設宴，夫人坐在一旁，殷勤勸酒，自己舉杯卻滴酒不沾，拿起筷子也沒有吃飯。

廉生驚惶疑惑，屢次詢問她的家世門第。夫人笑道：「再乾三杯，就告訴你。」廉生依言照做。夫人於是說：「先夫姓劉，客居江西時，遭遇變故過世了。我這個未亡人獨自住在荒郊野外，家境日漸衰落，雖有兩個孫子，不是凶神惡煞，就是愚蠢駑鈍之人。公子雖與我異姓，也算得上是我的孫輩，而且你秉性純厚，我才厚著臉皮與你相見。沒有什麼事要麻煩你，只是我有些積蓄，想請公子拿這些錢去外地做點小生意，要是能有盈餘，也可分點利潤，總比你寒窗苦讀來得強。」廉生以自己年輕、嗜書如命爲藉口推辭，認爲自己恐怕有負重託。夫人卻說：「想要讀書進身仕途，首先要能謀生，以公子的才智，有什麼買賣做不成的？」派遣婢女把銀子搬出來，秤了八百多兩交給他。廉生惶恐一再拒絕，夫人說：「我也知道公子不習慣經商，只要嘗試看看，一定不會不順利的。」廉生思考起來，這麼大一筆錢，非一個人能夠擔得起重任，想要商量找人合夥。夫人說：「不用，只找一個老實幹練的僕人，幫公子處理雜務就足夠了。」用纖指占卜一卦，說：「姓伍的吉利。」命僕人備馬，裝載銀子送廉生出去，說：「年底我會置辦酒宴，等候公子回來接風洗塵。」又回頭對僕人說：「這匹馬很溫馴，可以供人騎乘，就送給公子，不用牽回來。」

廉生回去後，才四更天，僕人拴好馬自己回去了。第二天，廉生四處尋找僕人，果然尋到一個姓伍的人，以高價雇用他。伍某長年在外，爲人又憨厚耿直，廉生把錢財都交給他保管。他們從荊州和襄陽一帶到湖北一帶做買賣，直至年底才回來，計算一下竟獲得三倍的利潤。廉生因爲伍某出力甚多，在應該支付的工錢外，更額外多給他一些酬勞。廉生把這筆錢分散在其他支出項目中，不讓夫人知道。剛回到家，夫人已派人前來迎接，他就跟伍某隨著前來迎接的人走。

只見廳堂擺上豐盛的酒席，夫人出來慰勞他們的辛勞。廉生把錢交給夫人，又交出帳簿，夫人卻只放著不理。不久開席，歌舞管樂，十分熱鬧。夫人在外舍賞了伍某一桌酒宴，眾人喝醉才回去。因廉生沒有家室，就留下來過年。第二天，廉生又請求夫人查帳，夫人笑著說：「以後不用如此，我早已算清楚了。」說罷出示帳本給廉生看，上頭記載得很詳細，連給僕人的薪資都清楚記錄了下來。廉生驚訝地說：「夫人眞是神仙啊！」一連過了幾天，夫人對廉生招待甚爲豐厚，就像對待自家姪兒一樣。

一天，堂上設了宴席，一桌朝東，一桌朝南，堂下有一桌朝西。夫人對廉生說：「明天財星高照，適合出遠門。今天我爲你們主僕二人餞行，增添此行的風采。」不久，伍某也被喚過來，賜坐堂下，一時鼓樂齊鳴，歌妓送上劇目，廉生點一曲《陶朱富》。夫人笑道：「這是好兆頭，你一定會娶到像西施這樣的賢內助。」酒宴結束，夫人把全部的錢都交給廉生，說：「這次出門，不限歸期，沒賺到一萬兩以上的利潤，就不要回來。我和公子，所依憑的是福氣和命運，我們二人推心置腹，不用計算帳目，遠方的獲利和虧本，我都一清二楚。」廉生連連應允，隨即向夫人告退。

廉生前往淮陰一帶，生意做得更大，做了鹽商。一年後，利潤又賺了好幾倍。然而廉生熱中讀書，做買賣也不忘勤學，來往的朋友都是文人。既然賺了不少錢，他暗自打算想要見好就收，逐漸把生意都交給伍某去經營。桃源的薛生與他關係最好。廉生到薛家去拜訪，薛家人卻都去鄉下別墅了。天色已晚，廉生無處可去，守門人便請廉生入內，爲他鋪床煮飯。

廉生問起薛生的近況。當時正謠傳朝廷要挑選良家婦女，送去邊關勞軍，百姓都很害怕，只要聽說有年輕人尚未娶妻，也不找人說媒，直接把女兒送過去，甚至有人一夜之間娶到兩個妻室的。薛生也是剛娶了一個大戶人家的女兒，恐怕迎娶的隊伍驚動官府，所以暫時帶著新娘搬到鄉下住。

一更將盡，廉生剛要鋪床就寢，忽聽數人推門進屋。守門人似乎正與人說話，但聽不清楚他說了什麼，只聽見一人說：「官人既然不在家，屋裡點著蠟燭的是誰？」守門人答：「是廉公子，遠道來訪的客人。」不久，問話的人已經進屋，衣帽光鮮亮麗，朝廉生拱手施禮，詢問他的家世門第，廉生據實以告，這個人很高興地說：「你我分屬同鄉，岳父是何人？」廉生答：「我沒有岳家。」那人聽了更高興，急忙走出門去，叫一個年輕人進來，恭敬地施禮，又突然道：「實言相告，在下姓慕，今夜到此，是想把舍妹嫁給薛官人，到這裡才知薛官人不在，正進退兩難之際，幸好遇上公子，這豈非天意？」廉生與此人素未謀面，正在猶豫躊躇不敢貿然應允。慕某竟然不等廉生回話，急忙招呼送嫁的人。不久，兩個老媽子攙扶著新娘進來，坐到廉生床上。廉生撇眼一看，這名姑娘約十五、六歲，美豔絕倫。廉生甚悅，這才整理衣冠向慕某道謝，又派守門人買酒款待他們。

慕某說：「我先祖是彰德人，母族也是大戶人家，如今家道中落，聽說外祖父有兩個孫子，不知家境如何？」廉生問：「你的外祖父是誰？」慕某答：「外祖父姓劉，字暉若，聽聞住在城北三十里處。」廉生說：「我住在城東南，離城北很遠，年紀又輕，沒什麼朋友。郡中姓劉的最多，只知郡北有個劉荊卿，也是個讀書人，不知是否就是此人？但是他們家境甚貧。」慕某說：「我家的祖墳還在彰德府，時常想把雙親的棺材運回故鄉安葬，因爲盤纏不夠，所以延宕至今。如今小妹嫁給你了，我下定決心要返回故鄉。」廉生聽他說了這話，自告奮勇操辦此事。慕家兄弟都很高興。酒過數巡，慕家人便告辭離去。廉生接著屏退僕人，移走蠟燭，與慕女享盡魚水之歡，水乳交融，不可言喻。

第二天，薛生知曉此事，急忙進城，清掃出另一座院落讓廉生夫婦居住。廉生前往淮陰，把貨物和錢財盤點清楚後，留伍某在店鋪裡，把錢財裝載上馬車，返回桃源，同慕家兄弟一起去取岳父岳母的骸骨，帶著兩家家眷一同回返彰德。廉生進門安置妥當，就帶著錢去見劉夫人，前回送行的僕人已在路上等候，廉生跟隨他前去，劉夫人前來迎接，神情喜悅，說：「陶朱公帶西施回來了，先前是客人，今天是我外甥女婿了。」備下酒宴替他接風洗塵，對他的態度更加親密。

廉生佩服劉夫人料事如神，就問：「夫人與我的岳母是什麼關係？」劉夫人說：「別問，久了你自然就知道。」就把銀子堆在桌上，分成五份，她取走兩份，說：「錢財對我無用，還是把錢留給我的長孫羆。」廉生覺得銀子太多，推辭不肯接受。劉夫人神色哀傷地說：「我家道中落，院中大樹被人砍了當柴火燒。孫子也不在身邊，門庭冷清，還得麻煩公子幫忙我整頓一番。」廉生允諾，銀子只取走一半。劉夫人堅持要給他全部，等他收下才送他出門，揮淚轉身回去了。廉生正在疑惑詫異，回頭望向宅院，竟是一座墳塚，這才恍然大悟劉夫人是妻子的外祖母。他回到家，買了一大片墓園，堆高劉夫人的墳土，再種上一片樹林，整頓得宏偉華麗。劉氏有兩個孫子，大的就是劉荊卿，小的叫劉玉卿，是個飲酒賭博的無賴，兩人都很窮。兄弟倆到廉生那裡，感謝他修整了他們家的祖墳，廉生送給他們很多錢，從此兩家往來密切。

廉生對他們講了夫人讓自己經商的過程，玉卿暗想那麼墓裡肯定有很多錢財，晚上勾結了幾個賭友，挖開祖墳找尋。他們打開棺材，讓屍骨露出，竟然什麼也沒找到，只好失望地作鳥獸散。廉生知道墓被盜了，告訴荊卿。荊卿和廉生一起去查看，進了墓坑，見桌上好多金銀，先前所分的錢財都還在。荊卿想和廉生對分這些錢，廉生說：「這是夫人要留給你的錢。」荊卿就把銀兩裝載回家，然後向官府控訴祖墳被盜竊一事，官府嚴厲追查起來。後來有一個盜賊變賣墓中的玉簪，被官府逮捕。訊問之下，那盜賊供出同黨，才知是玉卿帶頭。縣令判處玉卿死刑，荊卿代爲求情，死刑雖免，活罪難逃。兩家一起出錢整修墳墓內外，比以前更加堅固宏偉。從此廉生與劉家都很富裕，只有玉卿還是一樣貧窮。廉生和荊卿時常接濟他，卻仍不夠他償還賭債。

某天夜晚，廉家有盜賊闖入，抓住廉生脅迫他交出錢財。廉生所藏的銀子，都以千五百兩裝成一袋，拿出來給盜賊看，盜賊取了兩袋。然而馬廄裡只有劉夫人先前所贈的鬼馬，盜賊把銀子裝到馬背上，命廉生送到郊外後才釋放他。村民們看見盜賊所舉的火把還沒走遠，喊叫著追上去，盜賊們情急之下紛紛逃走。村民追上去，看見銀子掉在路邊，鬼馬倒在地上變成灰，才知道馬是陪葬品。這天晚上只丟了一枚金釧。

最初，盜賊抓住廉生的妻子，貪圖她的美貌，想要姦淫她。另一個盜賊戴著面具，大聲喝斥制止，聽聲音與玉卿相似。盜賊遂放了廉生妻子，只搶走廉妻所戴的金釧。廉生因而懷疑那個人是玉卿，心中暗自感激。後來，盜賊把金釧拿去作爲賭本，被捕快擒獲，審問他的同黨，玉卿果然在其中。縣令大怒，把玉卿緝拿歸案，對他施以酷刑。他的兄長與廉生商議，想要用錢打通關節，把玉卿救出來，還沒謀劃成功，玉卿就死在獄中。廉生仍時常接濟玉卿的妻兒。廉生後來考中舉人，好幾代後輩都是富戶。唉！「貪」的字形與「貧」相近，玉卿這樣的人，可使後人引以爲鑑。

陵縣狐

陵縣[1]李太史[2]家，每見瓶鼎古玩之物，移列案邊，勢危將墮。疑廝僕所為，輒怒譴之。僕輩稱冤，而亦不知其由，乃嚴扃齋扉，天明復然。心知其異，暗覘[3]之。

一夜，光明滿室，訝為盜。兩僕近窺，則一狐臥櫝[4]上，光自兩眸出，晶瑩四射。恐其遁，急入捉之。狐嚙腕肉欲脫，僕持益堅，因共縛之。舉視，則四足皆無骨，隨手搖搖若帶垂焉。

太史念其通靈，不忍殺；覆以柳器[5]，狐不能出，戴器而走。乃數[6]其罪而放之，怪遂絕。

1 陵縣：古代縣名。今山東省陵縣。
2 太史：古代官名。原指編修史書記載史實，兼職掌天文曆法的官職。明清兩代將天文曆法歸欽天監掌管，修史之職則歸於翰林院，故俗稱翰林為「太史」。
3 覘：讀作「沾」，觀看、察視。
4 櫝：讀作「獨」，木盒子。
5 柳器：用柳條編織而成的器具。
6 數：讀作「鼠」，責備。

白話翻譯

陵縣李翰林家中，時常發現花瓶、金鼎等古董珍玩之類的東西，被移到桌邊，看起來快掉下去的樣子。李翰林懷疑是家僕所爲，惱怒地責備他們。家僕卻都說是冤枉的，也不知道事情發生的原因，便將書房的門窗鎖緊。然而天亮後，情況依舊。李翰林覺得此事有古怪，偷偷地暗中窺視。

一天晚上，整間屋子突然發出強光，他以爲是強盜。兩名僕人走近探看，發現一隻狐狸躺在盒子上，光是從牠的雙眸發出的。光芒照射四周，僕人怕牠跑走，急忙跑進去抓，狐狸當即咬住僕人的手，差點把肉咬下來，僕人死活不放手，眾人一起把狐狸捉住。舉起來一看，牠的四隻腳都沒有骨頭，用手搖牠，四隻腳都隨之晃動，像帶子一樣垂下。

李翰林念及狐狸有靈性，不忍心殺牠，就把柳條編成的籃子罩在牠頭上。狐狸出不來，拖著籃子行走。李翰林責備過牠的罪行，將牠釋放，怪事就再也沒發生過了。

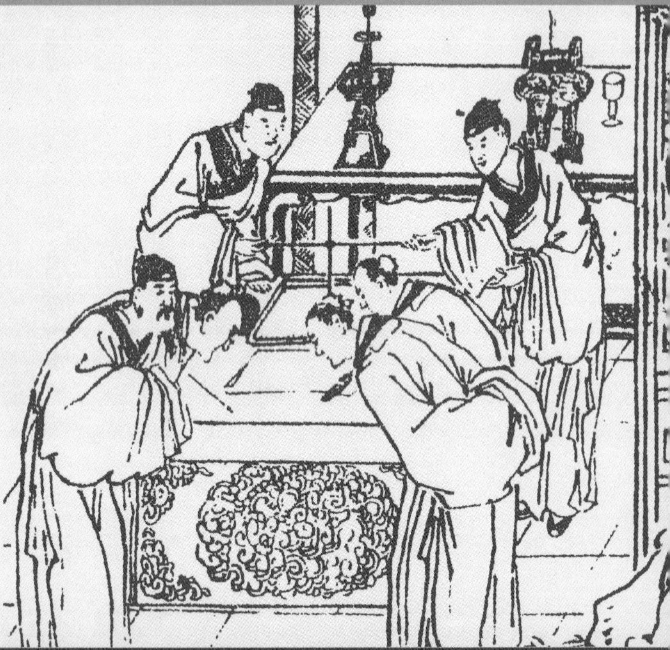

卷十

10

為學當須與誠篤並行，
不可失卻心中良知的準繩。
否則空有聰慧智識，欠缺內省修為，
儀表堂堂無異於衣冠禽獸也。

王貨郎

濟南業酒人某翁，遣子小二如齊河[1]索貰[2]價。出西門，見兄阿大。——時大死已久。二驚問：「哥那得來？」答云：「冥府一疑案，須弟一證之。」二作色怨訕[3]。大指後一人如皂[4]狀者，曰：「官役在此，我豈自由耶！」但引手招之，不覺從去，盡夜狂奔，至太山[5]下。忽見官衙，方將並入，見群眾紛出。皂拱問：「事何如矣？」一人曰：「勿須復入，結矣。」皂乃釋令歸。大憂弟無資斧。皂思良久，即引二去，走二三十里，入村，至一家檐下。囑云：「如有人出，便使相送；如其不肯，便道王貨郎言之矣。」遂去。二冥然而僵。既曉，第主出，見人死門外，大駭。守移時，微蘇；扶入餌之，始言里居，即求資送。主人難之。二如皂言。主人驚絕，急賃騎送之歸。償之，不受；問其故，亦不言，別而去。

1齊河：古代縣名。今山東省齊河縣。
2貰：讀作「是」，原意為出借或賒欠。
3訕：原指譏諷，此指破口大罵。
4皂：黑色，此處指的是「皂隸」，古代的衙役多穿黑色衣服。
5太山：即泰山。

王貨郎
無端證
藥夜奔
馳是丶非
姑聽之一語
驚心償騎
送此中情
事費猜疑

白話翻譯

濟南有個以賣酒爲生的老翁，派他的兒子小二到齊河去討債。小二走出西門，遇到長兄阿大，然而當時阿大已過世許久。小二驚訝地問：「哥，你從哪裡來的？」阿大答：「地府有一椿懸案，需要小弟你前去作證。」小二聽了臉色大變，不停地埋怨咒罵。阿大指向身後穿著黑衣的人說：「這位是地府的差役，哪裡輪得到我做主？」他朝小二招招手，小二不知不覺就跟他走了。一行人跑了一整晚，來到泰山腳下，忽然看見官衙，正要一起進去，只見一群人紛紛走出，差役便上前，拱手施禮問：「事情如何了？」一人說：「不用進去，此案已了結。」差役就釋放小二回去。阿大擔心弟弟沒有盤纏，差役想了很久，領著小二離去，走了二、三十里，進入一個村子，到一戶人家的屋簷底下。差役囑咐他：「如果有人出來，就請他送你回去；他若是不肯，你就說是王貨郎說的。」說完，差役就此離去，小二則昏沉沉地僵直倒在地上。天亮後，屋主出來，見有人死在門外，很是震驚。在旁邊等了一會兒，但見小二逐漸甦醒，屋主就將他扶進屋裡，餵了點食物給他。小二告訴他鄉里何處，央求屋主出錢送他回去。主人面有難色，小二就把差役說的話轉述給他。屋主聽了，非常驚慌，急忙租了坐騎送他回家。小二要把錢還他，屋主不肯要；問起原由，他也不吭氣，告別後就離去了。

疲龍

膠州[1]王侍御，出使琉球[2]。舟行海中，忽自雲際墮一巨龍，激水高數丈。龍半浮半沉，仰其首，以舟承頷；睛半含，嗒然若喪[3]。闔舟大恐，停橈[4]不敢少動。舟人曰：「此天上行雨之疲龍也。」王懸敕[5]於上。焚香共祝之。移時，悠然遂逝。舟方行，又一龍墮，如前狀。日凡三四。又逾日，舟人命多備白米，戒曰：「去清水潭不遠矣。如有所見，但糝[6]米於水，寂無譁。」俄至一處，水清澈底。下有群龍，五色，如盆如甕，條條盡伏。有蜿蜒者，鱗鬣[7]爪牙，歷歷可數。眾神魂俱喪，閉息含眸，不惟不敢窺，並不能動。惟舟人握米自撒。久之見海波深黑，始有呻者。因問擲米之故，答曰：「龍畏蛆，恐入其甲。白米類蛆，故龍見輒伏，舟行其上，可無害也。」

1 膠州：古代地名。今山東省膠州市。
2 琉球：古代國名。今屬日本沖繩縣。
3 嗒然若喪：垂頭喪氣。這裡形容很疲憊的樣子。嗒，讀作「踏」。
4 橈：讀作「腦」的二聲，船槳。
5 敕：讀作「赤」，帝王所頒布的詔命。
6 糝：讀作「傘」，撒落、散開。
7 鬣：讀作「列」，魚、龍等動物下巴旁邊的小鬚。

白話翻譯

膠州有位姓王的御史，奉旨出使琉球。船在海上行駛，忽然從天上掉下一條巨龍，海水被激起好幾丈高。龍在水面半伏半沉，抬著頭，用船身抵住牠的下巴，眼睛半睜，奄奄一息的樣子。全船的人都感到很恐懼，沒有人敢輕舉妄動。船夫說：「這條龍是在天上布雨疲累的龍。」王御史把聖旨懸掛在船上，焚香祈禱。不久，龍悄然離去。

船繼續行駛，又有一條龍墜落，和先前情況相同。一天中就掉了三、四條龍下來。隔天，船夫命眾人多備點白米，告誡他們：「這裡離清水潭不遠了。如果看到怪異現象，就把米撒到水中，不可大聲喧譁。」不久，船駛到一處，海水清澈見底，水面下有一群龍，色彩繽紛，粗如盆、甕，一條條都趴在水中。有的在緩慢爬行，鱗、鬣、爪、牙，盡皆看得一清二楚。大家都嚇得魂飛魄散，屏息閉眼，不只不敢偷看，也不敢亂動。只有船夫手拿白米撒向水中。不久，海水恢復成深黑色，才有人敢呻吟。眾人問船夫為何要撒米，船夫答：「龍怕蛆，害怕蛆鑽進鱗甲。白米形似蛆，龍看到就會趴伏下來，船在水上面行駛，就能確保安全。」

布商

布商某，至青州境，偶入廢寺，見其院宇零落，歎悼不已。僧在側曰：「今如有善信①，暫②起山門③，亦佛面之光。」客慨然自任。僧喜，邀入方丈，款待殷勤。◆即而舉④內外殿閣，並請裝修；客辭以不能。僧固強之，詞色悍怒。客懼，請即傾囊，於是倒裝⑤而出，悉授僧。將行，僧止之曰：「君竭貲實非所願，得毋甘心⑥於我乎？不如先之。」遂握刀相向。客哀求切，弗聽；請自經⑦，許之。逼置暗室而迫促之。適有防海將軍⑧經寺外，遙自缺牆外望見一紅裳女子入僧舍，疑之。下馬入寺，前後冥搜⑨，竟不得。至暗室所，嚴扃雙扉，僧不肯開，託以妖異。將軍怒，斬關入，則見客縊梁上。救之，片時復甦，詰得其情。又械問女子所在，實則烏有，蓋神佛現化也。殺僧，財物仍以歸客。客益募修廟宇，由此香火大盛。趙孝廉豐原⑩言之最悉。

◆**馮鎮巒評點：**廢寺不宜輕入，又僧之內房尤萬萬不可輕入。

荒廢的寺廟不適合隨便進入，尤其是和尚的內室更加不可。

1 善信：做善事的信眾。
2 暫：先。
3 山門：佛寺的大門。
4 舉：列出。
5 裝：行李。
6 甘心：稱心如意。
7 自經：自盡。
8 防海將軍：某官職名稱。康熙年間，青州曾設海防道，應指海防道的某種武職官員。
9 冥搜：暗中四處搜尋。
10 趙孝廉豐原：趙豐原，字于京，號香坡，又號客亭，山東歷城（今濟南市歷城區）人，康熙二十年（西元一六八一年）舉人。官至河南知府。

白話翻譯

有位布商來到青州境內，偶然走進一個荒廢的寺廟，見到廟宇殘破不堪，不禁感慨唏噓。有個和尚在旁說：「施主如果肯做善事，先把大門修建起來，也是為佛門增添光彩。」布商慷慨地答應了。和尚很高興，邀請布商進入住持布道的房間，很殷勤地招待他。接著，和尚卻列舉出寺廟的各個殿堂，要求布商一併修繕，布商說他沒有那麼多錢，婉言拒絕。和尚不斷要他出錢整修，說話越來越凶悍難聽。布商心中恐懼，把行李內的財物全拿出來交給和尚。正要離去，和尚竟制止了他，說：「你雖然把錢財都拿出來，但非是心甘情願，你難道不會想殺我洩憤嗎？不如我先下手為強！」拿刀出來對著布商。布商不斷哀求，和尚不理會。布商請求自我了斷，和尚這才答應，把人逼到暗室之中，催促他趕快自盡。剛好有位海防將軍從寺廟門口經過，遠遠地從牆外缺口處看到一名紅衣女子走進僧舍，他感到奇怪，下馬走進寺廟裡，暗中到處尋找，都沒有找到人。走到暗室前，卻發現雙門緊鎖。和尚不肯開門，騙將軍道裡面有妖怪，將軍勃然大怒，用刀斬斷門鎖進入，只見布商懸梁自盡。他上前把人救下來，不久，布商醒來，將軍了解過事情始末，又拷問和尚紅衣女子在何處，然而，紅衣女子其實是神佛幻化出來的。將軍於是把和尚殺了，把財物還給布商。布商募款籌錢修建寺廟，從此此廟香火鼎盛。趙豐原孝廉講這件事最為清楚詳盡。

真生

長安[1]士人賈子龍，偶過鄰巷，見一客，風度灑如[2]。問之，則真生，咸陽[3]僦寓[4]者也。心慕之。明日，往投刺[5]，適值其亡[6]；凡三謁，皆不遇。乃陰使人窺其在舍而後過之，真走避不出；賈搜之始出。促膝傾談，大相知悅。賈就逆旅，遣僮行沽[7]。真又善飲，能雅謔，樂甚。酒欲盡，真搜篋[8]出飲器，玉卮無當[9]，注杯酒其中，盎然已滿；以小琖[10]挹取入壺，並無少減。賈異之，堅求其術。真曰：「我不願相見者，君無他短，但貪心未淨耳。此乃仙家隱術，何能相授。」賈曰：「冤哉！我何貪，間萌奢想者，徒以貧耳。」一笑而散。由是往來無間，形骸盡忘[11]。每值乏窘，真輒出黑石一塊，吹咒其上，以磨瓦礫，立刻化為白金，便以贈生；僅足所用，未嘗贏餘。賈每求益。真曰：「我言君貪，如何，如何！」賈思明告必不可得，將乘其醉睡，竊石而要之。一日，飲既臥，賈潛起，搜諸衣底。真覺之曰：「子真喪心[12]，不可處也！」遂辭別，移居而去。

後年餘，賈遊河干[13]，見一石瑩潔，絕類真生物。拾之，珍藏若寶。過數日，真忽至，瞻然[14]若有所失。賈慰問之。真曰：「君前所見，乃仙人點金石也。曩從抱真子[15]游，彼憐我介[16]，以此相貽。醉後失去，隱卜當在君所。如有還帶之恩[17]，不敢忘報。」賈笑曰：「僕生平不敢欺友朋，誠如所卜。但知管仲之貧者，莫如鮑叔[18]，君且奈何？」真請以百金為贈。賈曰：「百金非少，但授我口訣，一親試之，無憾矣。」真恐其寡信。賈曰：「君自仙人，豈不知賈某寧失信於朋友

者哉！」真授其訣。賈顧砌上[19]有巨石，將試之。真掣其肘[20]，不聽前。賈乃俯掬半磚，置砧[21]上曰：「若此者，非多耶？」真乃聽之。賈不磨磚而磨砧；真變色欲與爭，而砧已化為渾金。反石於真。真嘆曰：「業如此，復何言。然妄以福祿加人，必遭天譴。如逭[22]我罪，施材[23]百具、絮衣[24]百領，肯之乎？」賈曰：「僕所以欲得錢者，原非欲窖藏之也。君尚視我為守錢鹵[25]耶？」真喜而去。賈得金，且施且賈[26]；不三年，施數已滿。真忽至，握手曰：「君信義人也！別後被福神[27]奏帝，削去仙籍；蒙君博施，今以功德消罪。願勉之，勿替也。」賈問真係天上何曹[28]。曰：「我乃有道之狐耳。出身綦[29]微。不堪孽累，故生平自愛，一毫不敢妄作。」賈為設酒，遂與懽[30]飲如初。賈至九十餘，狐猶時至其家。

長山某，賣解信藥[31]，即垂危，灌之無不活；然祕其方，即戚好不傳也。一日，以株累被逮。妻弟餉食獄中，隱置信焉。坐待食已而後告之。不信。少頃，腹中潰動，始大驚，罵曰：「畜產速行！家中雖有藥末，恐道遠難俟[32]；急於城中物色薜荔[33]為末，清水一琖，速將來！」妻弟如其教。迨覓至，某已嘔瀉欲死，急投之，立刻而安。其方自此遂傳。此亦猶狐之祕其石也。◆

◆**馮鎮巒評點：**以方濟人，不費之惠，其妻弟之智慧有取焉。

用解毒藥方救濟世人，不花費一分一毫就能圖利世人，此人妻弟的智慧值得效仿。

1長安：古代地名，今陝西省西安市。
2風度灑如：灑脫自得的樣子。
3咸陽：古代縣名，今陝西省咸陽市。
4僦寓：租房子。僦，讀作「舊」。
5刺：拜帖。古代在竹簡上刻上姓名作為拜見的名帖。
6亡：指外出、不在家。
7行沽：買酒。
8篋：讀作「竊」，置物箱。
9玉卮無當：沒有杯底的玉製酒杯。卮，讀作「之」，圓形的酒器。無當，無底。
10琖：讀作「展」，玉製的酒杯。
11形骸盡忘：比喻兩人關係融洽，來往密切宛如彼此同為一人。
12喪心：喪失善性，猶言喪盡天良。
13干：岸邊。
14瞻然：茫然望著前方。瞻，讀作「替」。
15抱真子：一說為東晉葛洪所撰《抱朴子》；一說為明代李孔修，自號抱真子。此處可能是作者杜撰的人物。
16介：有節操。此指不貪心。
17還帶之恩：歸還珍貴的失物恩情。
18知管仲之貧者，莫如鮑叔：管仲，原名管夷吾，春秋齊國穎上人。生於西元前七二五年，卒於西元前六四五年。年幼家貧，和鮑叔牙是知己好友。管仲起初輔佐公子糾，後來鮑叔牙輔佐公子小白即位，是為齊桓公。管仲還曾射殺齊桓公，但沒有得逞。最後通過鮑叔牙的舉薦，齊桓公不計前嫌任用他為宰相，更尊稱他為「仲父」。此處藉以比喻「我家境貧困，你是最清楚的」。
19砌上：臺階上。
20掣其肘：阻攔他。掣，讀作「徹」，牽制、為難。
21砧：讀作「真」，搗衣用的石板。此指鋪在臺階上的石板。
22逭：讀作「換」，逃避。此處意指減免。
23材：此指棺材。
24絮衣：指棉袍、棉衣。
25守錢鹵：即守財奴。鹵，通「虜」，奴才。典出《後漢書．馬援傳》：「（馬援）嘗歎曰：『凡殖貨財產，貴其能施賑也，否則守錢虜耳。』」
26貫：做買賣。
27福神：傳說中掌管福運的神祇。
28曹：古代政府的各辦事部門。此指職位。
29綦：讀作「其」，極、甚之意。
30懽：同今「歡」字，是歡的異體字。
31解信藥：解砒霜的藥。信，信石，又名砒石，俗稱砒霜，是一種帶有劇毒的藥。
32俟：讀作「似」，等待。
33薜荔：植物名，又稱木蓮，此指薜荔的果實。薜，讀作「必」。

白話翻譯

有一名書生叫賈子龍，長安人，偶然經過附近的巷子，看到一個風度瀟脫的外地人，上前詢問，原來此人名叫眞生，從咸陽來此租屋暫住。賈子龍心中仰慕，第二天就前往遞名帖拜訪，正好眞生不在。賈子龍又拜訪了三次，都沒有遇到，暗中派人窺視，等到眞生在家了再前往拜見，眞生卻故意避不見面，直到賈子龍去他家搜查，眞生才出來。兩人促膝暢談，只恨相見甚晚。賈子龍就在旅店差遣僮僕前去買酒，眞生酒量很好，開起玩笑更是風雅不俗，兩人都很高興。酒快喝完時，眞生從箱子裡找出杯子，一個無底的玉杯，把酒倒進去，看起來已經斟滿；用小杯子把酒舀出來放回酒壺，玉杯中的酒卻沒有減少。賈子龍覺得奇怪，想學這個法術。眞生說：「我不願意見你，只因你沒有別的短處，就一個缺點是貪心不足，心不能靜。我這是仙家隱密的法術，如何可以傳授給你？」賈子龍說：「你錯怪我了！我並不貪心。我之所以有非分之想，只是因爲家裡太窮了。」兩人相視一笑就告辭，從此來往密切，宛如同爲一人。每當賈子龍阮囊羞澀了，眞生便會拿出一塊黑石，對它念咒，拿它去磨瓦礫，瓦礫立刻變成白銀，就將銀子贈給賈子龍；變出來的銀子僅夠日常開銷，沒有剩下來的。賈子龍時常請求眞生多給一點。眞生說：「我說你貪心，現在果然沒說錯吧？」賈子龍心裡明白，直接向眞生討要他一定不給，就打算趁他喝醉睡著了，偷來黑石脅迫他。

一天，眞生醉得熟睡了，賈子龍偷偷爬起來，搜他的衣服襯裡。眞生察覺了，說：「你眞是喪心病狂，不能再與你相處了！」便告辭離去，遷到別處去。

一年以後，賈子龍到河岸遊玩，看見一塊晶瑩光潔的石頭，很像眞生的那塊黑石。他於是撿回去，當作寶貝珍藏。過了幾天，眞生忽然來了，看起來失魂落魄。賈子龍慰問他，眞生說：「你先前看到的黑石，是仙人的點金石。以前我與神仙抱眞子交遊，他欣賞我不貪財，以此相贈。我喝醉後弄丟了，暗中占卜應當在你這裡。如果你肯還給我，我會報答你的恩情。」賈子龍笑道：「我平生不敢欺騙朋友，如果眞像你占卜的那樣，你也知道我很窮，你打算如何回報我？」眞生說願以一百兩銀子相贈。賈子龍說：「一百兩並不少，但如果能傳授我點金石的口訣，我能親自試驗一次，才了無遺憾。」眞生擔憂他會言而無信。賈子龍說：「你是仙人，難道不知道我賈子龍從不失信於朋友的嗎？」眞生只得傳授口訣予他。賈子龍看到臺階上有塊大石頭，準備拿它來試驗。眞生拉住他，不讓他上前。賈子龍就彎腰撿起半塊磚頭放到臺階石板上，說：「像這麼大，不算多吧？」眞生才按照他的意思傳授口訣。然而，賈子龍拿著黑石，不去磨磚頭而去磨臺階的石板。眞生臉色大變，想要和他爭論，整塊臺階板都變成銀子了。賈子龍將黑石還給眞生。眞生嘆氣道：「事已如此，又能說些什麼呢！胡亂把福氣給人，必遭天譴。如果要減免我的罪孽，你要布施一百具棺材、一百件棉袍，你肯嗎？」賈子龍說：「我想要錢，不是要藏起來占爲己有。你把我當成守財奴嗎？」眞生高興地離去了。

賈子龍得到銀子，邊施捨邊做買賣。不到三年，施捨的數目已滿。眞生忽然前來，握著他的手說：「你是個守信用的人啊！分別後，我被福神向天帝參了一本，削去仙籍；承蒙你廣泛布施，我現在才能因爲這些功德抵銷罪孽。希望你能繼續努力，不要停止。」賈子龍問起眞生在天庭擔任的職務。眞生說：「我只是得道的狐仙，出身很卑微，承受不起罪孽的連累，所以向來潔身自好，不敢胡作非爲。」賈子龍設下酒宴，與他歡飲如初。直到他活到九十幾歲了，狐仙還時常到他家來。

長山某人，販賣解砒霜的藥，即使性命垂危，只要灌下解藥沒有不能救活的；這個人把藥方藏起來，就算是親戚朋友也不傳授。一天，他受到牽連被捕入獄，他的妻弟到獄中送飯，暗中在飯裡下毒，等他吃完才告訴他。這人不相信，不久，肚子像火燒一樣疼痛，他才大驚失色，罵道：「畜牲！快去！家裡雖有解藥，但路途遙遠怕趕不上；你到城中找薜荔磨成粉末，清水一杯，快快拿來！」妻弟按照他說的去做。等他帶來材料，此人已經上吐下瀉，快要死了，急忙把解藥服下，立刻恢復如初。從此以後，他的解毒秘方也就傳開了，這件事如同狐仙把點金石藏起來一樣，擁有異曲同工之妙。

眞生
財本流通故號泉且
施且賈計良便眞
生幸得知心侶併術
妨信口傳

彭二掙

禹城[1]韓公甫自言：「與邑人彭二掙並行於途，忽回首不見之，惟空蹇[2]隨行。但聞號救甚急，細聽則在被囊[3]中。近視囊內纍然[4]，雖則偏重，亦不得墮。欲出之，則囊口縫紉甚密；以刀斷線，始見彭犬臥其中，既出，問何以入，亦茫不自知。蓋其家有狐為祟，事如此類甚多云。」◆

1禹城：古代縣名，今山東省禹城市。
2蹇：讀作「簡」，驢子。
3被囊：行李袋。
4纍然：物品堆疊的樣子。

◆**但明倫評點**：此狐亦惡作劇。

這隻狐妖也是在惡作劇。

白話翻譯

禹城的韓公甫自述道：「我和同鄉的彭二掙一起走在路上，猛一回頭彭二掙就不見了，剩下一頭驢子跟在後面。聽到有呼救的聲音，仔細聽是從行李袋傳出來的，走近一看，行李袋中裝了很多東西，雖然很重，但並沒有墜落。我想把彭二掙從行李袋拽出來，袋口卻縫得十分緊密。得用刀子割斷縫線，才看見彭二掙像狗一樣趴在裡面，把他救出來後，我問他是如何跑到裡面去的，彭二掙也迷迷糊糊說不清楚。原來他家有狐妖作祟，類似這樣的事已發生過很多次了。」

何仙

長山[1]王公子瑞亭，能以乩卜[2]。乩神自稱何仙，為純陽[3]弟子，或謂是呂祖所跨鶴云。每降，輒與人論文作詩。李太史質君[4]師事之，丹黃課藝[5]，理緒明切；太史揣摩成[6]，賴何仙力居多焉，因之文學士多皈依之。然為人決疑難事，多憑理，不甚言休咎[7]。辛未歲[8]，朱文宗[9]案臨[10]濟南，試[11]後，諸友請決等第。何仙索試藝，悉月旦[12]之。座中有與樂陵[13]李忭[14]相善者，李固好學深思之士，眾屬望之，因出其文，代為之請。乩註云：「一等。」少間，又書云：「適評李生，據文為斷。然此生運氣大晦，應犯夏楚[15]。異哉！文與數適不相符，豈文宗不論文耶？諸公少待，試一往探之。」少頃，又書云：「我適至提學署中，見文宗公事旁午[16]，所焦慮者殊不在文也。一切置付幕客六七人，粟生[17]、例監[18]，都在其中，前世全無根氣[19]，大半餓鬼道[20]中遊魂，乞食於四方者也。曾在黑暗獄中八百年，損其目之精氣，如人久在洞中，乍出，則天地異色，無正明[21]也。中有一二為人身所化者，閱卷分曹[22]，恐不能適相值耳。」眾問挽回之術。書云：「其術至實，人所共曉，何必問？」眾會其意，以告李。李懼，以文質孫太史子未[23]，且訴以兆。太史贊其文，因解其惑。李以太史海內宗匠[24]，心益壯，乩語不復置懷。後案發[25]，竟居四等。太史大駭，取其文復閱之，殊無疵摘。評云：「石門公祖[26]，素有文名，必不悠謬[27]至此。是必幕中醉漢，不識句讀者所為。」於是眾益服何仙之神，共焚香祝謝之。乩書曰：「李生勿以暫時之屈，遂懷慚怍。當

多寫試卷，益暴之，明歲可得優等。」李如其教。久之署中頗聞，懸牌㉘特慰之。次歲果列前名，其靈應如此。◆

異史氏曰：「幕中多此輩客，無怪京都醜婦巷中㉙，至夕無閒床也。嗚呼！」

1長山：地名，今山東省鄒平縣。
2乩卜：民間藉由神明的力量來解決心中疑問的方法，稱為「扶乩」。
3純陽：即呂洞賓。名巖，字洞賓，自號純陽子。唐京兆府（今陝西省長安縣）人。相傳修道成仙，為八仙之一，人稱「呂祖」，也稱為「呂純陽」。
4李太史質君：即李斯義，字質君，號靜庵，山東長山縣人。生於西元一六四四年，卒於西元一七〇七年。歷任京畿道監察御史、通政使司參議、翰林院提督四譯館、太常寺少卿、大理寺卿等職務。
5丹黃課藝：此指批閱文章。
6揣摩成：學習有成。此指考中進士。
7休咎：吉凶。
8辛未歲：即康熙三十年（西元一六九一年）。
9朱文宗：即朱雯，字復思。浙江石門縣（今屬桐鄉市）人。康熙三年（西元一六六四年）甲辰科進士。三十年任山東提學使。
10臨：提督學政至所屬的各級縣市主持歲試與科試。
11試：指歲試。
12月旦：品評、評點之意。
13樂陵：古代縣名，今山東省樂陵市。
14忭：讀作「變」。
15犯夏楚：歲試成績被評為四等。夏楚，原指刑罰、刑具。夏，此處讀作「甲」。
16旁午：比喻事務繁瑣複雜。
17粟生：即廩生，明清時期領國家俸祿的生員。廩，讀作「凜」。
18例監：明清科舉制度，為監生的一種。透過捐納米、財物取得監生資格的人。
19根氣：天賦。
20餓鬼道：佛教將世界分為六道，即天道、人道、阿修羅道、地獄道、餓鬼道。死後根據個人業力，投胎轉世。餓鬼道，六道之一，投胎此道則經常處在非常飢餓的狀態，無法進食。
21明：視力。
22閱卷分曹：清朝科舉制度，鄉試的考官分內簾與外簾。第一場考完後，試卷由外簾送交給內簾官閱卷，由數位閱卷官批閱。
23孫太史子未：孫子未，名勷（讀作「鄉」），字子未，一字予未，號莪山，又號誠齋。本長洲（今江蘇蘇州市）人，後改姓孫。康熙二十四年（西元一六八五年）進士。任職大理寺少卿、通政司參議等職。著有《鶴侶齋集》。
24宗匠：文壇巨擘，受人景仰的大師。

25案發：公布歲試的成績。
26公祖：明清時代紳士對知府以上的地方官員的尊稱。此指朱雯。
27悠謬：又作「荒謬」，荒唐無信之意。
28懸牌：公布生員的佳作。
29巷中：指曲巷，古代妓院的代稱。

白話翻譯

王公子瑞亭是長山人，他懂得扶乩占卜。請來的乩神自稱何仙，是呂洞賓的弟子，有人說是呂洞賓的仙鶴坐騎。何仙每次降臨，就會與人論文作詩。翰林李質君以老師的禮節侍奉祂，批改文章，說得頭頭是道。李質君考中進士，都是何仙的功勞，因此，許多文人都信奉他。何仙替人排解疑難，大多都根據事實理據來分析，對於吉凶禍福則不多言。

康熙三十年，提督學政朱雯到濟南主持歲試。考完後，諸位學友請何仙評定等級。何仙向大家要來試卷，逐一加以品評。其中有一位是樂陵李忭的好友，李忭是位刻苦勤學的生員，受到大家注目，那人就拿出李忭的文章，代請何仙點評。扶乩的結果是：「一等。」不久，又寫道：「剛才所評的李生，是根據他的文章。然而這個生員的運氣不好，應該只拿到第四等，遭受到鞭打的刑罰。說也奇怪，他的文章與命數不相符，難道學政大人不閱卷嗎？請你們稍待片刻，我前往查探。」不久，何仙又寫：「我剛才到了學政的官署，看到朱大人公務

◆**但明倫評點：**天地異色，無正明，此等全無根氣之人，原不足責，所可怪者，焦慮殊不在文之文宗一切置付之耳。然此輩充滿四方，延之入幕者亦無足責。誰司黑暗獄、餓鬼道，而乃縱之乞食於四方耶？

天昏地暗，沒有正常的識人之力，此等人全無根氣可言，原本沒有什麼好責怪的，應當責怪的，是文宗大人把閱卷的重責大任交給他們。這種毫無根氣的人到處都有，把他們請來當幕僚也無可厚非。是誰掌管黑暗地獄、餓鬼道，而縱容這樣的人四處去乞討呢？

何僊
五色絲綸目
易迷可知才
命兩難齊亂
仙不作模棱語
好待宗工與
品題

繁忙，根本無暇分神閱卷，閱卷的工作分配給他的幾位幕僚，這些人的才能參差不齊，不學無術，依靠捐官的貢生與監生也在裡面。他們前世毫無根器，大多是餓鬼道中的遊魂，四處去乞討。他們在黑暗的地獄中停留了八百年，眼睛的精氣已經受損，就像是人在山洞中待久了，甫出洞就覺得天昏地暗，難有正常的視力。其中有一兩個是人身轉世，可惜閱卷都是分開的，恐怕無法遇上。」大家詢問有無補救之法，何仙寫道：「這個辦法已是最實際的了，大家都知道，又何必問呢？」眾人了解他的意思，便轉告李忭。李忭心中害怕，拿著自己的文章去請教翰林孫子未，並且告訴他扶乩的內容。孫翰林對他的文章讚不絕口，叫他不要相信鬼神之言。李忭認爲孫翰林是享譽海內的文壇巨擘，因此對自己更有信心，不再把扶乩的話放在心上。

放榜後，李忭竟然位居四等。孫翰林也很驚駭，又拿來他的試卷再看一次，確實沒有瑕疵。他的看法是：「石門的朱大人素來享有文名，一定不會犯這種錯誤。一定是幕僚中喝醉酒的人，或者看不出文章好壞的人所批閱的。」於是眾人更加佩服何仙預言，一起焚香向祂致謝。何仙又寫道：「李生不要因爲一時委屈，自慚形穢。應當多多模擬試題，更加努力，明年可得優等。」李忭謹遵他的教誨。時間長了，提督學政衙署的官員也知道他這個人，還特地公布他的佳作以表慰問。第二年，李忭果然名列前茅。何仙就是如此靈驗。

記下奇聞異事的作者如是說：「學政衙署的幕僚，都是這樣有眼無珠，難怪京城中醜女眾多的妓院，一天到晚不得空閒。唉！」

牛同人

（上缺）牛過父室，則翁臥床上未醒，以此知為狐。怒曰：「狐可忍也，胡敗我倫！關聖號為『伏魔』[1]，今何在，而任此類橫行！」因作表上玉帝，內微訴關帝之不職[2]。

久之，忽聞空中喊嘶聲，則關帝也。怒叱曰：「書生何得無禮！我豈耑掌為汝家驅狐耶？若稟訴不行，咎怨何辭矣。」即令杖牛二十，股肉[3]幾脫。少間，有黑面將軍[4]縛一狐至，牽之而去，其怪遂絕。

後三年，濟南游擊[5]女為狐所惑，百術不能遣。狐語女曰：「我生平所畏惟牛同人而已。」游擊亦不知牛何里，無可物色。

適提學按臨[6]，牛赴試，在省偶被營兵迕辱[7]，忿愬[8]游擊之門。游擊一聞其名，不勝驚喜，傴僂[9]甚恭。立捉兵至，捆責盡法。已，乃實告以情。牛不得已，為之呈告關帝。俄頃，見金甲[10]神降於其家。狐方在室，顏猝變，現形如犬，遶屋嗥竄[11]。旋出自投階下。神言：「前帝不忍誅，今再犯不赦矣！」縶[12]繫馬頸而去。

1伏魔：明朝萬曆四十二年（西元一六一四年），明神宗封關羽為「三界伏魔大帝神威遠震天尊關聖帝君」。
2不職：失職。
3股肉：大腿肉。
4黑面將軍：應指關羽的部將周倉。
5游擊：古代官名，官位次於參將。
6臨：指提督學政至所屬各級縣市主持歲試與科試。
7迕辱：即侮辱。
8愬：讀作「訴」，控訴。
9傴僂：讀作「語樓」，原意是駝背，此指恭敬地彎腰鞠躬。
10金甲：鎧甲。
11遶屋嗥竄：繞著屋子哭號逃竄。遶，同今「繞」字，是繞的異體字，環繞、圍繞。嗥，讀作「豪」，吼叫、號哭之意。
12縶：讀作「執」，捆綁、綁縛。

白話翻譯

（上文缺）牛同人經過父親的寢室，見到父親躺在床上沒醒，便知是狐妖所假扮，大怒道：「狐妖作祟還能忍受，但是破壞我和父親的倫常就無法容忍！關帝號稱『伏魔大帝』，如今何在？放任妖怪橫行！」他寫奏表稟明玉帝，控訴關聖帝君怠忽職守。

過了很久，忽聽空中有喊叫嘶吼之聲，原來是關帝，怒叱著說：「書生怎能如此無禮！難道我是專門替你家驅趕狐妖的嗎？你若是向我稟告，我置之不理，你再投訴我才有道理啊！」下令杖責牛同人二十下，打得牛同人的大腿肉幾乎全掉光。不久，有位黑臉將軍把一隻狐狸捆綁前來，將牠牽走，牛家再也沒怪異的事發生。

三年後，濟南府一位游擊將軍的女兒受到狐妖媚惑，用盡各種辦法也趕不走牠。狐妖對這名女子說：「我平生只怕牛同人。」游擊將軍也不知牛同人住在何處，無法尋找。

剛好提學使要舉辦歲試，牛同人前往赴考，在省城意外遭到綠營兵侮辱，憤怒地向游擊將軍控告。游擊將軍一聽他的名字，非常高興，對他畢恭畢敬。馬上把那名士兵抓來，按照軍法捆綁責打。事畢，游擊將軍把事情經過告訴他。牛同人不得已，替他向關帝稟告。

不久，只見一位穿著金色鎧甲的神祇降臨至游擊將軍家。狐妖正好在臥室，臉色大變，現出原形，像狗一樣繞著屋子嚎叫亂竄。不久，狐妖跪在臺階下。金甲神說：「上次關帝不忍心殺你，現在你又出來作祟，罪不可恕！」就把狐妖綁起來，掛在馬脖子下帶走了。

神女

米生者，閩①人，傳者忘其名字、郡邑。偶入郡，醉過市廛②，聞高門中簫鼓如雷。問之居人，云是開壽筵者，然門庭亦殊清寂。聽之，笙歌繁響。醉中雅愛樂之，並不問其何家，即街頭市祝儀，投晚生刺③焉。或見其衣冠樸陋，便問：「君係此翁何親？」答言：「無之。」或言：「此流寓者，僑居於此，不審何官，甚貴倨④也。既非親屬，將何求？」生聞而悔之，而刺已入矣。無何，兩少年出逆客，華裳眩目，丰采都雅，揖生入。見一叟南向坐，東西列數筵，客六七人，皆似貴胄⑤；見生至，盡起為禮，叟亦杖而起。生久立，待與周旋，而叟殊不離席。兩少年致詞曰：「家君衰邁，起拜良艱，予兄弟代謝高賢之見枉⑥也。」生遜謝而罷。遂增一筵於上，與叟接席。未幾，女樂作於下。座後設琉璃屏，以幛內眷。鼓吹大作，座客不復可以傾談。

筵將終，兩少年起，各以巨杯勸客，杯可容三斗，生有難色；然見客受，亦受。頃刻四顧，主客盡釂⑦；生不得已，亦強盡之。少年復斟。生覺憊⑧甚，起而告退。少年強挽其裾。生大醉逷地⑨，但覺有人以冷水灑面，恍然若寤。起視，賓客盡散，惟一少年捉臂送之，遂別而歸。後再過其門，則已遷去矣。自郡歸，偶適市，一人自肆中出，招之飲。視之，不識；姑從之入，則座上先有里人鮑莊在焉。問其人，乃諸姓，市中磨鏡者也。問：「何相識？」曰：「前日上壽者，君識之否？」生言：「不識。」諸言：「予出入其門最稔。翁，傳姓，但不知何省何官。先生上壽時，我方在墀[10]下，故識之也。」日暮，飲散。鮑莊夜死於途。鮑父不識諸，執名[11]訟生。檢得鮑莊體有重傷，生以謀殺論死，備歷械梏；以諸未獲，罪無申證[12]，頌繫[13]之。

年餘，直指巡方[14]，廉知其冤，出之。家中田產蕩盡，而衣巾革褫[15]，冀其可以辨復[16]，於是攜囊入郡。日將暮，步履頗殆，休於路側。遙見小車來，二青衣[17]夾隨之。既過，忽命停輿。車中不知何言。俄一青衣問生：「君非米姓乎？」生驚起諾之。問：「何貧窶[18]若此？」生告以故。又問：「安之？」又告之。青衣去，向車中語；俄復返，請生至車前。車中以纖手搴[19]簾，微睨之，絕代佳人也。謂生曰：「君不幸得無妄之禍[20]，聞之太息[21]。今日學使署中，非白手[22]可以出入者，途中無可解贈，……」乃於髻上摘珠花一朵，授生曰：「此物可鬻百金，請緘藏之。」生下拜，欲問官閥[23]，車行甚疾，其去已遠，不解何人。執花懸想，上綴明珠，非凡物也。珍藏而行。至郡，投狀，上下勒索甚苦；出花展視，不忍置去[24]，遂歸。歸而無家，依於兄嫂。幸兄賢，為之經紀，貧不廢讀。

過歲，赴郡應童子試[25]，誤入深山。會清明節，遊人甚眾。有數女騎來，內一女郎，即曩年車中人也。見生停驂[26]，問其所往。生具以對。女驚曰：「君衣頂[27]尚未復耶？」生慘然於衣下出珠花，曰：「不忍棄此，故猶童子也。」女郎暈紅上頰。既，囑坐待路隅，款段[28]而去。久之，一婢馳馬來，以裹物授生，曰：「娘子言：今日學使之門如市，贈白金二百，為進取之資。」生辭曰：「娘子惠我多矣！自分掇芹[29]非難，重金所不敢受。但告以姓名，繪一小像，焚香供之，足矣。」婢不顧，委地下而去。生由此用度頗充，然終不屑夤緣[30]。後入邑庠[31]第一。以金授兄；兄善居積，三年，舊業盡復。適閩中巡撫為生祖門人，優卹甚厚，兄弟稱巨家矣。然生素清鯁[32]，雖屬大僚通家，而未嘗有所干謁[33]。

一日，有客裘馬至門，都無識者。出視，則傅公子也。揖而入，各道間闊。治具相款。客辭以冗，然亦不竟言去。已而肴酒既陳，公子起而請間，相將入內，拜伏於地。生驚問：「何事？」愴然曰：「家君適罹大禍，欲有求於撫臺[34]，非兄不可。」生辭曰：「渠[35]雖世誼，而以私干人，生平所不為也。」公子伏地哀泣。生厲色曰：「小生與公子，一飲之知交耳，何遂以喪節[36]強人！」公子大慚，起而別去。越日，方獨坐，有青衣人入，視之，即山中贈金者。生方驚起，青衣曰：「君忘珠花否？」生曰：「唯唯，不敢忘！」曰：「昨公子，即娘子胞兄也。」生聞之，竊喜，偽曰：「此難相信。若得娘子親見一言，則油鼎可蹈[37]耳；不然，不敢奉命。」青衣出，馳馬而去。更盡復返，扣扉入曰：「娘子來矣！」言未已，女郎慘然入，向壁而哭，不作一語。生拜曰：「小生非卿，無以有今日。但有驅策，敢不惟命！」女曰：「受人求者常驕人，求人者常畏人。中夜奔波，生平何解此苦，祇以畏人故耳，亦復何言！」生慰之曰：「小生所以不遽諾者，恐過此一見為難耳。使卿夙夜蒙露，吾知罪矣！」因挽其袪[38]。隱抑搔之。女怒曰：「子誠敝人[39]也！不念疇昔之義，而欲乘人之厄予過矣！予過矣！」忿然而出，登車欲去。生追出謝過，長跪而要遮之。青衣亦為緩頰。女意稍解，就車中謂生曰：「實告君：妾非人，乃神女也。家君為南嶽都理司[40]，偶失禮於地官[41]，將達帝聽；非本地都人官[42]印信，不可解也。君如不忘舊義，以黃紙一幅，為妾求之。」言已，車發遂去。

生歸，悚懼不已。乃假驅祟，言於巡撫。巡撫謂其事近巫蠱[43]，不許。生以厚金賂其心腹，諾之，而未得其便也。既歸，青衣候門，生具告之，默然遂去，意似怨其不忠。生追送之曰：「歸語娘子：如事不諧，我以身命殉之！」既歸，終夜輾轉，不知計之所出。適院署[44]有寵姬購珠，乃以珠花獻之。姬大悅，竊印為生嵌之。懷歸，青衣適至。笑曰：「幸不辱命。然數年來貧賤乞食所不忍鬻者，今還為主人棄之矣！」因告以情；且曰：「黃金拋置，我都不惜；寄語娘子：珠花須要償也！」逾數日，傳公子登堂申謝，納黃金百兩。生作色曰：「所以然者，為令妹之惠我無私耳；不然，即萬金豈足以易名節哉！」再強之，聲色益厲。公子慚而去，曰：「此事殊未了！」翼日，青衣奉女郎命，進明珠百顆，曰：「此足以償珠花否耶？」生曰：「重花者，非貴珠也。設當日贈我萬鎰之寶[45]，直須賣作富家翁耳，什襲[46]而甘貧賤，何為乎？娘子神人，小生何敢他望，幸得報洪恩於萬一，死無憾矣！」青衣置珠案間，生朝拜而後卻之。越數日，公子又至。生命治肴酒。公子使從人入廚下，自行烹調，相對縱飲，歡若一家。有客餽苦糯[47]，公子飲而美之，引盡百琖[48]，面頰微頳[49]。乃謂生曰：「君貞介[50]士，愚兄弟不能早知君，有愧裙釵多矣。家君感大德，無以相報，欲以妹子附為婚姻，恐以幽明見嫌也。」生喜懼非常，不知所對。公子辭而出，曰：「明夜七月初九，新月鉤辰[51]，天孫[52]有少女下嫁，吉期也，可備青廬[53]。」次夕，果送女郎至，一切無異常人。三日後，女自兄嫂以及婢僕，大小皆有餽賞。又最賢，事嫂如姑。數年不育，勸納副室[54]，生不肯。適兄賈於江淮[55]，為買少姬而歸。

姬，顧姓，小字博士，貌亦清婉，夫婦皆喜。見髻上插珠花，甚似當年故物；摘視，果然。

異而詰之。答云：「昔有巡撫愛妾死，其婢盜出鬻於市，先人廉其直56，買而歸。妾愛之。先人無子，生妾一人，故所求無不得。後父死家落，妾寄養於顧媼之家；顧，妾姨行，見珠，屢欲售去，妾投井覓死，故至今猶存也。」夫婦歎曰：「十年之物，復歸故主，豈非數哉！」女另出珠花一朵，曰：「此物久無偶矣！」因並賜之，親為簪於髻上。姬退，問女郎家世甚悉，家人皆諱言之。陰語生曰：「妾視娘子，非人間人也；其眉目間有神氣。昨簪花時，得近視，其美麗出於肌裡，非若凡人以黑白位置中見長耳。」生笑之。姬曰：「君勿言，妾將試之：如其神，但有所須，無人處焚香以求，彼當自知。」女郎繡襪精工，博士愛之，而未敢言，乃即閨中焚香祝之。女早起，忽檢篋57中，出襪，遣婢贈博士。生見之而笑。女問故，以實告。女曰：「黠哉婢乎！」因其慧，益憐愛之；然博士益恭，昧爽58時，必熏沐以朝。後博士一舉兩男，兩人分字59之。生年八十，女貌猶如處子。生抱病，女鳩匠60為材，令寬大倍於尋常。既死，女不哭；男女他適，則女已入材中死矣。因並葬之。至今傳為「大材家」云。◆

異史氏曰：「女則神矣，博士而能知之，是遵何術歟？乃知人之慧固有靈於神者矣！」

◆**何守奇評點：**女既神矣，烏得又死乎？

神女既然是神仙，為何又會死了？

1閩：福建省的簡稱。
2市廛：街市店鋪。廛，讀作「禪」，店鋪。
3剌：拜帖。古代在竹簡上刻上姓名作為拜見的名帖。
4貴倨：高傲。
5貴胄：官宦人家的子弟，貴族的後代。
6枉：屈尊拜訪。
7釂：讀作「叫」，一飲而盡，俗稱「乾杯」。
8憊：疲憊。
9踼地：跌倒在地。踼，讀作「蕩」。
10墀：讀作「持」，臺階上的平地。
11執名：指名。
12申證：明確的證據。
13頌繫：關押入獄，但給予寬容處理，不施加刑具。
14直指巡方：直指，漢代官名。朝廷直接派往地方考察吏治、司法等問題的官員。明清時多由御史充任，稱巡按御史。巡方，到地方考察。
15革褫：卸去秀才所穿戴的帽子和衣服。古時以秀才所穿戴的冠服表示其身分，此舉即為革除秀才的功名。褫：讀作「尺」。
16辨復：革除功名的生員，經查明後證實無罪，恢復生員資格。
17青衣：指婢女，古時婢女穿青色衣服。
18貧窶：貧窮。窶，讀作「巨」。
19搴：讀作「千」，掀起，揭開。
20無妄之禍：即無妄之災，意外發生的災禍。
21太息：歎息。
22白手：空手。
23官閥：官階爵位和門第。

24置去：賣掉。
25赴郡應童子試：前往郡城參加童生入學的考試。此指米生放棄辨復，重新報考秀才。
26停驂：此處指停馬。驂，讀作「餐」，駕車時在兩側的馬。
27衣頂：即衣巾，借指生員資格、身分。
28款段：馬行走很慢的樣子。
29掇芹：指考取秀才。典出《詩．魯頌．泮水》：「思樂泮水，薄采其芹。」又稱入泮或游泮。泮，讀作「盼」。
30夤緣：攀附權貴，謀求官職。夤，讀作「銀」。
31邑庠：古代推行科舉制度時，對縣學的稱呼。庠，讀作「翔」。
32清鯁：清高梗直，不隨波逐流。
33干謁：有所請託而前往拜見。
34撫臺：對巡撫的尊稱。
35渠：他，指第三人稱。
36喪節：敗壞節操。
37油鼎可蹈：意謂甘願赴湯蹈火，比喻不惜犧牲性命。
38袪：讀作「區」，袖子。
39敝人：德行淺薄，品行不端的人。
40南嶽都理司：南嶽，指衡山。都理司，可能是指南嶽嶽神「司天王」的屬官。
41地官：道教天、地、水三官其中的地官。相傳天官賜福，地官赦罪，水官解厄。
42本地都人官：此指本地巡撫。
43巫蠱：古代巫師用以害人的妖邪法術。
44院署：指巡撫衙門。
45萬鎰之寶：價值連城的寶物。鎰，讀作「益」，古代的重量單位。

46什襲：珍藏。
47苦糯：一種米酒名。
48琖：讀作「展」，玉製的酒杯。
49頳：讀作「稱」，同今「赬」字，是赬的異體字。淺紅色。
50貞介：剛正耿直。
51新月鉤辰：比喻期盼已久的事情終於出現，大多指有情的男女終於能結為夫婦。
52天孫：即織女。神話中織女是天帝的孫女。

53青廬：古代舉行婚禮的地方。此處指新房、洞房。
54副室：小妾。
55江淮：江蘇、安徽一帶。
56直：通「值」，價值。此指價錢便宜實惠。
57篋：讀作「竊」，置物箱。
58昧爽：清晨天色尚暗未明。
59字：養育。
60鳩匠：招集工匠。

白話翻譯

有一個姓米的秀才，是福建人，轉述的人忘了他的姓名、籍貫。有一次，他到縣城，喝醉經過市集，聽到一座高門大戶傳出鼓樂喧天之聲，向附近的居民打聽，才知這家主人在辦壽筵。這戶人家門前卻無車馬賓客，靜悄悄的，米生聽了一會兒，鼓樂聲十分吵鬧。他喝醉了酒意亂神迷，聽了這音樂覺得很歡喜，也不管這家主人是誰，就到街市上買了賀禮，遞上名帖想要拜見。有人見他衣衫襤褸，就問：「你和這家主人有什麼關係？」他回答：「沒有關係。」又有人說：「這家主人是外地搬來的，僑居此地，不知擔任什麼官職，看上去有權有勢又高傲，既然你非他的親友，那麼你所求爲何？」米生有些後悔，但是帖子已經遞進去，無法收回。

不久，有兩名年輕人出來迎接客人，他們所穿的服飾華貴斑斕，生得又是儀表堂堂。兩人邀請米生入內，一進大廳，見到一個老翁坐在主座，東西各擺了數個席位。筵席上有六、七個客人，都是像貴族一般身分顯要的模樣。他們見到米生，紛紛都起身施禮，老翁也拄杖站了起來。米生站著等了一會兒，老翁始終沒離開席位，因此米生找不到機會向他施禮。兩名年輕人說：「家父年邁，行走答拜都很困難，我們兄弟代他感謝閣下駕臨。」米生道了聲謝，只好作罷。於是又增設一席，席位設在老翁隔壁。不久，音樂奏響，歌妓翩然起舞。座席後方還有扇琉璃屏風，用來遮擋女眷。接著，鼓樂聲大作，十分吵雜，席中賓客難以相互交談。

筵席將要結束，兩個年輕人站起來，拿起大酒杯向席中賓客勸酒。這一杯可以抵上三斗，米生面有難色，不過客人都接下酒杯，他也只能接下。不一會兒，環顧四周，賓主都飲盡了這一大杯酒，米生只好勉爲其難飲下。年輕人又斟滿酒杯，米生只覺頭暈目眩很難受，便起身告退。年輕人拉著他的衣服挽留他，米生最後醉倒地上，忽然有人用冷水澆他的臉，米生恍惚間清醒過來。起身一看，賓客都散去了，只有年輕人拉著他的手臂送他回家，接著告辭回去了。

後來，米生又經過這座宅院，這戶人家卻已經搬走。米生從縣城回來，偶然到市集上，看見有個人從酒鋪中走出來，約他一起喝酒。米生不認識他，跟著進去，看見酒鋪裡有個同村的鮑莊也在，他就問鮑莊請他喝酒的人是誰？然而只知道此人姓諸，以磨鏡子爲業。米生問：「你是怎麼認識我的？」諸某說：「前日有戶人家辦壽宴，你和他熟悉嗎？」米生說：「不熟悉。」諸某說：「那家人我很熟，老翁姓傅，不知是哪個地方的官員。老翁祝壽時，我也在那裡，所以見過你。」直到天黑了，三人才離開。當晚鮑莊在返家路上意外死亡。鮑父不認識諸某，指名控告是米生蓄意謀害。仵作檢驗鮑莊屍體，發現身上有致命創傷，米生被控謀殺，受到嚴刑拷打。然因爲沒有抓到諸某，鮑莊又死無對證，米生於是被收押在獄。

一年多後，朝廷御史至地方巡查，巡撫知道米生是被冤枉的，便將他釋放。米生家中田產卻因打官司而耗盡，功名也被褫奪。他想恢復秀才身分，打點行裝到縣城去。眼看天快黑了，他趕路趕得疲倦，便在路旁休息，遠遠望見一輛小車行駛過來，兩個丫鬟跟隨。車子駛過去，車中人忽說要停車，不知又說了什麼話，不久，一個丫鬟便來問：「公子可是姓米？」米生驚訝起身道：「正是。」丫鬟又問：「你怎麼落魄如斯？」米生將事情經過說了一回，丫鬟又問：「你要去哪裡？」米生如實以告。丫鬟向車中人回稟，不久折回來，請米生到車前。

車中人掀開車簾，米生偷眼一看，是位絕代佳人。美人對米生說：「公子遭到無妄之災，聽了令人嘆息。現在學使官署中，想要出入需要送些錢財禮物打點。不過我身上沒有帶什麼錢財……」她說著，從頭髮上摘下一朵珠花，交給米生道：「此物價值不斐，請你收下。」米生下拜，想向她問個仔細，車子卻立刻走了。米生始終不知女子是什麼人，只拿著珠花想入非非，見到上面綴著明珠，不是一般飾品，於是將它妥貼收好然後上路。到了縣城，他投遞了狀子，官府索賄甚鉅，米生拿出珠花賞玩，不忍心賣掉，只好垂頭喪氣踏上歸途。回去後卻無家可歸，依靠兄嫂過活，幸虧兄長賢德，替他打點生活所需，雖然貧窮卻未荒廢學業。

神女
襆陋衣冠骯介身車中
慰贈亦前因為卿夙夜
蒙霜露不惜珠
花持與人

一年後，米生到郡縣參加童子試，不小心迷路到深山之中。這天正好是清明節，上山的人很多。有幾位女子騎馬而來，其中有一個女子，就是前年贈送珠花的人。見了他停下馬，問他上哪去。米生把詳情相告，女子吃驚地說：「先生還未恢復秀才身分嗎？」米生頹喪地從懷裡取出珠花，說：「不忍心賣掉，所以還是個童生。」女郎頓時兩頰染上紅暈，接著囑咐他坐在路旁稍候，緩緩騎馬而去。過了許久，見一個婢女騎馬飛馳前來，拿出一個包裹交給他說：「我家娘子說，現在提督學政門前就像商鋪一樣。贈你二百兩白銀，作爲進取的費用。」米生辭謝道：「姑娘助我良多，我自認能再考上秀才，這筆錢的金額太大，在下不敢接受。若能見告姑娘姓名，我畫一幅小像，回去燒香膜拜就可以了。」婢女不管米生的推託之辭，丟下包裹就走。米生從此生活寬裕，卻始終不屑攀權附貴晉身仕途，後來他以榜首入了縣學，把剩下的錢交給兄長。兄長善於理財，三年後，米家完全恢復昔日家境。閩中巡撫又恰好是米生祖父輩的門生，對米生頗爲照顧，兄弟都成巨富。米生向來性格剛正耿直，雖是大官世交，但從未前去拜見。

有一天，一個客人騎馬上門，大家都不認識。米生出門一看，認出是傅公子，趕忙請他入內，各自敘述別後離情。米生設宴款待傅公子，傅公子推辭說不得空，卻也不起身辭別。酒菜端上來，傅公子起身請米生單獨談話，兩人進入內室，忽見傅公子跪到地上，米生驚訝地問：「出了什麼事？」傅公子神色悲慘地說：「家父不幸遭遇橫禍，想求巡撫大人幫忙，卻苦無人可以引見，唯有兄臺能幫我。」米生推辭道：「我們家與巡撫雖是世交，可是爲了私情而求助他人，我一向不屑爲之。」傅公子跪在地上哀求哭泣，米生嚴肅地說：「我雖與公子相識，也不過只一頓飯的交情而已，你怎能強迫別人做這種有損德行操守的事呢！」傅公子聽了很羞愧，起身告辭離去。過了一天，米生正獨自坐著，見到一個僕人進來。抬頭一看，是山中贈金的婢女。米生吃驚地站起來，婢女說：「公子忘了我家娘子相贈的珠花嗎？」米生說：「當然不，我哪裡敢忘！」婢女說：「昨日上門求助的傅公子，就是我家娘子的兄長。」米生一聽，暗中高興，裝模作樣說：「這眞是令人難以相信。若能見上娘子一面，她親口請我相助，即便是上刀山下油鍋，我也在所不辭。否則，恕在下不能從命。」婢女於是出門，騎馬離去了。

一更將盡，婢女折返，敲門進來說：「我家娘子來了。」話音未落，女子面色慘淡地進來，卻對著牆壁流淚，默不吭聲。米生朝她拜謝說：「如果不是您當初相助，我豈有今日。但有所求，在下不敢不從命。」女子說：「受人委託的人，常常傲氣以對，盛氣凌人，求人的也生怕被人拒絕。半夜奔波至此，我從小到大哪裡受過這樣的苦，只因爲有求於人，夫復何言。」米生好言勸慰，說：「小生沒有立刻答應，是怕錯過了這次機會，想再見娘子一面就難上加難。讓娘子半夜奔波，是我的過錯。」於是，他拉著她的袖子，偷偷摸她的手。女子登時大怒，說：「你眞是個小人！不但不念過往情義，還乘人之危，我眞是自取其辱！」她憤然走出門，登車要離去。米生追出來道歉，長跪著攔下車子，婢女也爲他求情，女子才稍稍緩解怒氣，在車中對米生說：「實言相告，我不是凡人，而是神女。家父官居南嶽都理司，偶然得罪了地官，將要被控告至玉帝處，如果不是本地人官的印信，無法解救。你若是還念著過往恩義，就用黃紙一張，幫我求取。」說完便坐車離開了。

米生進屋後，驚懼不已。於是假借驅邪，到巡撫衙門借印信。巡撫認爲事情迷信荒唐，不肯答應。米生用重金賄賂巡撫的心腹，終於得到一諾，卻苦無機會取得印信。回家後，婢女已在門口等候，米生把詳情相告，婢女默默離去，像似怪他不肯盡力。米生追出去送行，又說：「煩請回稟娘子，若是事情辦不成，我願以命相抵。」進屋後，卻整夜輾轉難眠，想不出好的計策。恰好巡撫有個寵姬要買珠子，米生就把珠花獻上，寵姬很高興，偷來大印替他蓋上。米生把黃紙放入懷中，急忙趕回，婢女正好來到。他笑說：「幸虧不辱使命，我多年來儘管飢寒交迫也捨不得賣掉的珠花，今天終是爲了你家娘子而捨棄了！」他把詳情告訴婢女，並說：「拋棄千金，我尙且不惜。請回去稟報娘子，珠花要償還於我。」

數日後，傅公子親自上門道謝，贈米生黃金百兩。米生大怒道：「我所以厚顏無恥去操辦此事，是承蒙令妹無私相助，否則，即使是萬兩黃金，也不能相抵我敗壞的操守！」傅公子再三強要他收下，米生更加嚴厲斥責。傅公子最終慚愧離去，臨走時說：「這件事情還沒結束。」第二天，婢女奉女子之命，送來一百顆明珠。婢女說：「這些總能抵償那支珠花了吧？」米生說：「我之所以把珠花看得那麼重，不是因爲珠花的價值。假設以前送我的是無價之寶，那我直接典當當個富翁就行。我將珠花收藏起來，甘願貧窮度日，這是爲了什麼呢？娘子貴爲神女，小生豈敢奢望，她若是能稍微回報我的大恩，那麼即便我死了也心甘情願。」婢女把明珠放在桌上，米生拜謝後依舊婉拒。

過了幾天，傅公子又來，米生準備酒菜款待他，傅公子命帶來的僕人親自下廚，到廚房做了飯菜羹湯。兩人面對面盡情暢飲，宛如一家人。有人送來米酒，公子喝了讚賞不已。喝了一百杯，面頰微紅，對米生說：「你是個耿直的人，愚兄不能早點了解你的爲人，眞是不如舍妹。家父爲了感激你的大恩大德，不知該如何報答，想把舍妹託付予你結爲夫妻，又怕你因爲神凡有別而見棄。」米生心中很高興，不知怎麼回答。傅公子告辭出門說：「明晚七月初九，新月鉤辰，是織女下嫁的好日子，你可以準備迎娶洞房。」第二天晚上，果然把神女送來了，他們過著像普通人一樣的夫妻生活。三天後，神女給家中人們送了禮物，從兄嫂到婢女奴僕，家中老幼皆不落下，並且非常賢慧孝順，對待兄嫂就像侍奉公婆般。然而，神女與米生成親幾年，仍然膝下無子，她就勸米生納妾，米生不肯。正好兄長在江淮經商，爲他買了一個小妾回來。

小妾姓顧，小字博士，長得清婉秀麗。米生夫婦都很喜歡她，見她髮髻上插著一朵珠花，很像當年神女相贈米生的那一朵。摘下一看，果然是同物。米生就問小妾這珠花是怎麼得來的，小妾回答：「先前一個巡撫的愛妾死了，她的婢女把珠花偷出來，拿到市集上賣，家父因爲價錢便宜，將珠花買下，我很喜歡，就一直戴著。家父膝下無子，只有我一個女兒，所以只要是我想要的，家父都會設法滿足我。後來家父死了，家道中落，我寄養在姓顧的婆婆家。

顧氏是我的阿姨，她瞧見珠花，一直想要賣掉，我不肯答應遂投井自殺，這珠花才得以保全至今。」米生夫妻感歎說：「十年前的舊物，如今又回到我們家，這難道不是天意嗎？」神女又拿出一朵珠花，說：「這珠花本是一對，只是失散很久了。」於是把珠花一併賜給小妾，並親自爲她插上。小妾不斷追問神女來歷，米生的家人都絕口不提。小妾便偷偷對米生說：「我看夫人不像凡人，她的眉宇間有神的氣韻，昨天替我戴珠花時，靠近細瞧，神韻更是從肌膚裡透出來的，不像凡人只是五官和皮膚長得漂亮而已。」米生微笑不語。小妾又說：「你不要聲張，我來試一試，如果她是神仙，只要有人焚香祝禱，她就能夠感應得到。」

神女繡襪精巧，小妾很喜歡，不敢當面明言。便在閨房中焚香祈禱。神女早上起來，忽然到櫃子裡找出一雙襪子，讓婢女送給顧姬。米生見了微笑，神女問他爲何笑，米生把事情告訴她。神女說：「這丫頭眞是慧黠。」正因小妾聰慧，神女更加愛憐她，小妾侍奉神女也更加謙恭。天快亮時，小妾必定焚香沐浴過才來請安問好。後來小妾生了一對雙胞胎，分別由神女和小妾撫養。米生後來已八十歲高齡，神女仍貌如少女。米生病危，神女爲他準備棺材，做得比平常要寬大一倍。米生死了，神女沒有哭泣，家人剛離開，她已踏進棺材中死去，就與米生一同下葬。至今還有大材墳的傳說。

記下奇聞異事的作者如是說：「神女是神，小妾卻能猜到，究竟如何做到？由此可知人的聰慧有時更甚於神仙。」

湘裙

晏仲，陝西延安[1]人。與兄伯同居，友愛敦篤[2]。伯三十而卒，無嗣；妻亦繼亡。仲痛悼之，每思生二子，則以一子為兄後。甫舉一男，而仲妻又死。仲恐繼室不卹其子，將購一妾。鄰村有貨婢者，仲往相之，略不稱意，情緒無聊，被友人留酌，醺醉而歸。途中遇故窗友梁生，握手殷殷，邀過其家。醉中忘其已死，從之而去。入其門，並非舊第，疑而問之。曰：「新移此耳。」入而謀酒，則家釀已竭，囑仲坐待，挈[3]瓶往沽。仲出立門外以俟之。見一婦人控驢而過，有童子隨之，年可八九歲，面目神色，絕類其兄。心惻然動，急委綴之。便問童子何姓。答言：「姓晏。」仲益驚，又問：「汝父何名。」答言：「不知。」言次，已至其門，婦人下驢入。仲執童子曰：「汝父在家否？」童諾而入。頃之，一媼出窺，真其嫂也。訝叔何來。仲大悲，隨之而入。見廬落亦復整頓。因問：「兄何在？」曰：「責負[4]未歸。」問：「跨驢者何人？」曰：「此汝兄妾甘氏，生兩男矣。長阿大，赴市未返；汝所見者阿小。」坐久，酒漸解，始悟所見皆鬼。以兄弟情切，即亦不懼。嫂溫酒治具。仲急欲見兄，促阿小覓之。良久，哭而歸曰：「李家負欠不還，反與父鬧。」仲聞之，與阿小奔去。見有兩人方捽[5]兄地上。仲怒，奮拳直入，當者盡踣[6]。急救兄起，敵已俱奔。追捉一人，捶楚無算，始起。執兄手，頓足哀泣；兄亦泣。既歸，舉家慰問，乃具酒食，兄弟相慶。居無何，一少年入，年約十六七。伯呼阿大，令拜叔。仲挽之，哭向兄曰：

「大哥地下有兩男子，而墳墓不掃；弟又子少而鰥[7]，奈何？」伯亦悽惻。嫂謂伯曰：「遣阿小從叔去，亦得。」阿小聞言，依叔肘下，眷戀不去。仲撫之，倍益酸辛。問：「汝樂從否？」答云：「樂從。」仲念鬼雖非人，慰情亦勝無也，因為解顏。伯曰：「從去，但勿嬌慣，宜啖以血肉，驅向日中曝之，午過乃已。六七歲兒，歷春及夏，骨肉更生，可以娶妻育子；但恐不壽耳。」言間，門外有少女窺聽，意致溫婉。仲疑為兄女，便以問兄。兄曰：「此名湘裙，吾妾妹也。孤而無歸，寄養十年矣。」問：「已字否？」伯云：「尚未。近有媒議東村田家。」女在窗外小語曰：「我不嫁田家牧牛子。」仲頗有動於中，而未便明言。既而伯起，設榻於齋，止弟宿。仲雅不欲留，而意戀湘裙，將設法以窺兄意，遂別兄就榻。

時方初春，氣候猶寒，齋中夙無煙火，森然起粟。對燭冷坐，思得小飲。俄而阿小推扉入，以杯羹斗酒置案上。仲喜極，問誰之為。答云：「湘姨。」酒將盡，又以灰覆盆火，擲床下。仲問：「爹娘寢乎？」曰：「睡已久矣。」「汝寢何所？」曰：「與湘姨共榻耳。」阿小俟叔眠，乃掩門去。仲念湘裙惠[8]而解意，益愛慕之；又以其能撫阿小，欲得之心益堅。輾轉床頭，終夜不寐。早起，告兄曰：「弟子然無偶，煩大哥留意也。」伯曰：「吾家非一瓢一擔[9]者，物色當自有人。地下即有佳麗，恐於弟無所利益。」仲曰：「古人亦有鬼妻，何害？」伯似會意，便言：「湘裙亦佳。但以巨針刺人迎[10]，血出不止者，便可為生人妻，何得草草。」仲曰：「得湘裙撫阿小，亦得。」伯但搖首。仲求之不已。嫂曰：「試捉湘裙強刺驗之，不可乃已。」遂握針出。門外遇湘裙，急捉其腕，則血痕猶溼，蓋聞伯言時，早自試之矣。嫂釋手而笑，反告伯曰：「渠[11]作有意喬才[12]久矣，尚為之代慮耶？」妾聞之怒，趨近湘裙，以指刺眶[13]而罵曰：「淫婢不羞！欲從阿叔奔[14]走耶？我定不如其願！」湘裙愧憤，哭欲覓死，舉家騰沸。仲乃大慚，別兄嫂，率阿小而出。兄曰：「弟姑去；阿小勿使復來，恐損其生氣也。」仲諾之。既歸，偽增其年，託言兄賣婢之遺腹子。眾以其貌酷類，亦信為伯遺體[15]。仲教之讀，輒遣抱一卷就日中誦之。初以為苦，久而漸安。六月中，几案灼人，而兒戲且讀，殊無少怨。兒甚惠，日盡半卷，夜與叔抵足，恆背誦之。仲甚慰。又以不忘湘裙，故不復作「燕樓」[16]想矣。

一日，雙媒來為阿小議婚，中饋[17]無人，心甚躁急。忽甘嫂自外入曰：「阿叔勿怪，吾送湘裙至矣。緣婢子不識羞，我故挫辱之。叔如此表表，而不相從，更欲從何人者？」見湘裙立其後，心甚歡悅。肅嫂坐；具述有客在堂，乃趨出。少間復入，則甘氏已去。湘裙卸妝入廚下，刀砧盈耳矣。俄而肴胾[18]羅列，烹飪得宜。客去，仲入，見湘裙凝妝坐室中，遂與交拜成禮。至晚，女仍欲與阿小共宿。仲曰：「我欲以陽氣溫之，不可離也。」因置女別室，惟晚間杯酒一往歡會而已。湘裙撫前子如己出，仲益賢之。一夕，夫妻款洽，仲戲問：「陰世有佳人否？」女思良久，答曰：「未見。惟鄰女葳靈仙，群以為美；顧貌亦猶人，要善修飾耳。與妾往還最久，心中竊鄙其蕩也。如欲見之，頃刻可致。但此等人，未可招惹。」仲急欲一見。女把筆似欲作書，既而擲管曰：「不可，不可！」強之再四，乃曰：「勿為所惑。」仲諾之。遂裂紙作數畫若符，於門外焚之。少時，簾動鉤鳴，吃吃作笑聲。女起曳入，高髻雲翹[19]，殆類畫圖。扶坐床頭，酌酒相敘間闊。初見仲，猶以紅袖掩口，不甚縱談；數琖[20]後，嬉狎無忌，漸伸一足壓仲衣。仲心迷亂，不知魂之所舍。目前唯礙湘裙；湘裙又故防之，頃刻不離於側。葳靈仙忽起，搴簾而出；湘裙從之，仲亦從之。葳靈仙握仲，趨入他室。湘裙甚恨，而無可如何，憤然歸室，聽其所為而已。既而仲入，湘裙責之曰：「不聽我言，後恐卻之不得耳。」仲疑其妒，不樂而散。次夕，葳靈仙不召自來。湘裙甚厭見之，傲不為禮；仙竟與仲相將而去。如此數夕。女望其來，則詬辱之，而亦不能卻也。月餘，仲病不起，始大悔，喚湘裙與共寢處，冀可避之；晝夜防稍懈，則人鬼已在陽臺[21]。湘裙操杖逐之，鬼忿與爭，湘裙荏弱[22]，手足皆為所傷。仲寖以沉困[23]。湘裙泣曰：「吾何以見吾姊乎！」又數日，仲冥然遂死。初見二隸執牒[24]入，不覺從去。至途患無資斧，邀隸便道過兄所。兄見之，驚駭失色，問：「弟近何作？」仲曰：「無他，但有鬼病耳。」實告之。兄曰：「是矣。」乃出白金一裹，謂隸曰：「姑笑納之。吾弟罪不應死，請釋歸，我使豚子[25]從去，或無不諧。」便喚阿大陪隸飲。反身入家，遍告以故。乃令甘氏隔壁喚葳靈仙。俄至，見仲欲遁。伯揪返罵曰：「淫婢！生為蕩婦，死為賤鬼，不齒群眾久矣；又祟吾弟耶！」立批之，雲鬢蓬飛，妖容頓減。久之，一嫗來，伏地哀懇。伯又責嫗縱女宣淫[26]，詬詈[27]移時，始令與女俱去。伯乃送仲出，飄忽間已抵家門，直抵臥室，豁然若寤，始知適間之已死也。伯責湘裙曰：「我與若姊，謂汝賢能，故使從吾弟；反欲促吾弟死耶！設非名分之嫌[28]，便當撻楚！」湘裙慚懼啜泣，望伯伏謝。伯顧阿小喜曰：「兒居然生人矣！」湘裙欲出作黍，伯辭曰：「弟事未辦，我不遑暇。」阿小年十三，漸知戀父；見父出，零涕從之。父曰：「從叔最樂，我行復來耳。」轉身遂逝，自此不復通聞問矣。後阿小娶婦，生一子，亦年三十而卒。仲撫其孤，如姪生時。仲年八十，其子二十餘矣，乃析㉙之。湘裙無所出。一日，謂仲曰：「我先驅狐狸於地下㉚可乎？」盛妝上床而歿。仲亦不哀，半年亦歿。

異史氏曰：「天下之友愛如仲，幾人哉！宜其不死而益之以年也。陽絕陰嗣㉛，此皆不忍死兄之誠心所格；在人無此理，在天寧有此數乎？地下生子，願承前業者，想亦不少；恐承絕產㉜之賢兄賢弟，不肯收恤耳！」◆

◆**何守奇評點：**葳靈仙一招，未免多事。

招來葳靈仙，是自找麻煩。

1 延安：清代府名，今陝西省延安市。
2 敦篤：敦厚誠懇。
3 挈：讀作「竊」，提、舉。
4 責負：討債。責，索取；負，虧欠。
5 捽：讀作「足」，抓起來。
6 踣：讀作「博」，跌倒。
7 鰥：讀作「關」，妻子過世或年老無妻之人。
8 惠：通「慧」，聰明。
9 一瓢一擔：食具只有一瓢，家當僅有一擔。指家境非常貧窮。
10 人迎：中醫用語，切脈部位，位於左手寸口，手掌後手腕約一指的位置。中醫把脈習慣用三指，分別案在寸、關、尺三部位，寸為其中之一。
11 渠：他，指第三人稱。
12 喬才：狡獪、品性惡劣的人。此指裝模作樣。
13 眶：眼眶。此指眉心。
14 奔：私奔。私自離家出走與人結合，並非經過正式嫁娶禮俗而成婚。
15 遺體：古代認為自己是父母所遺留下來的身體，故稱之為遺體。出自《禮記．祭義》：「身也者，父母之遺體也。」此處借指兒女。
16 燕樓：即燕子樓。唐代德宗貞元年間（西元七八五年～西元八〇四年），張建封鎮徐州（今江蘇省徐州市），為家妓關盼盼在此蓋了一棟樓房。事見白居易《〈燕子樓詩三首〉序》。此處意謂不再作娶妾之想。
17 中饋：婦女在家中職司飲食之事。此指妻室。
18 胾：讀作「自」，切成大塊的肉。
19 雲翹：婦女所用的雲形髮式。
20 琖：讀作「展」，玉製的酒杯。
21 陽臺：指男女交歡之處所。
22 荏弱：柔弱無力。荏，讀作「忍」。
23 寖以沉困：病情愈漸嚴重。寖，讀作「浸」，逐漸。
24 執牒：手持公文。牒，讀作「蝶」，官府發布的公文或證明文書。
25 豚子：對自己兒子的自謙之詞。
26 宣淫：公然行淫亂之事。
27 詈：讀作「立」，責罵。
28 名分之嫌：依照古代封建禮制，大伯不得過問弟媳的事情。

29析：分家。

30先驅狐狸於地下：比人先死的委婉說法。狐狸常居荒墳之中，故以驅狐狸於地下借指死亡。

31陽絕陰嗣：指在陽間絕後而在陰間延綿子嗣。

32絕產：遺產。

白話翻譯

晏仲是陝西延安人，與兄長晏伯同住，兩人兄友弟恭。晏伯三十歲時過世，無子嗣，妻子不久也死了。晏仲悼念兄嫂，經常想若能生兩個兒子，就過繼一個在兄長名下。他剛得一子，妻子不久卻死了。晏仲擔心繼室不能盡心照顧非己所出之子，便想買一個侍妾。

他聽說鄰村在販賣婢女，於是前往觀看，然而沒有合他心意的，心情沮喪，正好偶遇友人相邀喝酒，喝得酩酊大醉地回家。途中遇到先前的同窗梁生，兩人熱情握手，梁生邀請晏仲到他家作客。晏仲醉眼迷茫，忘了梁生已經辭世，就隨他過去。一進梁生家門，晏仲就發現他原先並非住在此處，感到詫異，詢問其中緣由。梁生答：「我剛搬到這裡來。」進屋後，梁生便去找酒，但是家中的酒已經喝完了，就囑咐晏仲坐著稍待，他拿著瓶子去買酒。

晏仲走到屋外，站在門邊等候，看見一位婦人騎驢從他面前經過，後面跟著一個小孩。小孩大約八、九歲，面貌神情極像晏伯，他心中惻然，急忙尾隨在後，問小孩姓什麼，小孩答：「姓晏。」晏仲感到詫異，又問：「你父親姓什名誰？」小孩答：「不知道。」兩人談話之際，已經走到小孩家門口。婦人從驢子上下來走進屋去。晏仲牽著小孩的手問：「你父親在家嗎？」小孩進屋去瞧瞧。不久，一個婦人出來觀看，晏仲認出她是大嫂。大嫂也驚訝地問小叔怎會來此。晏仲心中悲傷，隨大嫂進屋。院落已打掃妥當，便問：「兄長在何處？」大嫂答：「出門討債未歸。」他又問：「騎驢的婦人是誰？」嫂子答：「是你兄長的妾甘氏，已經生了兩個男孩。年長的叫阿大，去市集上還沒回來，你見到的是弟弟阿小。」

晏仲稍坐片刻，酒意消散神智逐漸清醒，意識到所見之人都是鬼魂。然而兄弟倆感情深厚，他的心中並不懼怕。大嫂溫好酒，擺上吃食，晏仲心急想見兄長，就催阿小出去找。許久，阿小哭著跑回來說：「李家欠債不還，反而和爹爹爭吵起來。」晏仲一聽，立刻和阿小趕過去，只見兩個人正把晏伯推倒在地。晏仲勃然大怒，掄起拳頭衝上去，和他交手的人都敗在他的拳頭下。晏仲救下了晏伯，將他扶起來，李家人四散竄逃，晏仲氣仍未消，上前抓住一個人痛打一頓。打完後，晏仲拉著兄長的手傷心痛哭，晏伯也因此流下淚來。

他們回到家中，全家人都上前慰問，命人備妥酒菜，兄弟倆把酒言歡。不久，有個年輕人走進屋，年約十六、七歲。晏伯叫他阿大，讓他拜見小叔。晏仲扶起阿大，哭著對兄長說：「兄長在九泉之下育有二子，陽世的墳墓卻荒廢了；我的孩子還年幼，且又是孤家寡人一個，這該如何是好？」晏伯聽了，不禁悲從中來。大嫂對丈夫說：「不如讓阿小跟小叔回去。」阿小聽了，依靠在小叔手肘下，依依不捨的樣子。晏仲撫摸著阿小，心中倍感辛酸，問：「你願意跟我回去嗎？」阿小答：「願意。」晏仲心想阿小雖然是鬼，畢竟也是兄長的兒子，思及此，心情也就開朗起來。晏伯說：「阿小可以跟小叔回去，但不可驕縱他，要讓他吃些葷腥，且讓他在正午下曬太陽，午時過了才能停止，他現在六、七歲，過了春、夏兩季，可以重生骨肉，日後亦可娶妻生子，只是壽命不長就是。」正在談話間，門外有個少女在偷聽，她看上去溫婉賢淑，晏仲猜想她是兄長之女，就向兄長詢問。

晏伯說：「她叫湘裙，是小妾的妹妹。孤身一人，無家可歸，寄養在此有十年了。」晏仲問：「她可有訂親？」晏伯答：「未曾。最近與媒婆商量，要把她許配給東村的田家。」少女小聲地說：「我才不嫁田家那個放牛戶。」晏仲聽了，對她有些心動，卻不好意思開口。不久，晏伯起身，在書房中鋪好被鋪，留晏仲住宿。晏仲想要告辭，心中卻捨不得湘裙，想打探兄長的想法，就向兄長道晚安，上床睡覺去了。

此時正是初春，春寒料峭，書齋沒有炭火，晏仲冷得發抖，皮膚冒起雞皮疙瘩。他對著燭火孤身坐著，想喝點酒。不久，阿小推門進來，把酒杯等物放在桌上。晏仲高興極了，問：「這是誰準備的？」阿小答：「是湘姨。」酒快喝完，阿小又將炭灰蓋到火盆上，放在床底下。晏仲問他：「你爹娘睡了嗎？」阿小說：「已經睡下了。」晏仲又問：「你睡在何處呢？」阿小答：「我和湘姨一起睡。」阿小等晏仲上床後，才關門離去。晏仲心想，湘裙不僅賢慧，而且善解人意，心中更爲傾慕；又覺得她還能照顧阿小，更堅定了迎娶她的想法。他在

湘裙
弟兄握手聚泉臺斗
酒盃羹致饋來私識
血痕留玉腕早知有
意向蔦才

床上翻來覆去，一整夜沒闔眼。

翌日一早，晏仲對兄長說：「小弟孤身一人，沒有妻子，還請兄長爲我物色一二。」晏伯說：「我們非是貧窮人家，你若有心要找，不愁沒合適的。陰間就算有美女，恐怕對弟弟也不好。」晏仲說：「古人也有鬼妻，有什麼不好呢？」晏伯似乎明白弟弟心意，說：「湘裙也是個好姑娘，只要用一根大針刺她人迎，假若流血不止，才能與陽世之人婚配，此事怎能草率決定？」晏仲又說：「若能娶湘裙照顧阿小，豈非一舉兩得。」晏伯只是搖頭，晏仲苦苦哀求，大嫂說：「不如把湘裙帶來，用針刺刺看，如果不行，也好斷了小叔的念想。」說罷，手裡拿著針出門，正好碰上湘裙，急忙捉住湘裙手腕，但見她手上有濕漉漉的血痕。原來，湘裙聽到晏伯的話以後，早就偷偷試過此法。嫂子放開湘裙的手，笑著回來告訴晏伯：「原來這鬼丫頭早就有此心，我們還操什麼心？」甘氏聽說後很生氣，跑到湘裙面前，用手指著她眼眶罵道：「你這賤婢眞不知羞恥，竟奢望與小叔私奔嗎？我一定不會讓你稱心如意！」湘裙聽了，又羞又氣，哭著要尋死，鬧得全家不得安寧。晏仲也覺過意不去，就向兄嫂告辭，帶著阿小離開。晏伯說：「弟弟，你先回去，阿小不要讓他再回來，恐怕傷了他的活人氣息。」晏仲答應了。

晏仲回到家，口頭上替阿小添了幾歲，騙人說他是兄長的遺腹子，是兄長與被賣掉的婢女所生的孩子，鄰居們見阿小長得像晏伯，也不疑有他。晏仲教阿小讀書識字，讓他在正午的烈陽下誦讀詩書。起初阿小覺得很艱苦，時間久了就習以爲常。夏天六月，桌子熱得燙人，阿小卻能邊玩邊讀，沒有半句怨言。孩子聰明伶俐，一天能讀完半卷書，晚上和晏仲同寢，仍不斷背誦詩書，晏仲感到很安慰，加上他對湘裙難忘舊情，也不再考慮續弦一事。

有一天，兩個媒人前來為阿小說媒，晏仲沒有妻子處理這件事，心中煩躁不已。忽然，甘氏從外面進來說：「小叔莫要怨我，我把湘裙給你送來了。當初因為這賤婢不知羞恥，我才故意羞辱她。小叔一表人才，她與你也很相配，是應當嫁給你的。」晏仲見湘裙站在甘氏身後，心裡非常高興。他恭敬地請甘氏坐下，說還有客人在大廳上等候，就急忙走出去，等他再進來，甘氏已經走了，湘裙卸下妝容進廚房做飯，只聽刀板聲陣陣作響。沒多久，桌上就擺滿了美味佳餚。客人離去後，晏仲回到屋中，湘裙又重新打扮妥當坐在那裡，兩人便拜堂成親。到了晚上，湘裙想和阿小一起睡，晏仲說：「我得用陽氣來滋潤他，他還不能離開我。」就把湘裙安置在其他房間，晚上只和湘裙喝酒相聚。湘裙對待晏仲前妻所生的兒子宛若己出，晏仲更加讚嘆她的賢慧。

一天晚上，晏仲與湘裙正在有說有笑，戲謔地問：「陰間有美女嗎？」湘裙想了很久，答：「我從未見過。只有鄰居家的葳靈仙，大家都公認她長得很美。不過她的容貌其實很普通，只是擅長打扮。我與她經常往來，然而她行為放蕩，你若想見她，即刻就能將她招來，但她這種淫蕩的人，你最好還是不要招惹。」晏仲不聽，執意想見葳靈仙，湘裙只好拿起筆來，正要寫下些什麼，卻又把筆擱下，說：「不行，不行！」晏仲不斷懇求，湘裙只好說：「你可不要被她迷惑了。」晏仲答應她一定不會。湘裙這才撕開紙，畫了幾張像是符咒的東西，拿到門外燒了。

片刻，門簾響動，傳來吃吃的笑聲。湘裙起身把一個人拉進來，正是葳靈仙。她梳著雲髻，宛若畫中仙。湘裙將她扶到床邊坐下，一邊喝酒一邊互訴離情。起初，葳靈仙看見晏仲，還用紅袖掩嘴，不大樂意說上幾句話；幾杯黃湯下肚以後，她竟然就無所顧忌地與晏仲調情，更伸出一腳踩住晏仲衣服。晏仲被她迷得魂不守舍，礙於湘裙在跟前，而且又盯著他的一舉一動，終究不敢太過放肆。葳靈仙卻突然站起來，掀起簾子走出門，湘裙跟了上去，晏仲跟在她後面。葳靈仙突然握住晏仲的手，快速跑到另一間屋裡。湘裙雖然氣憤，卻也拿他們沒辦法，只好憤憤然回到房中，不管他們兩個了。不久，晏仲走進房來，湘裙責備他：「你不聽我忠告，只怕以後你想甩掉她會十分困難。」晏仲認爲湘裙是出於嫉妒，兩人不歡而散。

第二天，葳靈仙不請自來，湘裙很不想見到她，倨傲地並不以禮相待，葳靈仙竟就此和晏仲一起出去。就這樣過了幾晚，湘裙只要一見到葳靈仙，就對她辱罵一番，卻始終無法讓她不出現。一個多月後，晏仲病倒在床，這才感到後悔，叫湘裙與他同住，希望能讓葳靈仙知難而退。雖然日夜提防，但是只要稍微讓葳靈仙有機可趁，她又與晏仲在床上廝混。湘裙怎麼趕她也趕不走，葳靈仙忿恨地和湘裙爭執，湘裙不是她的對手，手腳傷痕累累。晏仲的病愈加嚴重，湘裙哭著說：「你這個樣子，我怎麼有臉去見我姊姊呀！」又過幾日，晏仲在昏迷中過世了。他看到兩個鬼差拿著文書進來，不知不覺跟著他們走。到了半途，晏仲擔心沒有盤纏，就請鬼差順路到他兄長家。

晏伯一見到弟弟，大驚失色問：「弟弟這是怎麼了？」晏仲說：「無他，只是被鬼纏身而已。」就把事情始末告訴兄長。晏伯說：「原來如此。」說完，拿出一包銀子，對鬼差說：「這些聊表心意，請您們收下。舍弟罪不至死，請放他回去，我叫犬子跟著去，不會有什麼不妥的。」說完，喚來阿大陪鬼差喝酒，他轉身進屋，把情況告訴家人，讓甘氏到隔壁去把葳靈仙叫來。

不久，葳靈仙來了，剛瞧見晏仲就想逃走。晏伯把她揪回來，罵道：「你這個淫蕩的女人！生前是個蕩婦，死了變成淫鬼，大家都忍你很久了，竟敢去禍害我弟弟，讓我弟弟早夭！」說完，動手打她，把葳靈仙打得披頭散髮，容貌不似先前那般妖豔。許久，一個老婦人前來，趴在地上苦苦哀求。晏伯又斥責老婦人放縱女兒行淫，罵了許久，才讓她帶著女兒離開。事情了結後，晏伯送晏仲出門，轉瞬間已到家門口，直接進了臥室。晏仲突然清醒過來，才知剛才已經死過一次。晏伯責怪起湘裙：「我和你姊姊都覺得你賢慧能幹，才讓你跟我弟弟在一起，沒想到你反而害我弟弟早夭！要不是礙於禮教名分，我眞該教訓你一頓！」湘裙又愧又怕，低聲哭泣，向晏伯下跪謝罪。晏伯轉身看到阿小，高興地說：「我兒子居然已經成爲眞正的人了！」湘裙要出去做飯，晏伯推辭說：「弟弟的事還未了結，我得趕緊回去。」阿小十三歲，見到父親頓時生出戀戀不捨之情，想與他一起走。宴伯說：「你好好跟著小叔，我會再來看你。」說完，一轉眼就不見了，從此再無音訊。

後來，阿小娶了媳婦，生了一個兒子，活到三十歲就過世。晏仲撫養他的孩子，就像撫養阿小一樣。晏仲八十歲時，阿小的兒子也二十多歲了，晏仲就分家，讓他獨立門戶。湘裙則無有所出，有一天，她對晏仲說：「我先走一步，可以嗎？」說完，她換上盛裝，躺在床上死了。晏仲並不悲傷，半年後也死了。

記下奇聞異事的作者如是說：「天下像晏仲這樣對兄長如此友愛的，能有幾人啊！難怪他命不該絕，反而增添陽壽。陽間無子，陰間卻能繼續傳宗接代，這都是由於晏仲不忍兄長死亡的誠心感動上天。在人世間沒有這個道理，在天上難道就有這樣的命數嗎？在陰間生的兒子，願意繼承先人家業的，也算爲數不少，只怕那些繼承了別人產業的好兄弟，不肯收養撫恤這些孤兒。」

（卷十未完，請見下冊）

參考書目

王邦雄，《莊子內七篇·外秋水·雜天下的現代解讀》（台北：遠流出版社，2013 年 5 月）
王邦雄等著，《中國哲學史》（台北：里仁書局，2006 年 9 月）
牟宗三，《中國哲學十九講》（台北：台灣學生書局，1999 年 9 月）
馬積高、黃鈞主編，《中國古代文學史 1-4 冊》（台北：萬卷樓圖書股份有限公司，2003 年）
張友鶴，《聊齋誌異會校會注會評本》（台北：里仁書局，1991 年 9 月）
郭慶藩，《莊子集釋》（台北：天工出版社，1989 年）
樓宇烈，《王弼集校釋·老子指略》（台北：華正書局，1992 年 12 月）
盧源淡注譯，蒲松齡原著，《聊齋志異》（新北市：台科大圖書股份有限公司，2015 年 3 月）
何明鳳，〈《聊齋誌異》中的「異史氏曰」與評論〉，《文史雜誌》2011 年第 4 期
馮藝超，〈《子不語》正、續二書中殭屍故事初探〉，《東華漢學》第 6 期，2007 年 12 月，頁 189-222
楊清惠，〈論《聊齋志異》王士禎評點的小說敘事觀〉，《彰化師大國文學誌》第 29 期，2014 年 12 月
楊廣敏、張學豔，〈近三十年《聊齋志異》評點研究綜述〉，《蒲松齡研究》2009 年第 4 期
邱黃海，《從「任勢為治」說的形成論韓非思想的蛻變》，國立中央大學哲學研究所博士論文，2007 年 7 月

電子工具書

中央研究院漢籍電子文獻 https://hanji.sinica.edu.tw/
百度百科 http://baike.baidu.com/
佛光大辭典 https://www.fgs.org.tw/fgs_book/fgs_drser.aspx
教育部重編國語辭典修訂本 http://dict.revised.moe.edu.tw/cbdic/
教育部異體字字典 http://dict.variants.moe.edu.tw/
漢語大辭典 http://www.guoxuedashi.net/
維基百科 https://zh.wikipedia.org/zh-tw/

好讀出版　圖說經典34

填寫線上讀者回函
請 掃 描 QRCODE

聊齋志異十一：勁節女力

原　　著／(清)蒲松齡
編　　撰／曾珮琦
繪　　圖／尤淑瑜
總 編 輯／鄧茵茵
文字編輯／林泳誼、簡綺淇
美術編輯／王廷芬、許志忠
行銷企劃／劉恩綺
圖片整輯／鄧語葶

發 行 所／好讀出版有限公司
台中市407西屯區工業30路1號
台中市407西屯區大有街13號（編輯部）
TEL:04-23157795　FAX:04-23144188
http://howdo.morningstar.com.tw
(如對本書編輯或內容有意見，請來電或上網告訴我們)
法律顧問／陳思成律師

讀者服務專線：(02)23672044 / (04)23595819#212
讀者傳真專線：(02)23635741 / (04)23595493
讀者專用信箱：service@morningstar.com.tw
晨星網路書店：http://www.morningstar.com.tw
郵政劃撥：15060393（知己圖書股份有限公司）
如需詳細出版書目、訂書，歡迎洽詢

初版／西元2023年8月15日
定價／299元
ISBN 978-986-178-670-4
如有破損或裝訂錯誤，請寄回台中市407工業區30路1號更換（好讀倉儲部收）

國家圖書館出版品預行編目資料

聊齋志異十一：勁節女力／(清)蒲松齡原著；曾珮琦編撰 —— 初版 ——
臺中市：好讀出版有限公司，2023.08
面：　公分 ——（圖說經典；34）
ISBN　978-986-178-670-4（平裝）
857.27　　112009453